JN116283

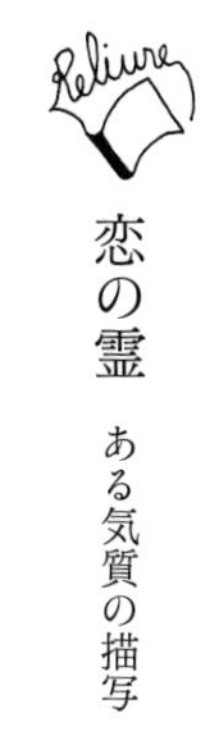

恋の霊

ある気質の描写

トマス・ハーディ
南協子＝訳

幻戯書房

多くの名前をもつ一つの形

P・B・シェリー

序文

ひとつの岩から長年かけて削り出された半島が、この物語の舞台となっている。遠い昔から何世紀にもわたって、奇妙な信仰とあらかた廃れた風習を持つ、ほとんど特殊といっても良いような興味深い人びとが住んでいる半島だ。空想というものは、静かな奥地にある霜には耐えられないが、荒々しい天候の海辺に広がる柔らかい草木のように、この「島」の出身だが労働とは無関係の人びとには、自然に生まれ息づいているようだ。それゆえ、ここではこの本で不完全ながらも描写されるような人物が生み出されがちなのだ。現地人中の現地人であり、この人のことを、（熟慮の末褒めるつもりで）夢想家と呼ぶ人もいれば、曖昧な形では大多数の人には多かれ少なかれ馴染(なじ)みのある繊細な夢だが、プラトン派の哲学者にとっては決して新しくない夢が、客観的に見て今日まで連続しているという事実を与え、その夢にひとつの名前を与える人物、と考える人もいた。

ここで描写するようなイングランドの岩のでっぱりを知る者にとっては——想像力をかきたてるイギリス海峡を見下ろし、二月になるまではメキシコ湾流によって暖められた海に突き出たこの半島が、一年のうち一カ月か二カ月は心地よい季節というより嵐の季節であるためか——ここを芸術家や詩人がインスピレーションを求めて隠れ家にしないのは驚きだ。事実、島の端の人目につかない場所[002]は公費で遠くから来た天才たち[003]の隠れ家になっていて、その存在はほとんど知られていない。家の取引は、つい最近まで教区教会で信徒たちによって執り行われるのが島の古い習慣であったのだが、島に芸術家が来たという話も、自由保有権のついた小さな家が二百ポンドで売買されたという話ももはや聞かないであろう。そうした家は、堅い石によって造られ、十六世紀かそれより前に立てられ、縦仕切りの窓がはまっており、石塀の笠石、持ち送りの装飾が張り巡らされている。

物語は、連載として出版されたものとは、次の点において異なっているとお断りしておく。こちらでは、興味の向かうところは、理想的または主観的な性質のものであり、もっと率直に言えば想像力に富んだものであり、一連の出来事の現実味は先ほど述べた興味の二の次になっている。

最初に一冊の形で出版されたのは一八九七年であるが、一八九二年に「恋の霊の追跡」〔*The Pursuit of the Well-Beloved*〕というタイトルで定期刊行物に連載された。いくらか手直しがされてこちらが最終版となる。

T・H　一九一二年八月

目次

第二部　四十歳の青年

第三部　六十歳の青年

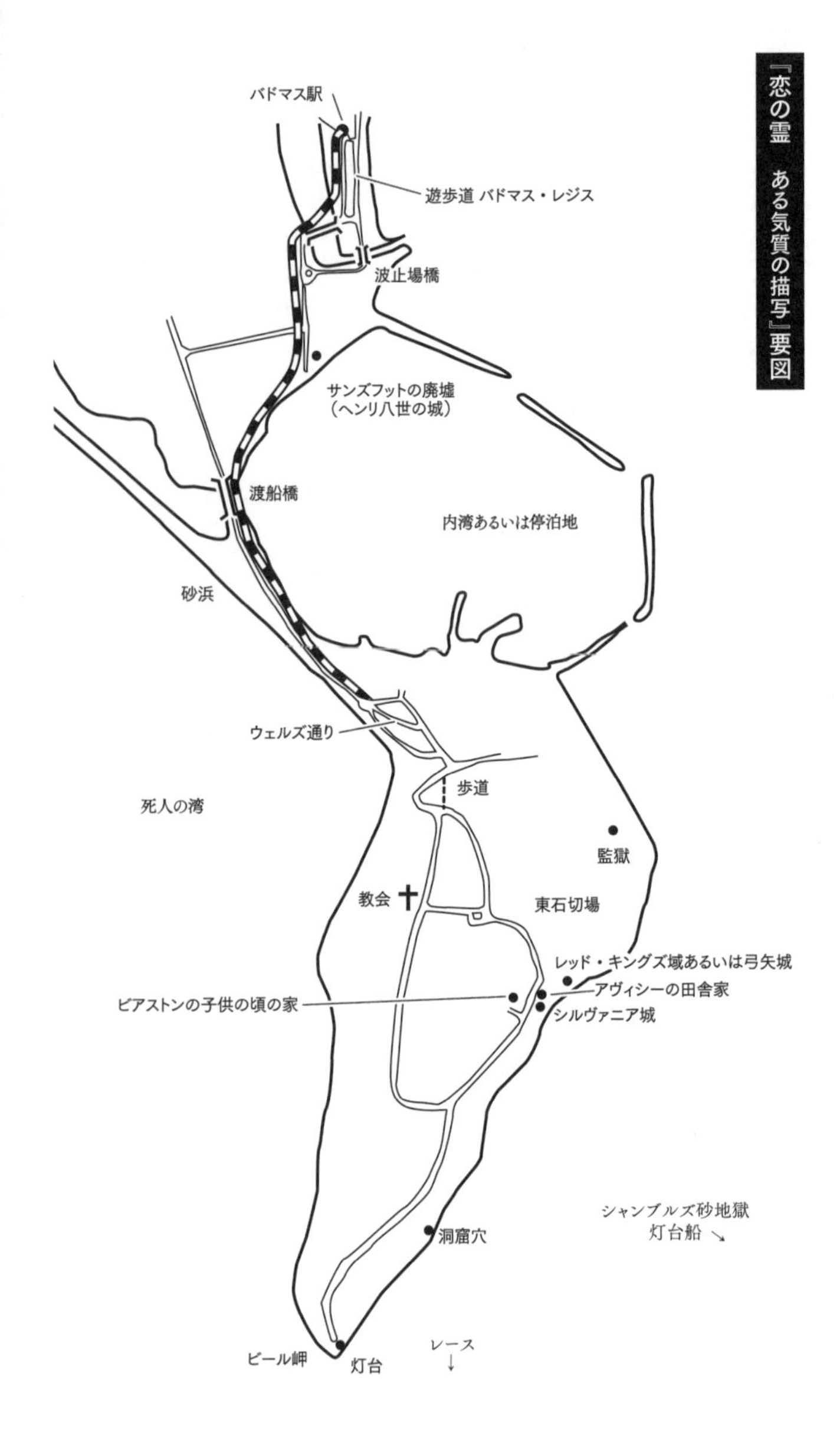

『恋の霊　ある気質の描写』要図

ロゴ・イラスト――丸山有美
装丁――小沼宏之[Gibbon]

第一部　二十歳の青年

「時の神様なら知っていよう、
その光を放つような美しい眉毛を、
私の誓いの花輪で飾るのは、彼女だ。
この詩が見つけたかったのは彼女だ。
もう探さない、彼女である。」

R・クラショー

第一章　かりそめの出現

地方の徒歩旅行者とは異なる一人の男が、ウェルズ通りと呼ばれる、海に囲まれた小さな町に通じる急な坂道を上ってくる。今でもそう呼ぶ人はいるのだが、かつてウェセクスのジブラルタルと呼ばれた少々変わった半島に繋がる道だった。一度は島だったこの半島は、イギリス海峡に向かって伸びる鳥の頭のような形をしており、「海の怒りによって吹き上げられた」細長い小石の道で本土と繋がっている。そのような半島はヨーロッパ中探しても見つからないものだった。

歩いている男は、ロンドンあるいは大陸の都市から来たように見える若い男で、彼の都会人らしさが、服装だけに表われていると思う人は、今のところはいないだろう。彼は、最後に父を訪ねて人里離れた岩で出来た故郷に来てから、三年八カ月も経っていることを申し訳なく思い出していた。その間、彼は交友関係も人もマナーも風景もことごとく全く対照的な場所で過ごしていたのだ。

住んでいた時には普通に思えたことが、あとになって奇妙で古風なものに見えてくることがある。彼にはこの地がかつてそうだったように、ヴィンディリア島（古代ローマ時代の呼び名）とか投石器を使う人の島と、ますます思われてくるのであった。そびえ立つ岩に沿って家が連なっているので、煙突の背後に隣人の家の戸口の石段があり、庭のすぐ向こうに青空が広がり、畑の野菜がほとんど垂直面から生えているように見える。島全体が四マイルにもわたる石灰岩のひとつの塊のようであるのを、彼は珍しいものでも見るかのように眺めた。特に独創的なのは、着色したかのような青い海に白が映え、魚卵状石灰石が層になって永遠に残っていく岸壁に日差しが煌めいている光景であった。

「循環を止めた
憂鬱な廃墟」——005

は、遠くから見る光景として目を惹いた。

彼は頂上まで上りきると、東の村に続く高台を歩いていった。真夏の二時頃で、道はギラギラして埃っぽく、父の家に行く道すがらくたびれて座りこんだ。

手を伸ばしてそばにあった石に触ると、それは日差しで温められていた。まるで島が昼寝をしているような温かさだった。耳をすますと、ファーファー、ソーソーソーという島の寝息が聞こえる。それは、採石場で石切職人が仕事をしている音だった。

腰を下ろしている反対側には、広々とした家屋があった。壁だけでなく窓枠、屋根、煙突、フェンス、踏み越し段、豚小屋、牛小屋、ドアでさえ石になりかねなかった。

彼は、かつてそこに住んでいた、おそらく今も住んでいるだろう人たちのことを思い出した。それはケアロウ家で、「糟毛(かすげ)色の牝馬」のケアロウと呼ばれていた。島中に六軒は同じ家系の同じ苗字の人がいて区別するためである。彼が道を横切って、開いているドアから中を覗(のぞ)きこむと、やはりまだ住んでいた。

ケアロウ夫人は窓で彼を見つけて入口で出迎え、お互い古めかしい挨拶をした。奥の部屋のドアがさっと開け放たれて、十七、八歳の若い女の子が弾むように入ってきた。

「あらびっくり、ジョスじゃないの！」彼女は嬉しそうに笑い、駆け寄ってきてキスをした。

愛くるしいハシバミ色の瞳と茶色い豊かな髪の毛の持ち主からキスをされるのは甘美だった。しかし、あまりに唐突で予期せぬものだったので、街から帰ってきたばかりの彼は思わずたじろいでしまった。形式的にキスを返し、「長いこと会わなかったけど元気だったかい、アヴィシー？」と言った。

この数秒間に彼が驚いたことを、衝動的で無邪気な少女は気がつかなかったが、彼女の母親であるケアロウ夫人は即座に見て取った。そして申し訳なさそうに顔を赤らめて、娘に向き直った。

「アヴィシーったら、なんてことをするんだい？　ジョスリン・ピアストンさんと最後に会ってから、お前は一人前の大人の女性になったんだよ。三、四年も前にしていたことを今してはなりません！」

ピアストンは、子供の頃と同じように接してくれると思っていたよと取り繕って、その後何分間か当たり障りのない話をしたが、気まずい雰囲気は取り除けなかった。彼は自分の無意識の行動を心から後悔した。そこを離れる時、アヴィシーに、今までと同じように思ってくれないと許さないからねと念を押したのだけれど、彼女の顔には後悔の色が浮かんでいた。ジョスリンは道に出て、父親の家に向かった。母親と娘が二人きりになった。

「お前にはびっくりしたよ！　ロンドンや色んな外国の都市をめぐって、あの人はマナーに敏感になったんだ。大声で笑う女性を、はしたないと思うくらいに！　どうしてあんなことをしたんだい？」と大きな声で言った。

「あたし、自分がそんなに大人になってるなんて思わなかったのよ！　ここを離れる前はあたし、いつも彼にキスしていたし彼もそうしていたわ」と打ちひしがれて話した。

「それは何年も前でしょう！」

「そうよ、でもあの時は忘れていたのよ！　彼は昔のままに見えたわ」

「今更言っても仕方のないことだよ。これから気をつけることだね。彼は間違いなくたくさんの若い女性を知っているだろうから、お前のことは気にかけないだろうよ。彼は彫刻家とやらで、世間が言うにはその筋で素晴らしい才能を持った大物になるだろうって話だ」

「そうよ、もうしてしまったことは仕方がないわ！」女の子はうめくように言った。

　一方で、その彫刻家として芽が出かけているジョスリン・ピアストンは、父親の家に向かっているところだった。父親は商売人で芸術に関心はなかったが、息子が有名になることを見込んで仕送りをしていた。息子は帰省の連絡をしなかったので、父親が家で出迎えることはなかった。彼が懐かしい家屋をぐるっと見渡した先には公有地があり、その先には囲い地があった。そこでは、ずっと連なった石の上をのこぎりが止むことなく行ったり来たりしていた。相変わらずガリガリと昔と同じ石を切断している。ジョスリンは、住居を通り過ぎて裏庭へと進んだ。

裏庭は、この島のすべての庭と同じように、乾いた石の破片を固めて出来た壁で囲まれていて、奥はケアロウ家の庭と隣り合っていた。そこまで行くと、塀の向こうから囁き（ささや）ながらすすり泣く声が聞こえた。この声はアヴィシーのだとすぐ気づいた。彼女が、同じく年若い女友だちに悩みを打ち明けているようだった。

「どうしよう！　どうしよう！　なんて大胆で恥ずかしいことをしてしまったのかしら！　思い出したくもない！　彼はもう決して許してくれないわ、もう決して、あたしを好きになんてならないでしょうよ！　あたしをはしたない女と思い続けるんだわ。でもね、あたし自分が大きくなっていたなんて忘れていたのよ。でもそんなこと言っても彼は信じないわよね！」と悲痛な口調で言った。その口ぶりは、自分が女だと初めて気がつき、恥じらい恐れているようだった。

「彼、怒っていたの？」と尋ねた。

「ううん――怒ってはいなかったわ！　もっと悪いことに、冷たくツンとしていたわ、島の男とは全く違うとても洗練された様子で。今更そんなこと言っても仕方ない。死んでしまいたい！」

ピアストンはできるだけ早くその場から離れた。無垢（むく）な魂に、こんな痛みをもたらしてしまったことを悔やんだが、ぼんやりとした喜びが湧き上がるのも感じた。彼が家に戻ると、父親が戻っていて出迎えてくれた。一緒に食事をとり、ジョスリンは再び家を出て、早く若いお隣さんの悲しみを、彼女が思い違いをしていると教えて和らげてあげたいと急いだ。とはいえ、その時の彼女への愛情は、恋人へというより友人へのものであり、彼が子供の頃から幾度となく経験していた、人から人へと移っていく「恋の霊」という捉（とら）えどころのない理想像が、彼女の身体に移り住んだことを感じた訳ではなかった。

第二章　化身は本物らしい

　この狭い石の塊の地では、会うより避けるほうが難しいにも拘らず、アヴィシーとはなかなか再会できなかった。彼女は、あの衝動的な挨拶の後に自意識が芽生え、今までとは違う大人の女性に変化したのだ。ご近所さんであるにも拘らず、ピアストンは顔を合わせることさえできなかった。彼が家から一歩でも外に出ると、彼女は狐のように二階の自分の部屋へ駆け上がり閉じこもってしまったからである。

　誤解を解いて彼女をなだめたいと思っているのに、このような状態が長く続くのは耐えられなかった。この島の風習は、たとえ裕福な家であっても原始的で直接的だったから、ある日、彼は彼女が隠れようとしたのを追い、家に入って階段の下に立った。

「アヴィシー！」彼は呼んだ。

「はい、ピアストンさん」

「どうしてそんな風に階段を駆け上がるの？」

「ええと、探し物があったからですわ」

「じゃあ、それが見つかったら、また降りてくるね？」

「いえ、そうは参りません」

「こちらに来て、愛しいアヴィシー。お願いだから」

返事はなかった。

「そうか、来たくないならいいんだ！　煩わせて悪かったね」と言い、ピアストンはその場を立ち去った。

庭で壁の下に咲いている昔ながらの花を見ようと立ち止まると、背後から声が聞こえた。

「ピアストンさん、あたし、怒っていたわけじゃないの。あなたがきっと誤解なさっているんじゃないかと思って、まだ友人だと思っていると知らせるために追いかけてきたのよ」

振り向いてみると、顔を赤らめたアヴィシーがすぐ後ろにいた。

「それでいいんだよ、愛しいアヴィシー！」彼は彼女の手をぎゅっと握って、彼女の頬に最初の日に返そうと思っていたキスをした。「愛しいアヴィシー、この間のことは許してほしい！　どうか今すぐ許しておくれ！　そうしたら、生きている女性にも死んでいる女性にも言ったことのないことを君に言うよ、『僕を君の夫として受け入れてくれない？』と」

「まあ！　あたしはその他大勢にすぎないって、母が言っていたけど！」

「そうじゃないよ。他の人が知らない小さい頃から君は僕のことを知っているだろう」

彼女はもう異議を唱えなくなり、即答はしなかったが、午後に再び会うことに同意した。よそ者はビルと呼び、土地の者はビールと呼ぶ島の南端まで二人は歩き、「洞窟穴」という危険な場所で立ち止まった。洞窟内では海の波音が響いてしぶきが上がっていた。二人は子どもの頃のように覗き込んだ。足元が安定するように彼は腕を貸し、彼女はその腕をとった。子供の頃に何百回もそうしてきたけど、大人の女性としては初めてだった。二人は、灯台のあたりをぶらぶら散歩して過ごすつもりだったのだが、突如、アヴィシーは約束を思い出した。ウェルズ通りの壇上で夕方に詩を暗唱することになっていたのだ。ウェルズ通りは、この島の入り口に位置する村で、今は町と言ってもいいほど栄えている。

「なんと、暗唱とは！　決して黙ることのないこの海の他に、暗唱ができる者がこの地にいたなんて驚きだ」と彼は言った。

「ええ、今ではだいぶ知的になりましたの、特に冬の間はね。でもジョスリン、暗唱には来ないでね。あなたがいたらあがってしまうし、他の人と同じくらいうまくやりたいから」

「君がそうしてほしいなら行かないよ。でも入り口で待って家まで送ってあげるね」

「はい！」彼女はそう言うと彼の顔を覗き込んだ。アヴィシーは今では完璧に幸せだった。辛い体験をさせられた、彼が来たあの日には、こんな幸せが来ようとは思いもよらなかった。島の東側まで行って、アヴィシーが壇上に着くのに充分間に合うように二人は別れた。ピアストンは家に帰った。そして暗くなってから彼女を迎えに、中央通りを北にむかってウェルズ通りに出た。

彼は不安でいっぱいだった。彼はアヴィシー・ケアロウをよく知っていたから、彼女に対する気持ちが愛よりは友情であるように思え、今朝、衝動的に彼女に言ったことの結果を考えると恐ろしくなった。しかしながら、今まで彼を魅了してきたような、より洗練され教養のある成熟した女性が現われ、二人の間に割って入ることはなさそうだった。なぜなら、彼の空想の偶像は、長期的に、あるいは短期的に、人物のなかに逗留（とうりゅう）するのであるが、それは、彼女らのパーソナリティの不可欠な部分であるという仮説を、彼は心から追い出していたからだ。

彼が忠誠を誓ってきた「恋の霊」は、色々な姿をしていた。ルーシー、ジェーン、フローラ、エヴァンジェリンと、それぞれ個別であっても一時的な姿であった。言い訳でも保身でもなくそれが事実だった。本質的に、「恋の霊」は触ることのできる物体ではなく、魂、夢、熱狂、コンセプト、香り、性の典型、目の光、唇の割れ目のようなものであった。それが何であるかは神のみぞ知るところで、ピアストンには判らなかった。言葉で表わせるものではなかったのである。

彼の生まれた地や家系の奇妙な影響によって活性化された主観的な現象以上のものではなく、女性の身体的な特徴もしくは欠陥によるものではないことが分かると、実体の摑（つか）めなさに、ときどき恐ろしくなるのだった。彼女が次にどこに現われ、彼をどこに導いていくのかまったく分からなかったし、身分や階級も関係ないのだった。「恋の霊」は、人の形をして現われた「最高神ゼウスの策略家の娘」であった。彼は、芸術作品の中で無慈悲なアフロディテ〔ゼウスの娘で愛と美の女神〕の美を作品に表わすことができない罪のために責め立てられている夢を見た。彼が愛しているのは仮面をつけたその人自身だと分かっていた。どこに彼女が現われようとも、その目が青くても、黒くても、茶色くても、背が高くても、か細くても、太っていても。彼女は一度に二つの場所に現われることはなかったが、一箇所に留まることもこれまでなかった。

このように考えることで、彼は自己嫌悪から免れていた。彼を魅了し絹の糸をひくように導いてきた彼女は、単に同じ肉体を住処(すみか)にし続けなかったということだ。最終的に一箇所に落ち着くかどうか、彼には分からなかった。

もしアヴィシーに居るのを感じていたら、そこに永遠に留まると信じてみようとし、言った言葉を守ろうとしただろう。だが、「恋の霊」をアヴィシーの中に見たのだろうか？　その疑問には答えられなかった。

彼は、丘の頂上にたどり着くと、村に向かって下りていった。そこは、長くて真っすぐなローマ式の道で、彼はすぐに灯りのついた公会堂を見つけた。暗唱はまだ終わっていなかったので、建物の横にまわり、盛り土に立つと壇上の高さまで内部が見えた。アヴィシーの順番は、もしかしたら二巡目かもしれないが、すぐに来た。彼女が聴衆を前にして可愛らしくたじろいでいるのを見て、彼の疑いは消えたといってもよかった。彼女は、事実「良い」娘だった。実に魅力的で何より、結婚のリスクがほとんどゼロに近いという意味で良かった。彼女の知的な目、広い額、思慮深い身のこなしは、以下のことを請け合っていた。今までたくさんの女性を見てきたけれど、アヴィシー・ケアロウより魅力的でしっかりした資質の持ち主はいない。これは単なる推量ではなく、彼は長い間彼女のすべての気分や気質を見てきたのだ。

重々しい荷車が通り過ぎて彼女の小さく柔らかい声をかき消してしまったが、聴衆は大いに喜んで、その拍手に彼女は頬を赤らめた。彼は入り口のドアに立ち、人びとがどっと出てくると、彼女が内側で待っているのを見つけた。

二人は「古通り」を通って家に向かった。ピアストンは片手で手すりを摑んで、片腕でアヴィシーを支えて急な坂道を上った。頂上で、立ち止まって振り返った。左手側には、灯台の光が扇のように空に縞模様を描き、正面下には一分間に四回ドラムの音のような低く鈍い音が響く。その間には、大きな犬が口に咥えた骨を噛む時のようにゴリゴリという音が長く続く。それは、「死人の湾」の入江のくぼんだ部分に、小石が打ち寄せてはかえす音だった。

ピアストンにとって、夜更けにかけての風は他にはない何かを含んでいるようだった。あの不吉な湾からたちのぼり西のほうへと進んでいく風にのって、無数の人間の要素が想像の中で集まって形作られたものがある。その要素は、沈没した戦艦、東インド会社貿易船、平底荷船、二本マストの帆船、アルマダの船舶に乗っていた選ばれし人びとと、一般人、賤民で、彼らの利益と希望は、北極と南極のようにかけ離れていたが、この落ち着かない海底に転がってひとつとなっていた。ひとかたまりになった巨大な亡霊が、それを分離する善神を求めて金切り声を上げて、島の上を疾走するのが感じられるようだった。

二人は、その夜その影響をじかに受けながらさまよい、古いホープ教会にたどり着いた。そこは、何年も前に地滑りによって形作られた渓谷にあり、教会は崖の残骸とともに滑り落ち長いこと廃墟になっていた。それはあたかも、この地では異教の習慣が未だ息づいていて、キリスト教はその上にせいぜい危なっかしく乗っているだけだと言っているかのようだった。その神聖な場所で、ピアストンは彼女にキスをした。

以前の行動が彼女を控えめにしたらしく、今回はアヴィシーからのキスではなかった。

その日を境に、お互いの家庭を行き来する楽しいひと月が始まった。アヴィシーは、知的な集まりでの詩の暗唱だけではなく、ピアノも上手に弾けるし、弾きながら歌うこともできることが分かった。
彼が観察したところによると、彼女を育てた人びとの目的は、できるだけ独特な島の住人としての自然で独特な生活から遠ざけることにあった。何も特別なところのない目立ちもしない美しくもない環境にいる、何千もの人びとのコピーを作ることだった。先祖の経験をすべて忘れさせ、訛のない女教師の言葉を話させ、地元のバラッドではなく、バドマス（本土と島を繋ぐ賑やかな観光地）にある当世風の楽器店で買った楽譜で歌わせることだった。それは、芸術家にとって宝になりそうな家に住みながら、印刷物を使ってロンドン郊外の別荘を描くことを学んでいるようなものだった。

そんなこと、アヴィシーは彼に指摘されなくても分かっていたが、大人しく黙従していた。彼女は骨の髄まで地元民だったけれど、時代の流れには逆らえなかったのだ。

ジョスリンの旅立つ日が近づき彼女は悲しかったが、婚約が決まっていたので心穏やかだった。両家は古くからこの土地に住んでいたので、ピアストンはこのような場合の、何世紀にもわたって彼と彼女の家族が続けてきた地元の風習[006]のことを考えた。「本土人」や「よそ者」（ウェセクス本土から来た者はこう呼ばれた）が流入してきて続けられなくなってしまったけど、アヴィシーの教育の底には、多くの古めかしい考えが眠っている。彼女が自分の旅立ちに際してふさぎ込んでいるのは、先祖にならったこの婚約の正式な承認の作法が、昔と変わってしまったのを残念に思っているからなのではないかとふと彼は思った。

第三章　約束の時

「じゃあ、休暇も終わりだ。ここ三、四年は帰る意味なんてないと思っていたこの古い家に、こんな思いがけない嬉しい贈り物が用意されていたなんて！」とピアストンは言った。

「明日には出発しないといけないの？」悲しそうにアヴィシーは尋ねた。

「そうだよ」

そんなに長くならないはずの別れを自然に悲しむ以上の何かが、二人の上に重くのしかかっているようだった。そこで、彼は、昼に出発する予定だったのを夜に延ばして、バドマスから郵便列車で帰ることにした。そうすれば、父親の採石場に顔を出した後、もし彼女が望めば海岸を一緒に散歩して砂浜の上にあるヘンリ八世の城まで行き、海に昇る月をゆっくり眺めることができる。彼女は行けると思うと返答した。

そこで、翌日父親と採石場で過ごした後、出発の準備をして約束の時間になると、生家を出て、バドマス・レジスに向かって海岸沿いの道を歩いていった。アヴィシーは、もう少し早く出ていた。待ち合わせ場所まで行く道のちょうど中間あたりにあるウェルズ通りの友人と会う約束があったのだ。ほどなくして、彼は小石の海岸にたどり着き、島の家並みと一八二四年の十一月に起こった強風で村が崩壊した跡地を通り過ぎ、狭い道を通り抜けた。一〇〇ヤードほど歩いたところで立ち止まり、海を遮っている小石の堤防に近づき、腰を下ろして彼女を待った。

停泊地に錨を下ろした船の灯りで、二人の男が彼を追い越そうとしたのが見えた。そのうちの一人がジョスリンに気がついて、こんばんはと挨拶をした後「良い人を選んで幸せですね、旦那。ご結婚が待ち遠しいでしょう！」

「ありがとう、海の人。クリスマスにはと思っています」

「うちのかみさんが今朝言ってたんでさ。ありがてぇことだ、結婚式が見られるよって。ふたりともはいはいしている頃から知っちょるってな」

その男は進んでいき、ピアストンが聞こえない所まで行ったところで、話さなかったほうが連れの男に「さっきの若いよそ者は誰なんだい？　土地の者じゃなさそうだが」と聞いた。

「いや、まったくもって土地の者だよ。ジョスリン・ピアストンさんだ。東石切場の石材屋の一人息子さ。今風の若い娘と結婚することになったんでさ。彼女の母親は後家さんで同じ職業を営んでいるんだが、ピアストン家の二十分の一ほども儲かっちゃいない。ピアストン家は昔からの古い家で、同じやり方で、たんまり稼いでるって話だ。その息子は、ロンドンで彫刻家として偉え仕事をしてるんだと。思い出すねぇ、まだ坊やの頃、最初に父親の採石場の柔らかい小さな石で兵隊を彫ることから始まって、次には大層よくできたチェスの駒を一揃い作ったのさ。今やロンドンでひとかどの紳士になっとるそうだ。何だって戻ってきて小娘のアヴィシー・ケアロウなんか選んだんだろうって皆不思議がってるよ。良い娘には違いないけどね。おや、天気が変わりそうだ」

その間、話題の主が待ち合わせの場所で待っていると、その婚約者と約束を交わした七時の鐘が鳴った。ちょうどその時、丘の下のほうにある街灯からこちらに向かってくる人影が見えた。しかし彼女ではなく少年で、彼はジョスリンに近づいて、ピアストンさんですかと尋ね手紙を渡した。

第四章　ひとり寂しく歩く人

少年が去ると、ジョスリンは街灯まで戻り、アヴィシーの筆跡の手紙を読んだ。

　親愛なるジョスリン様へ。サンズフット〔ヘンリ八世の城〕の廃墟で今夜お会いする予定だったのにごめんなさい。でも、近頃私たちが頻繁に会っているのを見て、あなたのお父様が、あなたが跡取りとして、古い地元民たちが連綿と受け継いできた島の風習を実行するべきだとお考えなのではと推察しています。あなたの家系は途切れることのない古い家系ですから。実は、あなたのお父様は当然そうお考えであり、あなたにそう匂わせているはずだと私の母は考えているのです。私自身の気持ちはそれとは正反対で、それは良くないことだと思っています。もうそれはほとんど廃れています。あなたのようにご実家が裕福でも、それは正当化されないと思います。私はキリスト教の神のほうを信じています。

　そういうわけで、その風習を示唆するような場所、少なくとも他の人が知ったら疑うような場所ではお会いしないほうがいいと考えたのです。

この決断をどうか不快に思わないで下さいね。私の現代的な気持ちを理解して下さり、悪く思わないで下さると信じています。もしそのような仲になって不幸なことになったら、あなたのお父様も、おそらくご先祖もお考えになったように、私たちも名誉ある結婚はできなくなってしまうでしょう。そうしたらお互い不幸ですわ。

でも、ジョスリン、あなたはまたすぐに戻ってきて下さるんですよね？　そして、その時はもう二度とさよならを言う必要はなくなるのでしょう。かしこ

アヴィシー

ジョスリンは手紙を読み終えると、その素朴さに驚いた。その風習をまだ重要な、継続する原則だと思っているアヴィシーとその母親の時代遅れの単純さに驚いた。彼自身や島を離れた者にとって、それは古くさい野蛮な風習だったのに。彼の父親は金儲けの人で、子孫のことについても実利的な考えを持っていただろうから、アヴィシーやその母親の推測したことにいくらか妥当性があるかもしれない。しかし、ジョスリンは昔気質（かたぎ）であったが、古いやり方を好むと表明したことは決してなかった。

アヴィシーが自分自身を現代風だと思っていることを面白いと思いながらも、こんな予期しない理由で待ち合わせに来られなくなったことに、ジョスリンはがっかりしたし、少し腹が立った。新しい教育の下に、なんてしぶとく古い考えが残っているのだろう！

スリンガーズの島の歴史としてはそんなに昔ではないとはいえ、四十年も前の話であることを、読者の皆さんには

思い出して頂きたい。

宵闇が濃くなってきたが、引き返して馬車を使う気もしなかったので、彼はひとりで歩いて行った。遮るものがないので風が強い。寄せては返す波は小石の防波堤にぶつかって複雑なリズムを奏で、争いの衝突とも神への感謝の叫びともとれる音を出していた。

ぼんやりとした行く手に人影が見えてきて、それは女性だと分かった。彼は、アヴィシーの手紙を街灯の下で読んでいる時に、ひとりの女性が通り過ぎたのを思い出した。その女性に追いついたのだ。

気が変わって来る気になったアヴィシーなら嬉しいのにと思った。しかし、それは彼女ではなく、似ても似つかぬ女性だった。アヴィシーより背は高くがっしりしていて、まだ秋だというのに、毛皮のような分厚い衣服を身にまとっていた。

彼は彼女と並んで、船の停泊地の灯りで彼女の横顔をちらりと見た。人目を惹く威厳があり、ジュノー〔ジュピターの配偶神で、結婚の女神〕にそっくりだった。このような古典的な顔は見たことがない。軽快な足取りだったがゆっくりとしたペースだった。数分間は、彼らの間に速さの違いは少ししかなかったので眺める余裕があった。しかし、追い越そうとした時に彼女が突然こちらを向いて話しかけてきた。

「ピアストンさんですよね？　東石切場の」

彼はそうですと答えながら、なんとまあ整った威厳のある尊大な顔だと思った。誇り高い声の調子と調和している。

彼女は今まで会ったことのないタイプだった。彼女のアクセントはアヴィシーのような地元のものではなかった。

「今、何時でしょうか？」

マッチをすって七時十五分過ぎだと教えてあげた。一瞬のマッチの光で、彼女の目が泣いた後のように少し赤く腫れているのが見えた。

「ピアストンさん、とても奇妙なお願いで申し訳ないのですが、一日か二日分のお金を、いくらか貸して頂けませんでしょうか？　お財布を化粧台の上に忘れてきてしまったのです」

本当に奇妙だと思ったけれど、見たところ詐欺師ではないと確信させるものがあった。彼は要求を呑んで、ポケットに手をやった。そこでふと疑問に思ったのだが、彼女の言う「いくらか」とはどの位（くらい）を想定しているのだろう。ジュノーのような外見やマナーに衝動的に気前よくなった彼は、ロマンスの匂いを感じ五ポンドを渡した。

彼の気前良さに彼女は驚いた様子を見せなかった。もしかして見えていないのではと思って金額を伝えると静かに「充分ですわ、ありがとう」と言った。

彼女に追いつき話し込んでいたので、風が強くなってうなり声を上げ金切り声のようになっているのに気がつかなかった。このような風の突然の変化がもたらすのは雨だった。最初は、雨粒はおもちゃの銃のように左頬を打つ程度だったが、すぐに隣の土手から一斉射撃されるようなものに変わり、その一撃はジョスリンの袖を貫通していた。長身の女性はふらつき、出かける時には予測していなかったことが起きて不安そうになった。

「雨宿りをしなくては」とジョスリンは言った。

「でも、どこで?」と彼女は言った。

風上には長くなだらかな堤防が続いていていて雨よけにはならず、その向こう側では犬がばりばりと嚙むような小石の飛ぶ音が聞こえてきた。右手には、内湾あるいは停泊地があり、遠くの船の停泊灯のぼんやりしたチラチラする光があった。彼らの背後には、低空のかすかな閃光がこの島の所在を示していた。前には、はっきりしたものは何もなく、一マイル先のあてにならない木橋にたどり着いても雨宿りできそうなところは何もなかった。ヘンリ八世の城はさらに先だった。

しかし、波にかからないように引きずり上げられたレレットと呼ばれる地元のボートが、堤防の頂上に逆さまにおいてあり、二人はそれを見たとたん反射的に小石の小道を駆け上がった。長い間そこに放置されていたようだが、遠目に予測していたより雨よけになりそうなのでホッとした。漁師が休憩所か倉庫として使っているようで、船底にはタールが塗ってあった。二人は、風下に向けられたつっかい棒で堤防に掛けてあるへさきの下に這って入り込んだ。そこには、こぎ座や、オールや色々な木で出来た道具の切れはしの上に、乾いた漁網があった。彼らは、立っているのが辛かったので、よじ登ってその上に座った。

第五章　充満

巨人が両手いっぱいの麦を蒔いているかのような雨が、古いレレットの竜骨の上に降り続け、あたりは真っ暗になった。

ふたりはとても近くに寄り添ったので彼女の毛皮が押し付けられるのを感じた。その道を離れるまでどちらも口を開かなかったが、彼女は平静を装って「ついてないわ」と言った。

彼は同意した。二言三言話したあとに、ときどき感情からくる嗚咽を抑えているように話すので、彼女が泣いていたことが分かった。

「僕よりあなたのほうがずっとついていなかったのでしょう、お気の毒に思います」と彼は言った。

彼女は何も答えなかったので、女性がひとりでいるには寂しすぎる場所ですからと付け加えた。そして、こんな時間に出かけなくてはならない深刻な状況が彼女に起こったのでなければ良いと思った。

最初、彼女は考え込んでいるようで、何が起きたのかを率直に話すつもりはないようだった。彼は、彼女の名前や経歴について思いをめぐらし、なぜ彼女が自分のことを知っていたのかを考えた。しかし、雨は止みそうになかったので「戻らなくてはいけないでしょうね」と言った。

「絶対に嫌です！」と彼女は強く言い、口をキッと結んだ。

「なぜでしょうか？」と彼は訊ねた。

「そうしたくない理由があるのです」

「あなたが僕の名前をご存知なわけが思い当たらないのですが。僕はあなたを存じ上げないのに」

「あら、ご存知でしょう、少なくとも私のことは」

「本当に存じ上げません。どうして？　あなたはこの土地の人ではないのに」

「この土地の者ですわ。まさしく島の人間です。正確には、島の人間でした……。ベスト・ベッド・ストーン社って聞いたことはないかしら？」

「あります！　父の仕事を奪って潰そうとした会社です。少なくとも、その創業者の老ベンカム氏は」

「それは、私の父です」

「そうでしたか。悪し様に言ってすみません、個人的には存じ上げないものですから。会社に事業を託した後、引退してロンドンへお住まいなのですよね？」

「はい。私たちの家、いえ私のではないので父の家ですわね、サウス・ケンジントンにございます。引越してから何年も経ちます。でもこの時期にはこの島に来てシルヴァニア城を借りているのです。持ち主が一、二カ月不在になるので、その間だけ」

「では、とても近くにお住まいなのですね。僕の父の家はその近くの質素な住まいです」

「望めばもっと大きな家を買うことだってできるでしょうに」

「そのようにお聞き及びなのですか？　僕はよく知りません。父は仕事の話をあまりしないので」

「私の父は」彼女は急に勢いよく話し出した。「私が無駄遣いをしすぎるといつも叱るんですの！　今日は、特に酷かったわ。私が町に行くとお小遣いの範囲を超えて悪魔のように買い物をしてるって言ったんです」

「今晩のことですか？」

「はい。ふたりともカッとしていたので、眠るために部屋に行くふりをして、家を抜け出してきたのです。もう家に戻る気はありません」

「どうなさるんですか？」

「ロンドンにいるおばを訪ねようと思います。もし彼女が家においてくれなかったら生活費を稼ぎますわ。父の元にはもう二度と戻るものですか！　もしあなたにお会いしていなかったらどうなっていたことか。ロンドンまで歩かなければならなかったでしょう。本土についたらすぐに汽車に乗ります」

「この暴風雨でも実行なさるおつもりですか」

「止むまでは座って待たなければなりませんわね」

　そうして彼らは網の上に座っていた。ピアストンは老ベンカム氏を父の最強の敵だと知っていた。小さな石材商を吸収して巨万の富を得たが、ジョスリンの父は吸収するには少しばかり大きすぎたのだ。事実、現在もベスト・ベッド・ストーン社の一番の宿敵であり続けている。ジョスリンは、キャプレット家の娘に対するモンタギュー家の息子の役を演じることになった運命の不思議さを思った[007]。

話しながら、お互い自然と声を落とした。嵐の風音が大きく、互いにとても近く身を寄せ合っていた。十五分、また十五分と経つうちに声の調子は優しくなり、時間が経つのを忘れた。彼女が自分の立場を思い出して立ち上がった時には、旅立つにはとても遅い時間になっていた。

「雨であろうとなかろうと、ここに居るわけには参りません」彼女は言った。

「待ってください」手を摑んで彼は言った。「あなたと一緒に戻りましょう。汽車はもう行ってしまいました」

「いいえ、戻りません。バドマスの町で宿をとります。たどり着けたらの話ですが」

「もう遅いので、どの宿もやっていないでしょうが、ひとつ駅の近くに、あなた向きではない宿ならあります。そこでかまわないならご案内します。あなたを放っておくことはできません。一人でいらっしゃるのは難しいでしょうから」

彼女がどうしても行くというので、吹き荒れる嵐の中を出発した。彼らは、ビューンビューンと鳴り、くるくる廻る暴風雨の中を通って行った。左手の海はぐるぐるとうねり、高く盛り上がり、右手の海もあまりに近くまで迫っているので、彼らは、古代イスラエルの民〔「旧約聖書」出エジプト記〕のように、海の底を横切っているようであった。荒れ狂う外湾と彼らを隔てるものはもろい小石の堤防だけだった。波が打ち寄せると地面が揺れ、砂利が互いにぶつかり、しぶきが垂直に上がり、ふたりの頭に降りかかってくるのだった。小石の壁を大量の海水がつたい、小川となって二人の道を横切って内海に合流している。「島」はやはり島だった。

それまで、二人は自然の威力が分かっていなかった。この付近では、土手が突然決壊し、歩行者がよく海に吹き飛ばされ溺死するのだ。しかし、あたかも超自然的な力が働き、大天使ミカエルの剣によって二つに割かれた悪魔の体の

「霊妙な物体が閉じ
長く離れたままではいない」――008

ように、決壊のあとには再びまたひとつになるかのようだった。

彼女の服は彼のよりも風にあおられていた。その結果、より危険にさらされていた。彼の助けの申し出を断わるのは不可能だった。最初、彼は腕を貸したけれど、風は二人をさくらんぼのごとく簡単に引き離した。彼は腰に腕をまわし体ごと支えた。彼女は抵抗しなかった。

この頃に、もう少し早かったかもしれないし遅かったかもしれないが、彼はこの新しい友人とレレットの下にいた時から彼に潜んでいたある感覚に気がついた。若いけれど、それが何であるか分かるほどに経験は積んでいたので、危ないと思ったしうろたえもした。「恋の霊」の移動かもしれなかったが、まだそれが起こったわけではなかった。

毛皮をまとった彼女はなんと柔らかく温かいのだろうと思った。しっかりと抱えていたので、彼女の服の左側と彼の服の右側だけは乾いていた。そこだけは互いの圧力で雨を締め出していたのだ。

渡船橋（フェリーブリッジ）を渡ると、さらに雨宿りできそうな場所があったが、彼女がお願いするまで、彼はその手を緩（ゆる）めなかった。ふたりは廃墟となった城を通り過ぎ、島を後にして何マイルも進んだあと、隣町の海水浴場の外れにたどり着いた。足を踏み入れ、休むことなく歩いていき、肌までびしょ濡れになり港の橋を真夜中に通り過ぎた。

彼は彼女を可哀想だと思った。そして彼女の決意に驚きながらも感心した。湾に面した家の並びが彼らを完全に守っていたので、彼らは新しい線路の終着駅（当時はこの駅がそうだった）に簡単にたどり着いた。彼が言ったとおり、この辺りで開いている宿屋はひとつしかなかった。小さな禁酒宿で、海峡船が運んでくる郵便や旅行客のために一晩中開いているのだった。宿泊を申し出るとかんぬきが外され、通路のガス灯の下に二人は立った。

彼女はたいそう美しく、彼ほどの背丈があったが、まだ若く女ざかりなことが分かった。彼女の顔は、その美しさゆえというよりは尊大さによってだが、人目を惹くものだった。風や雨や水しぶきに打たれて、彼女の頬は牡丹のように赤く染まっていた。

早朝の汽車でロンドンに行くという決意は変わらなかったので、彼はそれほど重要でないアドバイスをするにとどめた。「それならば、部屋に行って服などを下ろしなさい。そのままでは着られないけれど、暖炉で乾かせば着られるよ。メイドに言ってそうさせ、ついでに何か食べるものを運ばせるよ」

彼女は同意したが、感謝しているそぶりは見せなかった。彼女が行ってしまうと、彼はこの宿で「夜の番」をしている眠そうな女の子に、約束の軽い夕食を持って行かせた。彼自身も空腹を強く感じていたので、自分の服を乾かすのと同時に食事をした。

最初どうしようか迷ったがすぐ、明日まではここに泊まろうと決心した。戸棚から体を覆うものと室内履きを取り出して、できるだけ快適にしようとしていると、階段からメイドが雨に濡れた女性の服を腕いっぱいにかかえて下りてきた。ピアストンは暖炉から身をひいた。メイドは、暖炉の火の前にひざまずき、二階にいるジュノーの衣服を広げると、水蒸気がもくもくとあがった。メイドは、ひざまずきながら前へこっくりこっくりし、我に返っては、またこっくりこっくりした。

「君は、眠いんだね」とピアストンは言った。「はい、ずっと起きていたものですから。誰も来ない時は、別の部屋の寝椅子に横になるんです」とメイドは言った。

「では、そうすると良い。我々はいないことにして、別の部屋に行って休みなさい。僕が服を乾かして畳んでおくから、朝になったらお嬢さんのところに持って行ってくれ」

「夜の番」は感謝して部屋を出て行き、隣からすぐ彼女のいびきが聞こえた。ジョスリンは作業にとりかかった。服を確認するとひとつひとつ広げた。湯気が上がると、彼は物思いに耽った。彼は再び、歩いているうちに感じた変化を意識した。「恋の霊」は、住まいを移した。この服の持ち主に移動してしまったのだ。

十分もしないうちに、彼は彼女を熱愛していた。

可愛いアヴィシー・ケアロウはどうしたのか？　彼は、以前ほど彼女を想っていなかった。

「恋の霊」を幼馴染みのアヴィシーに見たかどうか確信がなかったが、彼女の幸福を願ってはいた。しかし、彼女を愛していようといまいと、精霊と言おうか、感化力と言おうか、理想と言おうか、「愛」と呼べるものが、遠くにいる誰かではなく上の部屋にいるその人に静かに移動したのを感じたのだ。

アヴィシーは、自身の想像による恐れから、寂しい廃墟で会う約束を破った。しかし、実際、彼は彼女より、古いしきたりを守る島の外での教育を受けていた。だから、これはアヴィシーの思い違いから生じた奇妙な結果だったのだ。

第六章　瀬戸際

ベンカム嬢は、すぐそばの鉄道に向かうために宿屋を出ようとしていた。鉄道はまるでこの日のために、最近敷設されたかのようだった。ジョスリンの提案で、彼女はおばの家に行くという手紙を父親に書いた。彼の心配を鎮めて追跡を思いとどまらせるためだった。二人はプラットフォームまで一緒に歩いていき、互いにさよならを言い、それぞれ切符を買うと、ジョスリンはクロークに荷物を受け取りに行った。

プラットフォームで再び出会うと、見つめあう両者の瞳がきらりと光り、それが無線通信（フラッシュテレグラフ）のように「同じ町に行くのだから、同じ客室に乗ったらどうか」と言っているようだった。

彼らはそうした。

彼女は、機関車を背にした客室の角の席に座り、彼がその反対側に座った。それを見た車掌は、二人を恋人だと思い、他の旅客を案内しなかった。二人はつとめて一般的な話をした。彼女が何を考えているか彼には分からなかったが、停車するたびに、彼は邪魔が入るのを恐れた。ロンドンまで半分も行かないうちに、彼がうすうす感じていたことが確固たる事実となった。「恋の霊」が再び形となって現われたのだ。この女性を形作るすべての繊維と曲線を満たしたのだ。

ロンドンの駅に近づいていくことは、最後の審判に近づいていくことだった。どうして、こんな都会の人混みの喧騒に、彼女を置いていくことができようか？　彼女はガヤガヤしたところには慣れていないようだった。彼女のおばはどこに住んでいるのかと尋ねた。

「ベイズウォーターです」とベンカム嬢は答えた。

彼は辻馬車を呼び、自分の住まいも彼女のおばの家とそう離れていないからと同乗することを提案した。彼女が、彼の気持ちを分かっているのかどうかを知ることはできなかったが、彼女は、彼の申し出を受け入れて同じ馬車に乗った。

「僕たちは、昔馴染みだったのですね」動き出した馬車に乗って彼が話した。

「本当にそうですね」とニコリともせずに彼女が答えた。

「でも先祖代々の宿敵ですね、ジュリエット」

「え、何ておっしゃいましたの？」

「ジュリエットと申しました」

彼女は、半分誇らしげに笑ってこう呟いた。「あなたの父は、私の父の敵で、私の父は私の敵。なるほど、そういうことになりますわね」そして、互いに見つめ合った。「僕の女王のような愛しい人！」と彼は唐突に話した。「おば様のところに行くのはやめて、僕と結婚してくれませんか？」

彼女は真っ赤になったが、それは怒りに近いもののようだった。怒りそのものではなかったが、彼女は興奮していた。彼女は返事をせず、彼は彼女の威厳を致命的に損ねてしまったのではないかと不安になった。おそらく彼女は、彼女の目的のために都合が良かったから彼を利用しただけなのだ。彼は続けた。「そうすれば、君のお父様はもう君をとりもどせないでしょう。結局、これは見かけほど無鉄砲なことではありません。君は僕のことを知っている――僕の経歴と将来性を。僕も君のことを良く知っている。われわれの家族は、何百年も前からあの島で隣人だった。君はいまはロンドン子だけど」

「あなたはロイヤル・アカデミーの会員になれそうなのでしょうか？」彼女は、興奮を抑えるように、じっくり考えながら訊いた。

「そうなりたいと思っています――いえ、なります。もし君が僕の妻になってくれるのなら」

彼女は彼を長いこと見つめた。

「君が困難から抜け出す近道となります」と彼は続けた。「おば様を煩わせることもなく、激怒した父親に家に連れ戻されることもなく」

これが彼女を決心させたようだった。彼女は彼の抱擁に身を任せた。

「結婚までどれくらいかかるのですか？」すぐにベンカム嬢は、明らかに自制しながら訊いた。

「明日にでもできますよ。僕が今日の午前中に民法博士会館（ドクターズコモンズ）に行けば、明日の朝には許可証が下りるでしょう」

「おばの家には行きたくありません。自立した女性になるのです！　六歳の子供のように叱られてきました。あなたの言うように簡単なことなら、あなたの妻になります」

二人は相談をしながら馬車をとめた。ピアストンはカムデン・ヒルの近くにアトリエつきの部屋を持っていたが、結婚しないうちに連れていくのは良くないだろうと考え、ホテルに行くことを決めた。

目的地を変更したので、ストランドまで戻り、コベント・ガーデンの由緒正しいホテルのひとつに落ち着いた。この頃、この辺りは西の地方から来た人びとがよく訪れたのだ。ジョスリンは彼女を残して、用事を済ませに東のほう〔民法博士会館のある方角〕へ進んだ。

この突然の変更に必要なすべての準備を整えたら三時くらいになっていた。彼はゆっくりと散歩しながら戻った。当惑を感じていたので歩くのはいい気分転換になった。時折、店のショーウィンドウを覗き込み、思い立ったように辻馬車を呼び、御者に「メルストック・ガーデンズへ」と言った。そこに着くと、彼はアトリエのベルを鳴らし、一、二分後、彼と同じくらいの年齢のシャツ姿の若い男が、左手の親指に絵の具のついたパレットを付け出てきた。

「ああ、君か、ピアストン！　故郷に戻っていると思っていた。入れよ。来てくれて嬉しいよ。アメリカ人が絵を買いたいと言っていて、持ち帰れるように仕上げるためにここにいたんだ」

ピアストンが友人の後について仕事場に入ると、可愛らしい若い女性が縫い物をして座っていた。画家が合図を送ると、彼女は何も言わずに姿を消した。

「何か言いたいことがあるって顔だな。ここだけの話なんだろ。何かトラブルか？　飲みものはいる？」

「ああ、何でも構わないよ、アルコールだったら何でも……。なあサマーズ、ぜひ聴いてほしい、まさしく話したいことがあるんだ」

　ピアストンは肘掛け椅子に座って、サマーズは再び絵を描きはじめた。召使いがピアストンの神経を和らげるために持ってきたブランデー、ブランデーのアルコールを和らげるためのソーダ、ソーダの刺激をまろやかにするためのミルクを持ってきた時、ジョスリンは、少し後ろにある絵の前に立っているサマーズ自身にというよりは、彼のゴシック様式の暖炉と、同じ様式の時計と絨毯に向かって話し始めた。

「僕に何が起こったかを話す前に」ピアストンは言った。「僕がどんな人間かを知ってほしい」

「閣下、もう存じておりますよ」

「いいや、分かってない。あまり人に話したくないようなことなのだ。夜も眠れず考えている始末なんだ」

「そうか！」サマーズは、友人が本当に悩んでいるようだったのでより大きな同情を示した。「僕は、奇妙な呪い、というか影響の下にある。ある生き物、否むしろ女神とでもいうものの手練手管の早業にまごつき、当惑し、うろたえているのだ。詩人ならアフロディテとでもいうだろうし、僕なら大理石にそれを表わすだろう。……しかし、忘れないように言うが、これは言い訳じみた泣き言ではない。弁明――『我が人生の弁明』[009]だ」

「よろしい。始めたまえ！」

第七章　これまでの化身

「サマーズ君、君は世間に流布する愛すべき迷信を信じ続けているような人間ではないだろう。どんな男の『恋の霊』も、常にもしくは多くの場合において、男がそうあってほしいと願う限り、ひとりの女性の身体の中ないしは殻に長い間とどまっているという迷信だ。もし僕の思い違いで君がそんなに古めかしい過ちに固執しているなら、僕の話はかなり奇妙に聞こえるだろう」

「あらゆる男の『恋の霊』って訳ではなく、ある特定の男の『恋の霊』についてだろう」

「そうだね。もし君がそんなにこだわるのなら、僕が話そうとしているのはたった一人の男についてだ。僕が生まれた島は変わった空想的な種族が住んでいて、きっとそのせいなんだろう。そのひとりの男の『恋の霊』は、たくさん具現化される——多すぎて詳細には描ききれないほどだ。それぞれの形に具現化されているものは、仮の住まいにすぎないんだ。それは中に入ると、しばらく滞在して、出ていった後は物体だけ残していき、僕の知る限りでは悲しいことに、抜け殻になってしまう！　超自然的なたわごとではない——単なる事実なのだ。因習的な世間を気遣った分かりやすい言い方をするとこうなる。原則についてはこのくらいにしておこう」

「なるほど。続けてくれ」

「ああ。最初にそれが形になって現われたのは、僕が覚えている限り九歳の時だった。『恋の霊』が容れ物にしていたのは、青い目をした小さな八歳くらいの女の子だ。十一人家族で、亜麻色の髪を肩くらいまで伸ばしていて、カールにしようとするのだけれどうまくいかず、かまどの吊るし鉤のようになっていた。その欠点に苛立って、僕としてはそれが主な原因となって、僕の『恋の霊』がその仮住まいからいなくなってしまったのだ。いつ出ていったのかは正確には思い出せない。暑い真昼に、庭の椅子に座って青いギンガムの傘の下でその娘にキスをした後だったと思う。その傘は東石切場の通行人に僕らの愛情の印を見られないように開いたのだけど、その覆いがかえって人目を惹くことには気がつかなかった。

彼女の親が島を去ってすべての夢が終わった時、『恋の霊』はもう永遠に現われることがないと思っていた（初めての日没を見たアダムのように[010]）。しかし、そうではなかった。ローラは永遠にいなくなってしまったけど、『恋の霊』は違っていたのだ。

亜麻色の髪の娘から『恋の霊』が去って何カ月も経ち、もう現われないのだと嘆いていた。その時、それは予期せずに突然、予想もしない状況下に現われたのだ。バドマス・レジスの予備校に隣接した舗道にある縁石に立って海を眺めていたら、中年の紳士が馬に乗って通り過ぎた。その側を、若い女性が同じく馬に乗って通りを下りていった。おそらく僕がぎこちない賞賛で口をポカンと開けていたか、笑顔を見せていたかしていたのだろう。彼女はくるりと振り返って――微笑み返してくれたのだ。しばらく先に行ってまた振り返って微笑んでくれた。

それだけで僕に火をつけるには充分、いや充分すぎるくらいだった。僕はすぐに自分の感情によって伝達された情報を理解した。『恋の霊』が再び現われたのだ。それが喜んで住まいとした二番目の女性はかなり大人びていて、肌の色は一人目より濃かった。髪は同じように結ばれていたけれど普通の茶色で、目の色も普通の茶色だったと思うけど、彼女の目鼻立ちの繊細さは、大ざっぱにはまとめられない。ともかく、待ち望んでいた人が形となって現われたのだ。クラスメイトに怪しまれないように急いでお別れを言って、彼女と彼女の父親が通っていった散歩道を急いだ。しかし、馬が早足（カンター）になったので、どちらに行ったのか分からなくなってしまった。とてもがっかりして脇道を下っていると、同じ二人が僕のほうに向かって馬にギャロップさせているのが見えた。僕はすぐに興奮状態になったよ。全身真っ赤になりながら、勇敢に立ち止まって彼女の顔を直視した。彼女はもう一度微笑んでくれた。でも、何てことだ！　彼女の頰は僕への情熱の色には染まっていなかった」

ピアストンは一呼吸おき、呼び起こした過去の光景にしばし浸っているようにグラスを口にした。サマーズはコメントを差し控え、ジョスリンは話を続けた。

「その日、僕は道をぶらぶらしていて、彼女を探してみたのだけど無駄だった。初めて彼女が通り過ぎるのを見た時に一緒にいた友人のひとりに会った時、それとなくその時のことを思い出してもらい、馬上にいた人を知っているか訊いてみた。

彼は『ああ、知っているよ。タージ大佐とお嬢さんのエルシーさんだ』と言った。

歳が離れていそうで気になったので『彼女、何歳くらいだと思う？』と僕は訊いた。

『えーと、十九歳だということだよ。明後日、第五百一師団のポップ大尉と結婚して、すぐにインドに赴任するんだって』

それを聞いて深い悲しみに襲われたので、夕暮れにまぎれて港のへりに行き、自分の命を終わらせようと思った。しかし、この辺りで倒れていた死人の顔に蟹がぴったりとくっついて悠々と死体を食べていたという話を思い出して、そんな不愉快なことになるならと思いとどまった。言っておくが、愛する人が結婚することは気にならなかった。それよりも、彼女が旅立つことが悲しかった。もう二度と彼女を目にすることはないのだから。

肉体の不在が、精神の不在を含んでいないことを僕はすでに学んでいたけれど、その場合、最後に住まいとしていた人とは別の人として戻ってくる可能性があるということには半信半疑だった。

ところがそうなったのだ。

でもそれはだいぶ時間がたった後のことで、十代の中頃で、その時期の少年特有の、女の子をバカにする荒々しい時期にあった。十七歳位の時、ある晩同じ海岸のカフェでお茶を飲んでいたら、向かいに小さい女の子を連れたご婦人が座っていたんだ。僕らはしばらく見つめあっていた。子供が近寄ってきたので『いい子ですね』と言ったんだ。

女性は同意して話を続けた。

『お母様に似た優しい綺麗な目をしていますね』と僕は言った。

『素敵な目とお思いになるの？』とご婦人は母親似という言葉が聞こえなかったかのように訊いた。

『ええ、瓜二つです』と彼女を見ながら言った。

このあと、僕たちは仲良くなった。彼女の夫がヨットで出かけてしまったと話したので、気分転換にご一緒すれば良かったのにと僕は言った。彼女は次第に、夫に放っておかれていることを打ち明けた。のちに道で会った時、子供を連れていなかった。彼女は桟橋に夫を迎えに行くところだと話していたが、どう行ったらいいのかを知らなかった。僕は、道案内をすることになった。詳細は省くけど、その後何度かお会いして、彼女に潜んでいる『恋の霊』を発見したのだ（長い間どこに行っていたかまったく姿を見失っていたのだけれど）。他にも女性はたくさん存在するにも拘らず、なぜ、『恋の霊』は、よりにもよって近づきがたい既婚女性に潜むというもどかしい状況を選んだのか知る由もなかった。この恋は何事もなく彼女が夫と子供と一緒に町を出るときに終わった。彼女としては僕たちの関係を戯れとみなしただろうが、僕はいい加減な気持ちではなかった！

まだじれったい話は終わっていないんだ！　この後、『恋の霊』は、ますます頻繁にその存在を見せるようになった。一人一人の化身の姿を事細かに話すことなどできない。その後二、三年の間に九回も現れたのだ。四回はブルネット、二回は淡い色の髪、二回か三回は濃くも薄くもない色の娘。ときに背が高くしっかりした体つきの娘もいたけれど、多くの場合は、それほど背の高くない、しなやかで軽やかな人肌に潜り込むのを好むようだった。だんだんと、その入れ替わりに慣れてしまい、あらがうことはせずに身を任せ、様々な姿をした彼女と話し、キスをし、文通をし、彼女を想って心を痛めたものだ。そう、つい一カ月前までは、そんな感じだったのだ。そして初めて戸惑うことがおきた。アヴィシー・ケアロウという幼少の頃から見知っている娘に『恋の霊』が入ったのかどうなのかが分からなくなったのだ。結局のところ、まだ彼女を大事に思っているのだから彼女には入らなかったのだろう」

ピアストンは、アヴィシーとの再会を手短かに話し、婚約の間際までいって思いがけず彼によって破棄に到ったこと。それはマーシャ・ベンカムという一人の女性に出会い、「恋の霊」が間違いなく彼女に入ったと思われたからだと話した。彼は、突発的に結婚を決意したことを詳しく述べ、サマーズに、そんな状況で自分が、彼女ともしくは誰かと結婚すべきかどうか尋ねた。

「しないほうが絶対にいいね」とサマーズは答えた。「誰かということならばアヴィシーだけれど、ベンカム嬢ともやめておいたほうがいいだろう。君も世間一般の男と同じだってことさ、いやもっと酷いけど。すべての男は元来、君のように移り気なのだ。だけど、君ほど鋭敏な男はいないよ」

「移り気という言葉は当てはまらないよね？　移り気っていうのは、相手は変わらないのに飽きるってことだ。でも僕は、その捉えどころがなく、手からすり抜けていく何かに対してずっと一途でいた。これは言いたいけど、『恋の霊』が、人から人へせわしなく移動するのは、僕にとってまったく楽しいことじゃなかった――僕が引き起こしたふしだらなゲームじゃなかったということだ。これまで完璧で、神聖だった人が、みるみる神々しさを失っていき、平凡に成り下がる、炎から灰になる、光り輝く生命力が遺骨と化すのは、誰にとっても楽しいことではないだろうが、僕にとって紛れもなく身悶えするような惨状だったよ。悲しみに満ちた抜け殻は、まるで鳥が巣立ったあと雪に埋もれている巣のようだった。『恋の霊』を見ようと顔を覗き込んで、もういないのを見るのは、まったくもって惨めだった」

「君は結婚すべきじゃないよ」とサマーズは繰り返した。

「おそらく、そうだろうね！　マーシャの誇りは傷つけられるだろう、もし僕が結婚しないと——僕がこのことで呪われているというのは間違っているかい？　幸運にも、誰も僕以外それで苦しんでる男はいないのだから。何が起きるか分かっているので、僕はどんな女性ともめったに親しくなれないのだ。彼女のなかの『恋の霊』を早まって追い出してしまうのではないかと思って。もちろんいずれ出ていくのだけれど」

ピアストンは暇乞（いとまご）いをした。このような話題において、友人のアドバイスはあまり重きを置かれないものだ。彼はすぐにミス・ベンカムのもとに戻った。

彼女は様子が違っていた。不安のために目に見えて落ちこんでおり、ときどき見せる上唇の高慢な曲線もあまり見られなかった。「ずいぶんと長いこと外出していらしたのね！」彼女は苛立ちながら言った。

「心配しないで。準備はすっかり整ったから」と彼は言った。「数日のうちには結婚できるよ」

「明日じゃないの？」

「明日は無理だよ。ここに来てまだ時間が経っていないから」

「そんなこと民法博士会館の人にわかるのかしら？」

「ああ、仮在住にしても在住していることが必要だということを忘れていて、うっかり到着したばかりだということを認めてしまったのだ」

「まあ、馬鹿ね！　でも今更どうしようもないわ。ああ、私ももっとよく知っておけば良かった！」

第八章　「稲妻のように」

二人は、客室メイドに好奇の目で見られたり、ときおり偶然を装ったウェイターに突入されたりしながら、数日間ホテルに滞在し続けた。人目を避けて二人で裏通りを歩いている時、マーシャはいつも黙ったままで、尊大な浮かない顔をしていた。

「だんまりかい！」とそんなとき彼はからかうように言った。

「あなたが民法博士会館で例のことを認めてしまったために、結婚許可証が直ちに発行されなかったのでしょ。それでイライラしているのよ！　こんな風にあなたと暮らすの嫌だわ！」

「でも、いずれ結婚するんだよ！」

「そうね」彼女は呟いて再び物思いに沈んだ。「なんて急な決断をしてしまったのでしょう！」彼女は続けた。「父と母に結婚の承諾をもらえたらいいのに……。まだ一日か二日は結婚できないのなら、手紙を送って返事をもらえるかもしれないわ。書いてみようと思います」

ピアストンは、それは賢い方法かどうか疑わしいと言及したが、彼女のやる気をかえって搔きたてたようで、結果口論になり、最後には「どうせ遅らせなくてはいけないのなら、私は両親の同意なしに結婚しないわ！」と感情的になって叫んだ。

「分かったよ、それなら手紙を書けばいい」と彼は言った。

二人で部屋に戻って、彼女は机に座って書こうとしたが、しばらくすると絶望的になってペンを放り出した。「できない。書けないわ！」彼女は言った。「こんなことをするなんて、そこまでプライドを捨てられない。あなたが代わって書いてくれない？」

「僕が？　どうして僕が書かなきゃいけないのか分からないよ。まだ時期尚早だと思っている僕がなぜ書かなくてはいけないのか分からないね」

「私は父と喧嘩(けんか)をしているけれど、あなたはそうではないからよ」

「なるほど、喧嘩はしてないね。でも長年の対立があるのだから、僕が書くのはおかしいよ。結婚するまで待って、そうしたら僕が書くよ。それまでは無理だ」

「では、私が書かなくてはならないのね。あなたは私の父を知らないのよ。他の一家とだったら無断で結婚しても許してくれるかもしれないけど、あなたの家をケチな一家と思っていますし、商売敵として憎んでいます。こっそりピアストン家の人間になったりしたら死ぬまで許してくれないでしょう。そのことを忘れていたわ」

この発言はピアストンに不快なショックを与えた。ロンドンで芸術家として独立してはいるけれど、彼は素朴で年老いた父を信頼していた。父は、ベンカム家の侵略的な商売に抵抗し堅強に持ちこたえながら稼いだお金を、ジョスリンが一流の学校で美術を学び生活するために使ってくれた。二度とケチな家族と言ってくれるなと彼女に求め、彼女は静かに手紙を書き続け、当座は居場所が見つからないように郵便局気付にした。

　幸先の悪いことに、返事は来ずマーシャが家を出てから届いた彼女宛の手紙が何通か、何の添え書きもなしに郵便局へ転送されてきた。彼女は一通一通開けて最後に「何ということでしょう」と叫び、笑い出した。

「どうしたの？」とピアストンが尋ねた。

　マーシャは、手紙を声に出して読んだ。それは彼女の誠実な恋人、ジャージー島〔イギリス海峡にある英領の島〕の若き紳士からの手紙で、彼女と言い交わした言葉を受けて、すぐにイギリスに向かって出発するということを知らせていた。

　彼女は、笑っていたが気にしているようだった。

「どうしましょう？」と彼女は言った。

「どうするかだって？　ひとつしかないじゃないか。明らかだよ。君は結婚するところだと早めに知らせてあげなさい」

　さっそくマーシャは返事を書き、ジョスリンは、できるだけ穏やかな言葉遣いにするために手助けをした。

「繰り返しますが」彼女は手紙をこう結んだ。「完全に忘れていたのです！　本当に申し訳なく思っています。でも本当のことなのです。夫となる人にすべてを話し、彼は今肩越しに手紙を書くのを見ています」

　こう書かれたのを見てジョスリンは言った。「最後の言葉は省いたほうがいいね。可哀想な青年を余計に傷つけるだけだよ」

「傷つける？　そんなことはありません。彼が私を困らせに来たいと思うはずがありません。ジョスリン、あなたのことを手紙に書いたことを誇りに思ってほしいわ。昨日、私がある科学者のことを話して結婚していたかもしれないと話したとき、私はうぬぼれていると言ったわね。でも、これでもう一人の夫候補があったことが分かったでしょう」

彼は沈んだ様子で「ああ、もうその話は聞きたくないよ。君は軽々しく話すけど、その類の話は明らかに不愉快だ」と言った。

彼女は口を尖らせて「そうかしら、私はあなたがしたことの半分もしていないわ！」

「何のことだ？」

「私は忘れていて約束を守らなかったのだけど、あなたは覚えていたのに約束を破ったじゃない！」

「ああ、そうだね。アヴィシー・ケアロウを引き合いに出して言い返すがいいよ。でも彼女のことで僕を苦しめたり、裏切ったことを後悔するというような、そんな思いがけないことを僕にさせないでくれ」

彼女は口をきゅっと結んで顔を真っ赤にした。

次の朝、ピアストンとの結婚の同意を求める手紙への返信が来た。驚いたことに、父親の言葉は、彼女の予想していたものとは違った。生粋の島の人間で古い島の結婚観が家庭に浸透していた時代に生まれた彼は、彼女が世間体の悪いことをしたのかそうでないかは、未来はともかく現在は問題にしていないようだった。憎きピアストンとの結婚への反対を覆すことはしそうにもなかった。結婚の許可はしない、これ以上は、彼女と会うまでは、頑として彼は何も言わないだろう。もし娘に分別が少しでもあってまだ結婚していないのなら、今いる場所から誘き出された家に自主的に戻ってくるはずだ。そうしたら、自らはまり込んだ絶望的な状況にいる娘にできることを考えよう、それまでは彼は何もしないと決めていた。

ピアストンは、彼女の父が明らかに彼と彼の財産を低く見積もっていることに皮肉たっぷりにならざるを得なかったし、マーシャはその皮肉に立腹した。

「皮肉を言うなら私に対してだわ！」彼女は言った。「お小遣いを使いすぎたということでちょっと小言を言われたなんてくだらない理由で家を飛び出して、自分が馬鹿だったと思い始めています」

「戻りなさいとアドバイスしたろう」

「ある意味ではね。でも言い方が悪かったわ。あなたは父の商人としての誠実さを馬鹿にしたのよ」

「ああいう言い方しかできなかったよ。残念ながら、僕の知る限り――」

「他にどんな悪口が言えるの？」

「何にも――君にはね、マーシャ。世間で言われている悪口以上のものではないよ。みんな知っているんだが、一時、君のお父さんは僕の父を破産させることを仕事としていた。その手紙のなかで僕に触れている部分を読むと、彼の敵対心はまだ続いているようだね」

「私の父のような気前のいい男に滅ぼされた守銭奴ね！」彼女は言った。「そんな誤解を言うのは、ピアストンの家の人たちくらいのものだわ！」

マーシャの目が光り、顔が怒りで燃えた。おそらくその熱によって強められた美しさは、続いて表われた顔つきの直線的な厳しさによって打ち消された。

「マーシャ、その癇癪(かんしゃく)はひどすぎるよ！　父のやり方を一つ一つ詳しく説明することもできるよ——皆できることだ——採石場を一つ一つすべて、父は死に物狂いの勇気で手に入れてきたんだ。何もやましい事実はない。結婚しようとする僕たち二人にとって両親たちの関係はやっかいな事実で、僕たちはやっとそのことに気がついたのだけど、どうやって乗り越えたらいいのだろう」

彼女ははっきりと言った。「乗り越えるなんて絶対にできないと思いますわ！」

「できないかもしれない——できないかもしれない——完全には」ピアストンは呟きながら、彼のジュノーの古典的な顔と濃い色の目が表わす軽蔑という美しい絵を眺めた。

「あなたが私にその振る舞いを謝ってくれない限りは！」

ピアストンは、このあまりに横柄な女性に対して無礼なことをしたとは思えなかったので、何もしていないことに対して謝るのは嫌だと断った。

そこで、彼女はすぐに部屋を出た。しばらくして部屋に入ってきて苦々しい言い方で沈黙を破った。「あなたが言うように癇癪を起こしていました。でも、物事には原因があります。あなたが私のためにアヴィシーを捨てたのは間違いでした。ロザリンと結婚しない代わりに、ロミオはジュリエットと駆け落ちしなければならなかった。このヴェローナの恋人たちの愛にとって、あの時二人で死んだのは幸運でした。いずれ短期間に、この二家族の敵意は、大紛争の種になったでしょうから。ジュリエットはジュリエットの家に戻され、ロミオはロミオの家に戻されたでしょう。

敵意という原因が私たちを裂いたように、彼らを裂いたでしょうから」

ピアストンは、少し笑った。しかし、ティータイムに現われたマーシャは、痛々しいくらいに真剣に、彼が謝罪を拒否してからずっと考えて、おばの家に行くことにした——とにかく、自分たちの結婚に父が同意する気になるまでは——と話した。ピアストンは、彼女の独立心に驚き、決断に背筋が寒くなった。このような状況では、普通の女性なら逆の行動をとるだろうから。しかし、彼は邪魔するようなことはせず、これまでの熱愛からは考えられない冷たいキスをして、石屋のモンタギュー家のロミオはホテルを出ていった。いがみあう家のジュリエットに何かを強いるそぶりはみせたくなかったからだ。彼が戻ってくると彼女はもういなかった。

早急な婚約をした二人の間で文通が始まった。やっかいな二人の関係は、家族の不和という深刻な原因によるものであるという観点から文通は続けられた。彼らは、この最近の恋が何であったのかをこのように見た。

「あまりにも向こう見ず、あまりにも人の意見をきかず、あまりにも唐突、
あまりにも稲妻のように……」——[011]

落ち着いて、冷静に、分別をもって眺めてみると、二人の再会は期待できなかった。
二人の話し合いは、マーシャからの最後の手紙で決着がついた。手紙は他でもない島にある彼女の実家から出され

たものだった。彼女の父がおばの家に突然現われて、家に帰るように諭したのだという。彼女は、父親に駆け落ちのすべての状況を説明し、単なる偶然によるものだと話した。父は、ピアストンとの意見の不一致によって彼女自身が得たであろう確信に基づいて彼女を説得した。結婚したいという考えは、少なくとも今は先延ばしにするべきだ。二、三日の無駄な情熱の力に一生をかけて、すぐに結婚をして、変えられない状況の惨めな犠牲者になるよりも、バツの悪さやスキャンダルのほうがましであるということだった。

彼女の父がこのように考えるのは、彼が倣ってきた風習の下にある結婚についての島特有の考え方によるということ、石材商はこのような場合、娘の不始末の普通の救済策を直ちに主張したりしないで、結果を待つつもりだということがピアストンにははっきり分かった。

しかし、ピアストンは、マーシャ自身の癇癪が収まり、自分の本当の立場に気づいたら、家族の敵意があっても、彼のところに戻ってくるだろうと考えた。そのような手段をとってはいけない社会的理由は何もなかった。生まれにおいて二人は釣り合いがとれていた。マーシャの家は、富の獲得にも社会的地位の獲得にも先手をとっており、それがこの縁談の片方に優位を与えているように感じられたが、ピアストンは彫刻家で、有名になる可能性があった。したがって、かなりの財産を相続する見込み以上に特別な機会に恵まれていない女性にとって、二人の結婚が不幸なものとみなされる可能性はなかった。

ピアストンはがっかりしたけれど、マーシャ自身がロンドンの彼の家に訪ねてくるチャンス、また彼と一緒になるという伝言がくる見込みが少しでもある限り、それで教会で結婚となるかもしれないので、彼は誇りをもってロンドンの家にいなくてはいけないと思った。しかし、夜になると、彼は自分の小さなロマンスの展開にたいして冷笑的な声と嘲笑を風の中に聞いた。ゆっくり過ぎてゆく味気ない日々には、彼は座ったまま、最近慈しんだ形から「恋の霊」が悲しげに飛び立つのを目撃し、ついにそれは消え去ってしまった。それが完全に引退した正確な時をピアストンは知らなかった。記憶に残る彼女の体の線に認められる「恋の霊」の輪郭は、もはや多くはなかった。またマーシャの言葉のアクセントに聞かれる「恋の霊」の音色も多くはなかった。彼らがお互いに知り合ったときは激しかったが、後に引きずるには短かすぎる恋だった。

その後、信頼できる筋から、彼自身に関係のある二つのニュースを聞いた。ひとつは、アヴィシー・ケアロウが従兄弟と結婚をしたこと。もう一つはベンカム一家が、世界旅行に旅立ったということだ。これは、サンフランシスコで銀行家をしているベンカム氏の親戚への訪問も兼ねていた。仕事から引退した彼は余暇を持て余していたので、旅行が健康にいいと知って、好きなだけ旅行をすることに決めたのだ。そうは知らされていなかったけれど、ピアストンは、マーシャには駆け落ちの結果、何も起こらなさそうなことが分かったので、両親に同行したのだと結論づけた。彼は、これが意味すること、つまり彼女の父親がピアストンの血と名前を持つ者と彼女が結婚することに頑固に反対していることに今まで以上に打ちのめされた。

第九章　遠くにあるおなじみの現象

　ピアストンはだんだんと日常を取り戻していき、仕事にも以前のように打ち込んでいた。続く一、二年のうちに一回だけ、故郷の住民からベンカム一家の動向について便りが届いた。マーシャと両親の海外旅行は長期に及び、彼らは、外国の状況に熱烈な興味を抱き、聞くところによると、彼女の父は、少し体調を崩す以外は活力に溢れ健康で、国際的視野がもたらした見通しを用いて、外国の事業に投資していたのであった。ピアストンが考えていたことは本当になった。マーシャは両親についていき、ピアストンと一緒になる必要がないのだ。彼自身結婚しかけていた女性との別れが合意のもと永久になったようだった。

　彼の想像によく現われるお気に入り「恋の霊」の肉体化した住処はもう発見できそうもなかった。マーシャとの結婚は、許可証の申請というところまで進んでいたので、彼は、初めて契約という行為まで行ったことによって、彼女に対して道徳的な絆を感じていた。そのため最初のうちは、消えた「恋の霊」を意図的に探そうとはしなかった。このように、ベンカム嬢の不在の最初の一年間は、もし彼女が戻ってきたら、その捉えがたい「恋の霊」の肉体化には忠誠を尽くすと固く誓ったのだが、奇妙な空想を持つこの男はときどき、もし、「恋の霊」が思いもかけない人に突然現われて、気がつかないうちに誘惑されたら自分の決意はどうなってしまうのだろうと考えて震えるのだった。一度か二度、彼はそれを遠くに見た気がした——通りの端っこで、海岸の遠く離れた砂浜で、窓に、牧草地で、駅の線路の向かい側に。しかし、彼は断固として踵を返し、別の道を進むのだった。

マーシャの独立心（それに時折密かに感心するのだけど）の衝撃から平穏な季節がたくさん過ぎていくうちに、ジョスリンは、絶えず湧き出てくる感情の泉を、彫刻の創造に注ぎ込んだ。それがなかったら、その噴出は偉大な男以外のすべての男を破滅させていただろう。結果への気遣いなしに、素晴らしい芸術を残し、何年ものスランプを脱し、突然めざましく成功したのは、おそらくそのおかげだった。

彼は努力なしに栄えた。ロイヤル・アカデミーの準会員になった。

しかし、かつて激しく望んだ社会的地位は、今の彼の役には立たないと認識するのだった。独身であったため、彼がそう呼ぶところの魂の停泊所や聖堂もないので、彼は社交界を漂った。名誉が結晶化するような家庭を持っていなかったので、それは彼を物質的に豊かにはしたが、積み重なって重みを増すのではなく散ってしまうのだった。

彼はもし自分の作品が自分以外の目に触れなかったとしても、同じだけの情熱で彫刻刀を持ち仕事を続けただろう。彼は、理想像に対する世間の評判には無関心だったので、芸術的な冷静さを保てた。批評の嵐に悩まされて、持って生まれた性向を乱されることなくやりすごすことができた。

美の探求は、何年にもわたって彼の唯一の楽しみだった。道すがら見つけた顔全体もしくは一部にでも、移ろいやすい肉体にかろうじて現われているものを、永続性のあるものに表現したくなるのだった。彼は、人混みをかき分け、探偵のようにその相手を追った。乗合馬車の中、辻馬車の中、汽船の中、群衆の中を通って、店の中、教会、劇場、パブ、スラム街――近くで見てみるとたいてい骨折り損に終わるのだった。

このようにモデルになるような美人を追跡している時、彼はときどき、テムズ川南側にある埠頭に停泊している、南海岸から来た二本マストの船から、まさに彼の父親の切り出した何トンもの石灰石が陸揚げされているのを目にした。大きな塊を目にすることもあって、イギリス海峡にある島の岩をそんなに頻繁に削り取っているのだから、やがて削りきってしまうのではと思った。

彼にはどうしても理解できないことがひとつあった。どのような観察によって、詩人と哲学者は、愛の情熱は若い頃に激しく燃え、成熟するにつれだんだんと弱火になっていくと考えるのだろう。マーシャがいなくなってから、二十五歳から三十八歳までの間、創作期間が続いた。独り身の孤独からだろうか、彼は情熱を持って恋することもあった――とは言っても、事実それは自制のきいたもので――彼が青臭い頃には知り得なかったものだった。

島で育てられた気まぐれな想像力はどんどん育ち、「恋の霊」――再び姿を現わした――は、いつでも彼のそばにいた。何カ月もそれは劇場の舞台にいたのだけれど、それが飛び去ってからは空っぽで可哀想な遺体が残され、それなしで劇が演じられているのだけれど、彼にとってはマネキンのように見え、欠点ばかりが積み重なって平凡さで汚されているのだった。それはおそらく、華やかな夜会、展覧会、バザー、晩餐会で出会う目立たないご婦人として再び現われ、そこから離れた後は、何カ月か後に、慣れない用向きで出掛けた高級服地店の優美な店員になった。そして、またその身体から移ったかと思うと、今度は、人気女流作家、ピアニスト、ヴァイオリニストとなり、彼は一年ほどその聖堂を崇めるのだった。一度、王立ムーア式パレス・バラエティといったミュージックホールの踊り子に現われたが、彼女とは一言も交わしたことはなかったし、彼女のほうは彼がいることすら気がつかなかった。舞台の袖で十分でも彼女と会話をしたら、捉えどころのない霊は、もっと近寄りがたい人物にあわてて走り去ったことであろう。

彼女は、ブロンドだったり栗色だったり、背が高かったり、小柄だったり、ほっそりとして直線的だったり、ふくよかで曲線的だったりした。唯一変わらないのは、留まる期間が不安定だということだった。ベルネ[012]の言葉を借りれば、変化以外に変わらないものはないのだ。

彼は自分自身に言った。「奇妙なことに、僕の経験や特異な性質は、他の人にとっては時間の無駄でしかないが、僕に真面目な仕事を作ってくれるということだ」これらの夢をすべて彫刻に変えたところ、それが、彼が決して目指してはいなかったし、ほとんど軽蔑すらしていた大衆の好みにぴたりとはまったのだ。つまり手短かに言えば、彼はしっかりした芸術的名声から、人気という輝かしく刺激的であると同時に長続きしないものに流される危険があった。

「いつか報いを受けるだろうね」と時折サマーズは言った。「不名誉なことに巻き込まれるというのではない、君はその理論に理想的に振舞っているから。そのプロセスが逆になるかもしれないということだ。君と同じように『恋の霊』が飛び回る女性を君が好きになって、君は笠貝（かさがい）みたいに離れられなくなるけれど、彼女は彼女の幻影を追って離れていき、残された君は心を痛めるのだ」

「そうかもしれないね。でも僕は違うと思う。使徒パウロの身体のように[013]『恋の霊』の身体も日々死んでいる。なぜなら、捉(つか)まえたと思ったらもうそこにいなくて、よしんば僕が望んでも、僕はひとつの化身に固執することができないのだから」

「もう少し歳をとるのを待つことだ」とサマーズは言った。

第二部　四十歳の青年

「私が愛することを「愛の神」が望むのならば、
私は応じなくてはならない。
それは、どんな偶然も取り去ることができないのだから。
富める時も、そうでない時も、
心をこめてつとめよう。
忍耐をもって仕えよう。」

T・ワイアット卿

第一章　昔の幻影が現われる

何年も過ぎ、ピアストンの芸術的な情熱は一時中断させられた。医者のすすめに従ってサンドボーンに転地療養をしていた父が突然亡くなったという知らせが入ったのだ。

ピアストンの父は、マーシャが軽率に思い出させたように、幾分ケチなところがあったと認めざるを得ない。しかし、ジョスリンには出し惜しみをしなかった。かなり厳しい親方で、支払いは信用できた。即金で妥当な金額の支払いをし、余分に出すことはしなかった。控えめな経営ぶりのわりには、蓄積した資産の多額さに皆が驚いた――ジョスリンが想像していたよりも遥かに多かった。ジョスリンがはかない幻想を永続する形に削り出している間、彼の父は、半世紀にわたってその元となる材料を、ずっと掘り出していたのだ。イギリス海峡にある固くそびえる岩を、彼のクレーンと滑車、貨物運搬車とボートを使い、イギリス全土に送ってきたのだ。彼の遺志に従い、商売のすべてをまとめて終わらせた時、ピアストンが自身の仕事で得た一万二千ポンドに八万ポンドが加えられることになった。

ピアストンは、そこに居住する気はなかったので、採石場以外の島にある自由保有の不動産を売る手配をして、ロンドンに戻った。彼はよくマーシャはどうしているだろうかと考えることがあった。彼女に迷惑はかけないと約束し、二十年ほどそうしていたが、現実的な困難に遭った時は、常識を持った友人として彼女が自分の側にいたらとため息をつくこともあった。

マーシャの両親はおそらくもう亡くなっているだろうし、彼女は島に戻らないことを知っていた。結婚して外国にいるかもしれず、そうすると彼女を旧姓で見つけるのは不可能に近かった。

穏やかな時間が過ぎていった。父が他界してから最初に社交界に出たのはとある晩だった。他にすることもなかったので、友人のひとりである身分の高い夫人からの招待状に応じることにして、彼女が一年のうち三、四カ月を過ごす地区へ馬車で向かった。

馬車が角を曲がると北側に一列に家が並んでいるのが見え、ドアに見知った案内係がいる一軒があった。バルコニーには中国の提灯が飾られていた。一見して、通常「少人数で早めに終わる」もてなしが、この時は、大人数でいつまでも終わらないものになっているようだった。政治的に大きな局面を迎えているために、チャネルクリフ伯爵夫人の夜会にも、大勢が集まっているのだと分かった。彼女の夜会は、政治的に中立な、あるいは政治的でないものであったので、このような会こそ、政治を公言した夜会より政治が自由に激しく議論されるのである。

馬車が並んでいるのを待ちたくなかったので、ピアストンは少し前でそっと降りて歩いた。見物人が壁になって行く手を遮っていて、彼は白い外套を着た淑女たちが馬車から降りて、ドアまで敷かれたカーペットを歩いていくのを見た。ぼんやりと姿しか見えず、顔は分からなかったが、突然ある予感がした。それは、今夜、「恋の霊」に再び出会うかもしれないということだ。長らく姿を消したままだったが、再び姿を現わして彼を夢中にさせるつもりなのだ。

どんなに異なる見た目で現われようと、その瞳の輝き、歌うような声、頭の回転のすべてを、彼はよく知っていたので、どんな肌の色、輪郭、アクセント、背の高さ、仕草に変装していても、彼はすぐに見つけることができた！

その夜はにぎやかな政治的な集まりになるだろうというピアストンの推測は、ホールに入ったとたん確信になった。階段にまで人が溢れ出していて熱気で湯気が見えそうだった。政党や派閥の世界で緊張が頂点に達した時にいつも見る光景だった。

「ずいぶん長いこと姿を見せなかったじゃない？　お若い方」と女主人は彼と握手をしながらいたずらっぽく言った（ピアストンは四十になっていたがいつでも若いと認識されていた）。「ええ、もちろん、分かっていますわよ」と彼が父を亡くしたことを思い出して、真面目な顔をして付け加えた。この女主人は、女性の資質としてよく求められるような素晴らしい資質、ユーモアや素早い同情心を備えていた。

彼女は、自身が名前だけ連ねている政党が、現在の危機の影響でスキャンダルに巻き込まれたことで、もう政治には関わらないと誓ったそうで、今まで以上に中立的な家として認識して下さってよいと言った。その時までに、人びとが渦になって階段を上っていき、ピアストンは後に続こうとした。

「どなたかお探しのようですね――違いますか」と彼女は言った。

「はい、ご婦人なのです」とピアストンは答えた。

「お名前をおっしゃってください。いらっしゃるか分かりますわ」

「いいえ、名前は知らないのです」と彼は答えた。

「まぁ！　どのような方ですの？」

「それも分かりませんし、肌の色やドレスさえも」

チャネルクリフ夫人はからかわれていると思ったようでふくれ面をし、彼は人波に流されていった。ピアストンはその時、探していた女性は目の前で話している女主人ではないかという驚くべき発見をした気がした。彼女はいつも魅力的だったが、今夜は特に魅力的だった。彼は、「恋の霊」の酷い悪戯の可能性に足がすくむ思いがした。それが既婚女性に姿を変えることは以前にもあったが、幸運にも深刻な事態には至らなかった。しかしそれは思い違いで、彼は、最近は孤独だったために緊張状態にあり、そのような空想をしてしまったのだろうと思い直した。

すべての部屋で、時局の見解について討論が交わされていた。政党の神々はそれぞれ戦闘隊形をとった天使たちとともに居たが、公的問題を扱う際のマナーと形態の輝かしさは目立たず、独創的な考えの欠如ばかりが目立っていた。賢明な政府の原理原則は、誰の心にもなかった。与野党についての終始にこやかで鋭さのないやりとりで盛り上がっているだけだった。しかし、ジョスリンの関心は、この流れには入っていかなかった。何か変わったものが流れてきて彼の心の表面に引っ掛かるのを待っている、小川にあるひとつの石のようだった。

新しい形になった美しい人を探しながらも、これまでとは違い、この時点ではでこの場合の出会いは実現しそうなものであるとは思っていなかった。

一番大きな部屋の中央には元首相が立っていて、こういう時の彼の持ち味である、愛想の良い、ほとんど陽気といっていい態度で語っていた。彼を取り囲んでいる集団に彼女がいないかと探した。二、三人の淑女がいて、黒と白の装いの女性が加わると、ピアストンの目が彼女に惹きつけられた。同じようにその大物政治家も彼女をじっと見つめ、周囲に聞こえるほどの声で「どなたですか？」と訊いた。彼女がそれに答えると、彼は興味をもって聞き手に回った。元首相は、気の弱い話し手を遮らないように気を付けていたので、誰かが話し始めると直ちに耳を傾けた。ここが元首相の周りに立っていた人たちとの違いだった。彼ほど学ぶということを知っている人はいなかった。元首相のマナーは、思想を作り出すことはできなくても思想を受け取ることのできる、自惚れのない人のマナーだった。

彼女が少し話をすると、ジョスリンに内容は聞こえなかったけれど、その政治家は「ハッ、ハッ、ハッ」と笑った。女性は顔を赤らめた。シェリーの言う「幾つもの名前を持つ一つの形」が再び現われるという先ほどの予感によってジョスリンは緊張し、興奮し、周りにはほとんど気をとられず、彼の注意を引きつけた彼女の全身をもっとしっかり見ようとした。

女性は依然として周りにいる人びとによって一部遮られていた。チャネルクリフ夫人が元首相に紹介する人を連れてきて、女性たちは入り乱れたので、ジョスリンは、「恋の霊」がこっそりと帰還した人物を見失ってしまった。

親切な女主人の親戚の優しく若い婦人に「恋の霊」はいないだろうかと探してみると、彼女は今までになく魅力的に見え、空色のドレスを身に纏（まと）い、白い首と胸に飾り物はなかったため、いつになく柔らかい空気の精のような様子をしていた。彼女は彼を見て、二人は寄りそった。彼女の顔つきは、「今夜の、私をどうお思いになって？」と言外に問うているようだと彼は思った。彼女に最後に会ったときは田舎の邸宅で雨の日で、彼女は冴えない喪服を着ており、みんなが不機嫌であったからだ。

「新しい写真があるので出来を見ていただきたいわ」と彼女は言った。「お願いだから、本当のことをおっしゃってね」

彼女はそばの抽出しから写真を取り出して、よく見るために揃って長椅子に座った。肖像写真は、最も当世風の写真家に撮ってもらったもので、とても良かったので彼はそう言った。しかし、写真を見比べながら、彼の心は、単なる評価とは違うものに奪われていた。彼は、あの捉えがたいものがこの女性に入ったかどうかを知りたかった。

彼は彼女を見上げた。驚いたことに、彼女の心も、写真ではない別のものに向けられていた。彼女の目は遠くにいる人びとを見ており、ピアストンと向かい合って話しているのを見せつけたいかのようだった。特に、ピアストンの知らない三十歳位の軍服の男性に彼女の視線は注がれていた。ピアストンは、この若い女性に、「恋の霊」が宿っていることはないと確信して、返答をしながら彼女を冷静に観察した。二人はそれぞれ同じことをしていたのだ。互いに相手の話していることに興味を持ち、話が盛り上がっているふりをしている時でも、それぞれの注意は別の方向に向けられていた。

そう、彼はまだ「恋の霊」を見ていなかった。明らかに今夜は見ないだろう。それは、喧喧たる政治的雰囲気に恐れをなして逃げてしまったのだ。しかし、彼はこういう所に出没するアフロディテ以外の亡霊のような小悪魔には気を留めず、探し続けた。その小悪魔が嘲りながら指摘していたのは、次のことであった——金貨を数える声と、ヨーロッパの運命に強い影響を与えた条約を締結したときの苦労でしわの刻まれた額をもち、白髪で、勲章リボンをつけ、敬意に満ちた聞き手に取り囲まれたこのご老人は、くるみの殻の中に入るくらいの小さな心臓しかもっていないだろうということ。また、あちこちのパールやピンク色をした胸を飾る白いリボンの下には、その持ち主を、どんな手段を用いても結婚式まで地上に止めておかねばならない片肺しかないかもしれないということ。

その時、彼は愛想の良い当家の主人と出くわし、ほとんど同時に、最初に彼を惹きつけ、そして消えた淑女を認めた。二人は離れていたが目が合った。ピアストンは、内心笑った。これが本当のほりだしものとなるかどうかについては分からず、それは単に不安定な興奮のなかにあるにすぎなくて、歓喜への衝動をともなってはいなかったからだ。この人を騙す鬼火と目が合うと、彼は市場の羊のように心臓がドキドキしてしまうのだった。

しかしながら、彼はその時、この家の主人であるチャネルクリフ卿と話をしなくてはならなかった。ほとんど最初に彼が言った言葉は、「黒いドレスを着て、白い毛をまとって、パールのネックレスをしている綺麗な方はどなたですか？」だった。

「存じません」と嫉妬を感じ始めてピアストンは答えた。「僕も同じことを伺うつもりでした」

「ああ、すぐ分かるでしょう。妻が知っていると思うが」彼らが別れると、やがて彼の肩に手が触れた。チャネルクリフ卿が、すぐに戻ってきたのだ。「私の父の旧友、先代ヘンギストベリー卿の孫だ。彼女の名前は、ニコラ・パイン・エイヴォン夫人。二、三年前、結婚直後に夫を亡くしている」

チャネルクリフ卿の興味は、側にいた高位聖職者に集中してしまったので、ピアストンはひとりで彼女を追い求めることができるようになった。彼の若い友人、レディ・マベラ・バタミードは、モスリンに包まれて、舞踏会のほうに行こうとしていたのだが、人波に流されて彼の側にやってきた。彼女は感じやすい、感情をあらわにする女性で、生きていることを愉快に感じ笑う人だった。どちらに行こうとしているのか尋ねられたので、彼は答えた。

「ああそう、彼女ならよく知っているわ！」と、マベラ嬢は熱心に話した。「彼女は、特にあなたにお会いしたいと言っていたわ。可哀想な人、ご主人を亡くされたの。たしか、ずいぶん前のことだと思いますが。女性はこのように結婚して、破滅すべきではないわ。そうではない？　ピアストンさん。私ならしないわ。私はそんな危険を冒さない決意をしているわ。するとお思いになりますか？」

「ご結婚をですか？　決してなさらないでしょう」とピアストンはそっけなく言った。

「これはこれは有り難うございます」おどけながら返したが、マベラは彼の返答を聞いて不愉快だった。彼女は付け加えて、「だけど、面白半分にしても良いかもしれないと思いますのよ――では一緒に彼女のほうに向かって行って、捕まえましょう。ご紹介いたしますわ。でも、こんな調子では、彼女にたどり着けませんわね！」と言った。

「市長就任パレード〔ロンドン市長就任を祝う派手な催し〕を追う市民のように醜い突進をしなければね」

彼らは話し、目的の人に少しずつ近づいた。彼女は隣人と会話していた。彼女は、イスラムの黄金の都市の幻想の中に、ある詩人がみた、

「その仕草が心とともに輝く女性の形」――015

であった。

彼らの前進は、つねに阻まれた。ピアストンは、夢の中でいつもそうであったように、足が宙に浮かないかぎり、

追跡する目的に到達しないのであった。大勢の女性たちの肩甲骨（けんこうこつ）、後ろ髪、キラキラ輝く頭飾り、うなじ、つけぼくろ、ヘアピン、真珠色の白粉、にきび、多色切子の面にカットされた宝石、首飾りの留め金、扇、コルセット、七通りの格好の肘と腕、十三種類もの耳などを十分間じっと眺めてから、編み上げ靴のつま先を、鋤（すき）のように使って、レディー・マベラと目標に向かって進んだ。そうしてパイン・エイヴォン夫人に近づいた。彼女は奥の客間でお茶を飲んでいた。

「ニコラ、あなたのところまでたどり着けないと思ったわ。この恐ろしい政治のおかげで、今夜はいつもより悪いわね！　でも、やっとたどり着いたわ」彼女は進み出て、側にいるピアストンの存在を知らせた。

未亡人は本当に、彼と知り合いになりたいと願っていたようだった。レディ・マベラ・バタミードは、よくある作り話をしてはいなかった。三人のなかで一番若い者が他の二人を知り合いにしてから、彫刻家よりもっと若い男と話しに行った。

パイン・エイヴォン夫人の黒いヴェルベットと絹の衣服は、白い飾りとともに彼女の白いうなじと肩を素敵に際立たせていた。肩は、化粧で白くしているわけではないのに、少しのシミもなかった。遠くから見ると優しい考え深い人だったが、近くで見てもそうだった。彼女は彫刻については、時流に沿った意見というより、健全な意見をもっていた。一、二の前述した人を除いて、彼が今夜会った初めての知的な女性であった。

彼らは直ちに知り合いになった。会話が途切れたとき、二人は、遅れてきた客たちが持ってきた新しいニュースによって新たに興奮が引き起こされたのを知った。ニュースは、黒い服を着て目を輝かせた女性によって波紋を投げかけるようにもたらされ、好むと好まざるとに拘らず男性たちの耳を傾けさせた。

「私は、部外者でよかったわ」と、パイン・エイヴォン夫人は、彼が立っているそばのソファに座って言った。「あそこにいる従姉のようにはなりたくないものね。夫が次の選挙で落選するのではないかと思って取り乱しているのよ」

「そうですね。普通賭けをするのは女性で、男性はカードでしかありません。残念なのは、クリケットが選手にとってゲームであるように、政治が政治家にとってゲームであることです。政治が政治を任されている者たちの真面目な義務になってはいないことです」

「誰かが言ったように『あらゆる国の民は、田舎家に住む』[016]と感じたり、考えたりする人はなんて少ないのでしょうね！」

「そうです。貴女がそれを引用したので驚きましたが」

「ああ、私は党員ではありませんもの。親戚の人たちとは違って。いつでも最善のコースがあります。国民は英知を持ってそれを発見すべきだわ。優位にある政党の意思によって、二つのコースを行ったり来たりするかわりに」

このように始まったので、多くの点において同意するのに困難はなかった。ピアストンは一時十五分前に階下に行き、鼻から湯気を出している大使の馬の下を通って、広場の鉄柵を背に彼を待っていた辻馬車へ向かった。「恋の霊」が、暗がりから再び現われた印象であった。彼のほうから仕掛けたものではなかった。彼にとって、こういう「恋の霊」の再現の仕方は疑いもなく、居心地の悪いものであった。

このことに関して彼は次のことに気づいていた。今までと同じように今回も、彼の前に踊っている「恋の霊」は、彼女の背後にある女神で、踊る人形の糸を引いている。彼は最近、芸術家としての腕だめしとして、考えつくかぎりの姿と雰囲気を持った女神像を造ってみていた。彼は、「恋の霊」の制作のみできる芸術家となった。しかし、彼の努力は失敗に終わっていた。「恋の霊」の失敗作しか生み出せない彼を、執拗な虚栄心を持つ「恋の霊」が、再び罰しているかのようであった。

第二章　それは近づき彼を充たす

彼は、パイン・エイヴォン夫人の顔は思い出せなかったけれど、彼女の目が忘れられなかった。その目は、丸く、好奇心に溢れ、耀(かがや)いていた。栗毛色の髪も耀いて、ティアラを必要としていなかった。あの場にいた老貴婦人は一万ポンドのティアラをつけていたけれど、女中の九ペニーのモスリンの帽子よりみっともなくみえた。

もう一度、彼女と会うべきかどうかピアストンは迷っていた。自重すべきと考えていたのだが、部屋から出たときに、七十歳の友人ブライトオルトン夫人閣下にばったり出会ってしまった。彼女は、急いで彼を明後日のディナーに誘い、いつもの律儀な態度で、彼がロンドンを離れていなかったら、二、三週間前にお誘いしていたところだと言った。現在のピアストンにとって社交で好きなのは、来られなくなった主教、伯爵、次官のかわりに、急な間に合わせとしてディナーに招待されることであった。彼が強く惹かれている人も招かれていると聞き、彼は即座に出席の約束をした。

ピアストンは、ディナーでパイン・エイヴォン夫人をエスコートして、食事中は他の誰とも話をしなかった。それから少しの間、客間では形だけ離れていたが、やがて互いに魅きつけられて、最後には一緒にいた。十一時少し過ぎに彼は屋敷を後にした。あの灰色の目のなかに永久に忠誠を誓う「恋の霊」が、間違いなく長く住み着こうとしていた。それだけではなかった。別れ際に二人が握手をした時、彼は無意識に彼女の手を意味深に少し強く握った。脈拍にすぎないような僅かな反応があり、二人は互いに同じ印象を持っているようだった。つまり、彼女は喜んで先へ進むつもりなのだ。

しかし、彼にできるだろうか？

ここまでの戯れの恋愛に大きな害はなかった。しかし、彼女は彼の経歴、すなわち彼の性質にかかった呪いを知っているのだろうか？　彼が、愛の世界の彷徨えるユダヤ人[017]であることを。彼の幻想がどんなに落ち着きなく理想的であるか、彼のなかの芸術家がどんなに求婚された者を消耗させたか、彼が喜んでしようと思ってもできないことを、できるように見せかけることによって、女性を二倍傷つけるのではないかと、彼はつねに怯(おび)えていた。ずっと家庭生活に憧れてきたけれど、家庭を得るために現実的に一歩一歩を進めようと思うことができないのだ。そのようなことを、彼女は知っているのだろうか？　彼は現在、四十歳を越えていたし、彼女はたぶん三十歳だろう。若い男のように無分別で自分勝手で意味のない恋愛を、彼女に仕掛けようとは思っていなかった。今までそのようなことを打ち明けることは全く要求されなかったけれど、何も彼女に話さないで先に進むのはフェアではない。

彼は直ちに、「新しい化身」を訪問しようと決意した。

彼女は、流行の地ハンプトンシャー・スクエアに連綿と続く高級住宅地に住んでいた。彼は感動的な時間が過ごせるだろうと期待して出掛けていった。しかし、あれほど熱心に家に招待されたにも拘らず、呼び鈴すら冷たく感じた。

　ピアストンの驚いたことに、お屋敷の雰囲気も住人の対応も似たり寄ったりで、冷たかった。彼が通り抜けたドアは、一カ月間も開けられていなかったように見えた。大きな客間に通されて、彼ははるか遠くの肘掛け椅子に腰掛けている淑女を見た。彼はカーペットの上をかなり歩いて、やっと彼女のところにたどり着いた。確かに、パイン・エイヴォン夫人であったが氷のような冷たい態度だった。彼女は、読んでいた本から調べ見るように目線を上げて、ピアストンとは関係ない贅沢な気分に浸るように椅子の背に寄りかかった。そして、月並みな言葉で彼の挨拶に応えた。

　哀れなジョスリンは、今ではかなり気を取り直してはいたが、この客の受け入れ方には度肝をぬかれた。彼は明らかに彼女を愛し始めていたので、吐き気を感じ、ほとんど怒り出したいくらいだった。しかし、彼の愛情はまだ初期段階だったので、自分の立場を滑稽に感じ笑いが込み上げてきた。彼女は椅子をすすめ、自分がはめている指輪を弄び始めた。

　二人がその日のニュースについて話していると、オルガンが外で鳴り響いた。その調べは、彼がどこかのミュージックホールで聞いたことのある陽気な歌であったので、気分転換のつもりで、この曲を知っているかどうか訊いてみた。

「いいえ、存じませんわ」と、彼女は答えた。

「では、お教えしましょう」と、彼は真面目な調子で言った。「これは『男たらしのホーンパイプ』という昔の健全なメロディーの編曲なんです。マデイラワインが一夜にしてポートワインに変えられてしまうように、この古い旋律は、手直しされ編曲されて新しい人気曲となったのです」

「まあ、そうなのね！」

「もしあなたに、ミュージックホールとかバーレスクに行く習慣があれば――」

「あれば？」

「このような改変がよくなされていて、素晴らしい効果をあげていることが分かります」

　彼女の態度は幾分和（やわ）らぎ、二人は彼女の住まいに話題を移した。新しくペンキが塗りかえられて、上品な青みがかった緑色のサテンの壁紙が頭の高さまで貼られていた。これらの工夫は、窓の日よけと合わさって、彼女の少し衰えてきたがまだ美しい顔をより美しく見せる効果があった。

「ええ、数年前にこの家を購入しましたのよ」彼女は満足そうに述べた。「日々愛着が増しますわ」

「寂しくなることはないのですか？」

「あら、一度もないわ！」

　しかしながら、ピアストンが暇（いとま）を告げるべく立ち上がろうとする頃には、彼女はかなり親しげに見えた。三人の女性がタイミングよく訪れたので、彼が家を後にしたとき、彼女は残念そうだった。またお越し下さいと言われたので、彼は本当のことを言おうと考え、「いいえ、もうここへお伺いすることはないでしょう」と、他の女性たちには聞こえないように答えた。

　彼女はドアのところまで彼を追ってきて「何という無礼なことをおっしゃるのでしょう！」と、驚きながら囁いた。

「確かに無礼ですね。では、さようなら」と、ピアストンは言った。

　彼女は仕返しにベルを鳴らさなかったので、彼は自分で外に出る道を探すはめになった。彼は、「どういうつもりだろう」と階段の途中で立ち止まって考えたが、意図は明白だった。

一方、彼女に三人の淑女の一人が言った。「素敵な髪をしたあの面白そうな方はどなた？　この間、チャネルクリフ夫人のお屋敷でも見たわ」

「ジョスリン・ピアストンよ」

「まあ、ニコラ、彼のことをちょっとでも知ってたら、あんな風に帰らせるなんて酷いことしなかったでしょう。私なら彼と知り合いになるためには何でもするわ！　彼の彫刻が彼の経験によるものだと知って以来、彼と知り合いになりたくて仕方なかったのよ。彼がどんな経験をしたか、ジャージーの新聞で、彼の妻とされている人の結婚の記事を読んだとき知ったわ。その人は、何年も前に彼と駆け落ちしたのだけれど、思うところがあって、結婚はしなかったのよ！」

「え！　彼は結婚していなかったの？」と、パイン・エイヴォン夫人は驚いて言った。「私は昨日、彼が別居しているけど結婚していると聞いたばかりだったのよ」

「それは大間違いよ」と、若い女性は言った。「追いかければ良かったのに！」

しかし、ジョスリンは美しい未亡人の家を足早に後にしていた。続く二、三日は、外出をあまりしなかったが、一週間ほどして、アイリス・スピードウェル夫人と食事をする約束があった。彼女は、ロンドン一の聡明な女主人であったので軽視できなかったのだ。

偶然に、彼は早く到着した。アイリス夫人は、晩餐室が整えられているかを見るために、少しの間客間を離れていたので、彼が客間に入ったとき、ランプの光の下には一番先にきた来客であるニコラ・パイン・エイヴォン夫人がひとりでそこに立っていた。彼は、こんなところで彼女と再会しようとは思ってもみなかった。アイリス夫人の家では誰とでも会う可能性があるが、それでも彼女がいるとは予想していなかったのである。

彼女はクロークから出てきたところで、謙虚に謝罪をしたがっているように見えたので、彼のほうも親愛の情を示したくなった。他の客たちも部屋に入ってきたので、二人は奥まった場所に移動して、すべての人びとが晩餐室に移動するまで話をした。

彼は、晩餐室まで彼女をエスコートするように言われていなかったが、テーブルに着いてみると、彼女は彼の真向かいの席だった。両脇のキャンドルに挟まれて、彼女は魅力的に見えた。突然、彼女の先日の態度は、もう何年も消息を聞いていないマーシャについて、何か間違った報告を耳にしたからなのではと彼は勘づいた。彼女の消息を彼は何年も聞いていなかった。なにはともあれ、彼は女性の不可解な態度に憤りを感じる気分にはなれなかった。通常それは、事実、理性、可能性、彼自身の功罪とは関係なく生じることが分かっていたからである。

そこで、彼は食事を続け、テーブルごしに時折彼女の目を見つめ、彼女が発する綺麗な言葉に耳を傾けた。彼は、ただ丁寧に応対しただけであったが、パイン・エイヴォン夫人は、明らかに積極的だった。彼は、再び彼女に惹かれていたけれど、彼女の家での振る舞いを思い出して踏みとどまった。――「恋の霊」が本当に彼女の身体の線のなかに住みついたのか、あるいは、この興味深い洗練された人を一時的に通っただけなのであろうかという疑念にかられていた。

彼はこの疑念を頭で反芻していたが、彼女が無理に明るく振る舞っているのを見て、情に流されそうになっていた。その時たまたま、ハンカチを探そうとポケットに手を入れたら、何かが手に当たった。それは、家を出るときに届いた手紙で、辻馬車のなかで読もうとコートのポケットに入れたものだった。宛先が見えるように引っ張ると、消印から生まれ故郷の島から来たものだと分かった。便りをよこす人に心当たりがなかったので、誰から来たのか思いをめぐらした。

右側に座っていた、彼がエスコートしてきた女性は、ロンドン屈指の——さらに言えば、英国、米国屈指の——女優であった。ふんわりとした衣服をまとい、ホウセンカかイソギンチャクのように透き通って影がなく、特定のバネを押せば開いて動きだす、ワイヤーの沢山ついた機械のように、とても滑らかで反応の良い動きをしていた。バネとはこの場合、彼女が欲しがっていた芸術的賞賛と言ってよい。この時彼女は、彼女の右側に座ったこの家の家長である男性と話をしていた。家長は、彼の封建時代の過去から五百年の回想を長々と意味もなく大声で話していた。ジョスリンの左に座ったご婦人は、控訴院裁判官の妻で、テーブルの向こう側の人と話していたので、このとき彼はひとりで考えに耽ることができた。このタイミングを利用して、彼は手紙を引っ張り出し、誰にも見られていないと思ったので、ナプキンの上に置いて読み始めた。

それは、父が雇っていた男の妻からの手紙で、息子がロンドンである職に応募するので推薦してほしいと頼んだものであった。しかし、その手紙の末尾にかれの目は釘付けになった。

とても残念なお知らせとなりますが、娘時代アヴィシー・ケアロウと呼んでいた者が他界しました。ご存知か分かりませんが、彼女は従兄と結婚してこの地を去り、二、三年は幸せだったようですが、未亡人となり一年前に帰ってきたのです。それから徐々に弱り始め、ついに亡くなってしまったのです。

第三章　それは手の届かぬ亡霊となる

感知できないほどゆっくりと、晩餐会の光景が遠ざかっていくようだった。そこにアヴィシー・ケアロウのいきいきとした姿と、彼女の人間性と深く関わっている懐かしいヴィンディリア島の景色が浮かび上がってきた。晩餐室はもはや現実のものと思われず、険しい断崖と西の海の下に消えていった。この家の主人の右正面にいた美しく立派な侯爵夫人は、ゼラニウムの真っ赤なドレスにダイヤモンドを身につけていたのだが、それは「死人の湾」の深紅の日没となり、その前にアヴィシーの姿が見えた。ニコラの隣に座った、顎髭（あごひげ）を一日中十五分おきに剃っているかのように顎がつるりとした判事とジョスリンの間にも、彼と最後の別れをしたときに彼が見たアヴィシーの顔が現われた。あと数年歳をとっていたなら、娘とおなじような落ち着いた服装をしていただろうと思われたが、歳はとっても衰えを知らない社交界の令夫人のしわだらけの顔は、彼とアヴィシーが何百回も這って下りて遊んだ彼らの両親の埃っぽい石切場に変わっていった。テーブルクロスの周りに飾ったツタ、長い燭台の光、花束は、崖上の城にからまるツタ、島の灯台、海草の束に姿を変えた。海の潮風が豪華な食事の匂いを消し、人びとの騒々しい声のかわりに、ビール岬の沖でさざめく波の音が聞こえてきた。

とりわけ大きな変化だったのは、ニコラ・パイン・エイヴォンが、最近まで身にまとっていた、花がほころぶような耀きを失い、これといった特徴のないただの知り合いに成り果てたことだ。彼女は、もはや単なる骨と肉で出来た物質、その輪郭と表面に過ぎなくなってしまった。もう生き生きとした暗号で語るようなものではなかった。

ご婦人たちが退席したあともそれは変わらなかった。彼を愛した女性たちの中で彼が決して愛さなかった唯ひとりの女性、アヴィシーの魂が天空のように彼を取り巻いた。「芸術」が、最も著名な肖像画家の一人の姿をして彼に近づいてきた。しかし、ジョスリンにとって画家は一人しかいなかった。それは彼の記憶である。ヨーロッパの外科医学に精通し、何百人もの生きた人間の体内にメスを入れてきた無害で気取らない老医師が、彼に話しかけてきた。しかし、埋もれた田舎娘の百合のように白い遺体に心を奪われたピアストンには、このような手術の達人との会話への興味は湧かなかった。

客間にたどり着いて、彼は女主人に話しかけた。彼女は二十三人のお客をその晩食卓でもてなしたのだけれど、食事中誰が何をして何と言ったかばかりか、何を考えていたかも知っていた。

それで、旧友として彼女はピアストンにそっと尋ねた。「何かお困りでしょうか。そうでしょう。お顔を拝見していてそうだと思いましたの」

事実を述べる以外には、彼の最近のニュースが意味するところを表現することはできなかった。彼は手紙を開封したこと、知り合いが他界したことを知ったと話した。

「僕が正しく評価しなかった唯ひとりの女性と言えるでしょう」と彼は言った。「ですから、ずっと後悔し続ける唯ひとりの女性です！」

これが充分な説明だと彼女が思ったかどうかは分からなかったが、彼女はそのまま受け止めた。彼の知り合いの中では、彼の常軌を逸した行動に驚かない唯ひとりの女性であったので安全とみて、彼は彼女を信頼していた。

彼はパイン・エイヴォン夫人には二度と近づかなかった。近づくことができなかった。暇乞いをして彼は放心状態で歩いて家にたどり着いた。自宅に着いてから、腰をおろして手を頭の後ろに組み、今まで考えていたことを再び思い起こしてみた。

部屋の片隅に、書き物机があり、その下段の抽出しから、しっかり釘で封印された小箱を取り出した。彼が釘抜きでそれを開けると、そこには後で整理しようと思って放り込んだままにしていたものが入っていた。ジョスリンは、うんざりするような書類の束、色の褪せた写真、印章、日記帳、枯れた花のようなものに紛れていた、小さな肖像写真を取りだした。写真術の発達初期のもので、ガラス板に撮られピカピカ光る安物の金属枠にはめられていた。

それは、彼が二十年前に一、二カ月島を訪ねたときのアヴィシー・ケアロウであった。彼女の若々しい唇はキュッとすぼめられ、両手はおとなしく組まれていた。ガラスに撮られていることで、実物のやさしさが強調されているようだった。この写真が撮られた時のことを彼は覚えていた。ある午後、することがなく近くの海水浴場の砂浜に座っていた時に、しつこく勧誘してくる写真屋に撮ってもらったらどうかと彼女に提案したのだった。しばらく写真を見ていると、例の手紙から始まった感情が着地点を見つけた。彼は、生きているうちは愛することができなかった女性を、亡くなって手が届かなくなってしまってから愛した。別れてから二十年の間、彼女は、もしかしたら結婚したかもしれない人としてほんのたまに思い出すだけだった。しかし、彼女との若かりし頃の友情を思い出すにつれ、そのどれもに彼女の無垢な性質が表われているのを知り、言葉にはできないくらいの後悔にさいなまれ、恋い焦がれるような執着が燃え上がった。

彼の威厳を損ねたキス、大人の女性としての自覚のないままに子供っぽくした彼女のキス、そのほんの少しでも今欲しいと思った。

ピアストンは、自分自身の感情に腹を立てていた。子供時代の遊び友だちを失ったに過ぎないのに、理不尽で動機が見えないほど強い感情だったからだ。「今の僕はまともじゃない！」とベッドに横になって言った。彼と疎遠になってからほとんどの時間、彼女は他の男の妻だったし、今や亡骸（なきがら）となっている。もうどうしようもないのに、彼の深い悲しみは和らがなかった。しかも、飛び立った魂へ新たに感じた愛情は、もともとキラキラと輝くほどに純粋だったと気がついた。もう彼女の肉体はなかったから、それは精製されて純化された香油のような愛となった。こんな気持ちは初めてだった。

翌日の午後、彼はクラブに行った。男性がお互いに話をすることがほとんどない大きなクラブではなく、午後の出来事を話したり、秘密がもれることを心配せずに、お互いの個人的な弱さや過ちを告白し合うことを恥ずかしがらずにできるような家庭的なクラブである。しかし彼は、このことを話さなかった。あまりにも曖昧模糊（もこ）とした話であったので、言葉にするのは香りを籠に入れて閉じ込めようとするに等しかった。

彼らは、ピアストンの様子がいつもと違うことに気がつき、恋しているんだねと言った。彼はそうだと言って、それでお終いであった。家に帰ってから、彼は寝室の窓から外を眺め、どちらの方向に、あの可愛らしい姿が横たわっているのだろうかと考えた。それは真っ直ぐ先の新月の下だ。月というシンボルがそのことをよく表わしている。神々しい銀色の弓形も、失われた彼女よりは純粋ではなかった。その月の下には、太古のスリンガーズ島があり、そこには石で出来た島の一部であるかのように、窓の仕切りから煙突の先端まで石で出来ている一軒の家がある。窓の月明かりに照らされ、白い布に包まれたアヴィシーがいた。島特有の微かな音だけが聞こえる。石切場の鑿（のみ）のチンチンという音、湾の潮の打ち寄せる音、決して静まらず荒れ狂う海の流れのくぐもった音。

彼はやっと本当のことが判り始めた。亡くなったアヴィシーに情熱を刺激されることはなかったけれど、彼女は他の女性たちが持っていない性質を元から備えていた。それがないと一人の女性をずっと変わらずに愛し続けるという不変性は発揮できないのだ。アヴィシーの家族は、ピアストンの家族と同様に、何世紀もの間ノルマン、アングル、ローマ、バレアリス・ブリトン〔紀元前、地中海西部からの侵略者〕時代から、この島の民であった。彼女の性質の中には、彼と同じようにこの島から吸収した神秘的な要素、もしくは夫婦を強固に結びつける同胞としての連帯感があった。島の女性は洗練に欠けていたので好きになりそうではなかったけれど、この島の出身でない女性は、その基本となる性質の欠如によって長く愛することができなかった。

ピアストンはこのように考えていた。さらに付け加えるなら、芸術家の世迷言（よまよいごと）かもしれないがもう一つ彼が考えたことがある。ケアロウ家は、他の家系と同様に、スリンガーズ島の住民の血筋が多少は接ぎ木されているとは言え、古代ローマの血を引いていた。彼らの顔の造作は、ピアストンのように容貌に詳しい人にとっては、イタリアの農民を思い出させたし、古代ローマ人が、ここイギリスの片端にある島に多く入植したという記録もある。また、島へと通じるローマ街道には、ヴィーナスの神殿が建っていたそうである。スリンガーズ島の愛の女神は、きっとそれより先に建てられていたのだろう。彼の魂が真に求める星が、この古い島の血の中にしか見出されないとは、いかにも自然なことではないだろうか？

夕食の後、昔からの友人サマーズが煙草を吸いに入ってきた。少し話した後で、さりげなく翌日に予定されている会合で落ち合おうと誘われた。

「すまないが、僕は行かないよ」とピアストンは言った。

「でも、約束だっただろう？」

「うん、でも僕は島に行くんだ。とある亡くなった女性の墓参りに」そう言いながら目をそらせて、側のテーブルをじっと見た。サマーズは彼の視線を追って、スタンドに立てた写真を見た。

「これが彼女かい？」

「そうだ」

「じゃあ、かなり昔のことなんだろう？」

ピアストンはそうだと答えた。「僕が今まで一人だけ軽視してしまった女性だ、アルフレッド」と彼は言った。「大切にしなくてはならなかった唯ひとりの女性だ。僕が馬鹿だったんだ」

「だけど、彼女がもう亡くなって埋葬されているのであれば、君の心を慰めるための墓参りはいつだって行けるじゃないか」

「埋葬されたかまでは分からないよ」

「でも、明日の夜はアカデミーの会だぜ！　なぜよりにもよって明日なんだ？」

「アカデミーはどうでもいいんだ」

「ピアストン、君は僕らの仲間内で、唯ひとりの天賦の才能を持つ彫刻家だ。現代のプラクシテレス〔紀元前四世紀のギリシアで最も有名な彫刻家〕かリュシッポス〔紀元前四世紀の多作で有名なギリシアの彫刻家〕と言ってもいい。僕らの世代の中で、血の通った彫刻を削り出して、つまらない大衆を人気絵画から引き剝がし、万年閑古鳥が啼いている講堂へと引き入れることができるのは君くらいだ。君の最新作を見た人びとは、千六百年以来――だったかな、「偉大な民族」の彫刻家が生きていたルネッサンスの時代以来――こんな作品はないと言っているよ。だから、ロンドンでこんなにも君が皆に必要とされている時に、百年くらい昔に会った女性を見るために、神にも忘れられたような島に急ぐべきではないよ」

「いや、十九年と九カ月前だ」とピアストンは、上の空で正確に答えた。翌日、彼は出発した。彼の若い頃に小石の堤に沿って鉄道が敷設されていたので、レールが波に洗われる時は多かったけれど、それ以外の時は、半島に行きやすくなった。午後二時、彼は、何の変哲もない薄茶色の石が敷かれた線路を走るこの新しい移動手段に乗ってカタカタと揺れていた。彼が程なく到着した駅は、黒いレレット船、波に洗い流された村の廃墟、切り出された四角い石灰石からなる風景に溶け込んでおらず、遠い昔の地質学的時間に埋もれた後、掘り起こされたかのようであった。小石の浜辺に入るとき、汽車はヘンリ八世城またはサンズフット城と呼ばれている遺跡の側を通った。そこは、あの出発の日にアヴィシーと一緒に行くことになっていた場所だ。もし彼女が自然の成り行きで原始的婚約を実行していたら、この約束は島民によって破られたことはなかったので、彼女は彼の妻となっていたことだろう。

彼は、昔と同じように石工が石を削っている坂道を登り、のこぎりの音を聞きながら南方のビール岬を眺めた。海の水平線は、島の表面より上にあった。いつものように波立つ部分は中程の距離にあるレース〔前付『恋の霊　ある気質の描写』要図を参照のこと〕で、ここから多くのリシダスが、

「怪物のような世界の底を訪ねた。」——[018]

しかし、友人としての詩人に祝福されることはなかった[019]。鯖の群れが午後の光を浴びてピカピカ光る海を背にして、遠くには灯台、四分の一マイル先の断崖の側に、塔のある教会が見えた。教会にある墓石の側面も、同じ海水の泡と波の大きな広がりを背景にして見えた。

墓石の間を、ひとりの男が時折冷たい風でパタパタとはためく白い装束を着て進み、彼の側を、六人の男が長い柩をかついで続き、二、三人の黒装束の人が続いていた。まるで、棺桶に十二本の足がついて、島を横切って這っているように見えた。柩の周りと下面は海からの閃光と鯖の群れが反射し、海峡を通り過ぎる漁船も柩の下に時たま見えた。

その一団はゆっくり歩いて特定の場所に着き、風に煽られながら長いこと停止していた。彼らは海を背に立ち、牧

師の法衣は依然として風に吹かれていた。ジョスリンは帽子を取った。彼は四分の一マイル離れてはいたが葬式に参列していた。実際は風の音しか聞こえなかったが、牧師の言葉が聞こえるような気がした。

彼は本能的に、埋葬されているのはアヴィシーに違いないと分かった。彼は厚かましくも僕のアヴィシーと呼んだ。やがて、この小さな一団は海の輝きの前から姿を消した。

彼は、これ以上近づくことができないと感じたので脇へ逸れると、開けた土地をあてもなく横切り、彼女と訪れた色々な場所に行ってみた。しかし、教会の墓地に繋がれているかのように、アヴィシー・ケアロウが中心となっている円の半径を出ていないことに気づいていた。暗闇が迫ってきたので、その円の中心に近づこうと墓地の門をくぐった。

周りには誰もいなかった。墓石は教会のうしろに新しく造られたばかりで、直ぐに見つけることができた。彼が前日に見たのと同じ細い月が上がると、参列者と柩の運び手の足跡がくっきり見えた。日没とともに風が静かになって、灯台はぎらぎらした目を開いたが、彼は少年時代になじんだ場であり、今の悲しみの場でもあるここから立ち去りがたく、午後の太陽の熱でまだ温かい教会の塀に戻った。そして彼は墓地に面した窓敷居に腰をおろした。

第四章　それは肉体を取り戻そうとする

　石切場が静かなので、崖の下でたどたどしくお喋りするような波の音だけが聞こえてきた。どれくらい長く一人で座って考えごとをしていたのだろう。予期しなかった悲しみが睡眠薬代わりになったのか、眠気を感じてうとうとしていた気もする。そのため、どれくらい時間が経ったのか自分が何をしていたのか分からなかった。しかし数分の間に、月明かりの下でアヴィシー・ケアロウが墓に身を屈めて、立ち去っていったのを見たような気がした。

　彼女は、二十年前に近くの小道で別れた時から、一歳も歳をとったようには見えなかったし、一ミリも太ったようには見えなかったし、痩せて骨張ったようにも見えなかった。これは、夢か幻であると主張する理性が芽生え、ハッとして我にかえった。

「眠っていたに違いない」と彼は言った。

　だが、彼には実在するように見えたのだ。しかしながら、あり得ないことだが、アヴィシーの死の情報が間違っていて、もし生きていたとしても、月明かりで実際とは違って見えたのだとしても、恋人が十九年か二十年前と同じ若い姿のままでいるはずはないと思い直した。生きている肉体を見たのだとしたら、アヴィシー・ケアロウではない別人だろう。

墓参りをすることで気が安まったので、もはやこの島ですることはなく、その晩ロンドンに戻ろうと決めた。少し時間が余っていたので、体が自然に二人が生まれた村である東石切場へ向かった。市場を抜けてシルヴァニア城への道をたどった。この城は、比較的新しい個人所有の庭園つきの邸宅で、島の自慢となっていた。田舎家が何軒か、囲いの壁にくっつくくらい近くまで建ててあり、これらの田舎家の最後の一つが、アヴィシーの家だった。自由保有権つきの家であったので、彼女はたぶんここで亡くなったのだろう。

アヴィシーの家に向かって歩き、シルヴァニア城の門を通った。ここの邸宅が家具付きで賃貸されるという公示の看板が、芝生の塀の上にあるのを見た。さらに二、三歩進むと、田舎家が見えてきた。それは、頑丈な石で出来ていたので「年月」のヤスリに耐えて二、三世紀は保つ。窓を見ると、部屋に灯りは点っていたが、まだブラインドは下りていなかった。反対側の塀を背に、窓を覗き込んだ。

ひとりの若い女性が、白い布のかかったテーブルの脇で茶道具を部屋の隅にある食器棚に片付けていた。どこからどう見てもアヴィシーその人であり、墓地で夢うつつに幻を見たと思った少女に違いなかった。彼女が実在したということはこれで疑いようがなくなったが、こんな静まり返った家にひとりでいるとはなんと奇妙なことか。誰か説明してくれる人はいないか。やがて、家路に向かう石工が側を通ったので事情を尋ねた。

「ああ、そのことなら旦那、あれは亡くなったケアロウさんの一人娘さね。今晩は一人で寂しかろうに。そうそう皆、あの子は母親そっくりだって言ってますよ」

「なんで、独りぼっちになってしまったのだろうか？」

「兄さんがいたんだけんど、一人は海で死んで、もう一人はアメリカに行っちまったのさ」

「石切場を継がなかったのかい？」

石工は荷物を下に放ると、よそ者らしき人に以下のような説明を始めた。このあたりには石材業を営む家が三軒あり、最後の代ではだいぶ激しい競争をしたそうだ。三軒とは、ベンカム家、ピアストン家、ケアロウ家で、ベンカム家は他の二家を引き離そうと全力をあげ、まあ成功したと言ってよかった。たいそうな金持ちになると、すべての資産を売却して、故郷のこの島から消えてしまった。ピアストン家は中道を守り、地味に堅実に儲けを出してから引退した。ケアロウ家は競争に負けて、アヴィシーは従兄のジムと結婚した後、ジムが三つ巴だった元の地位を取り戻そうと奮闘したが、儲けの少ない契約をとり、投機を増やしてついには破産した。すべてを売り払って島を出て行ったが、ある日妻が相続したこの家に帰ってきた。彼はここで死に、今度は妻も後を追った。苦労が彼女の死を早めたのだ。

石工は去り、ピアストンは重苦しい気持ちになりながら、小さな自由保有の家のドアを叩いた。少女自身が手にランプを持ってドアを開けた。

「アヴィシー！」と彼は優しく言った。「アヴィシー・ケアロウ！」この時でさえ、彼は二十歳若く、見捨てたアヴィシーに話しかけているという奇妙な感じを振り払うことができなかった。

「アンです」と彼女は言った。

「そうか。君はお母さんとは名前が違うのだね！」

「洗礼名は同じです。それと名字も。死んだ母さんは従兄と結婚したので」

「ここではみんなそうだね……。さて、アンでも何でも、僕にとってはアヴィシーだ。君はお母さんを亡くしたのだろう？」

「そうです」

彼女の声は二十年前に聞いた彼女の母親と同じ甘い声で、もの問いたげに見つめるその目も馴染（なじ）みのあるハシバミ色だった。

「僕は、君のお母さんと知り合いだったんだ」と、彼は言った。「彼女が亡くなり埋葬されたと知って、君を訪ねようと思った。見知らぬ人の訪問を許してくれるね？」

感情が動かされない様子で「どうぞ」と彼女は言い、部屋を見回した。「この家は母の家なんですが、今はあたしのです。お葬式の日なのに喪服を着ていなくてごめんなさい。でもお墓に花をあげに行っていて、露が喪服地（クレープ）をダメにすると思って脱いだの。ほら、母はずっと体が悪かったから気にかけてあげなければならなかったし、生活のために洗濯女になって洗濯もアイロンかけもしなきゃならなかったの。母さんはこのお城の住人のために大きなシーツを洗濯して絞る時に脇腹を傷めたのよ」

「君も傷めないといいけど」

「あら、それはないわ。チャールー・ウーラット、サミー・スクリブン、テッド・ギブシー、もっとたくさん若い男たちがいて、通りがかったら何でも絞ってくれるの。でも、全く信用ならなくって、サムったらこの間テーブルクロスを絞って真っ二つに裂いちまったのよ。まるでパイプの火つけでも裂くみたいに。どこで絞るのを止めたらいいか分からないのね」

声はアヴィシーそのものだったけれど、アヴィシー二世は母親と比べると、明らかにあけすけで、深く物を考えない、教養のない人物だった。このアヴィシーは、地方であろうとなかろうと、情熱的に詩の燃えさかる輝きを鑑賞し、演壇で暗唱したりはしないだろう。彼はちょっとがっかりしたけれど、心に引っかかるところがあり、その場を立ち去り難かった。「今、幾つなの？」と彼は訊いた。

「今年で、十九よ」

それは彼女の母、アヴィシー一世と婚約中、崖を越えて散歩したときの歳だった。一方、彼は確か今四十歳だ。彼の前にいる彼女は無教養な洗濯女で、彼は富も名誉もある彫刻家でロイヤル・アカデミーの会員だ。しかし、なぜ自分が二廻りも年上であることを思い出すと不快な気持ちになるのだろうか。

彼にはこれ以上長居する理由は思いつかなかったが、三十分ほど余裕があったので、前世紀に建てられたシルヴァニア城の西側を廻って、岸壁からもっとも遠い家まで行った。これは彼の子供時代の家だった。夏は来訪者の宿として使われていたが、今は宿泊者もなく静かだった。夕風が表庭のニシキギとギョリュウの大枝を揺らしていた。それらは塀を通過する激しく吹きつける塩風に耐えることができる常緑樹だった。家の向かい側の遠くの海には、なじみの灯台船〔灯台のない場所でその代わりをする船〕が浅瀬から光を点滅させていた。突然、彼に激しい願望が起こった。芸術家としての名声を得る代わりに、ここで無知で無名な男として、近くの田舎家に住む可愛い洗濯女に求婚し、正当な方法で彼女を勝ち取りたいという願望だった。

第五章　肉体は取り戻される

　ロンドンに戻ってから、彼は機械的に普段の生活リズムを取り戻したが、心は上の空だった。アヴィシーの化身が温かい血の通った肉体となって彼の心を捉えた。彼は島とアヴィシー二世のことしか考えられなかった。彼は想像の中で塩辛い海風を吸い、さらさらと音をたてる雨に打たれ、破壊された寺院に祀られていた古代ローマのヴィーナスの出没する雰囲気に包まれた。田舎娘の欠点も都会からみると魅力になっていた。

　テムズ川に沿った埠頭の周辺に出掛けて、午後のひと時に外の風に当たって体を動かすことが彼の一番の楽しみだった。そこでは、彼の故郷の石が沿岸船から荷揚げされていた。左右の岸にある荷揚げ場の大ゲートを通って中に入り、白い直方体や長方体の石をしみじみと眺め、連想によって現われるものを受け入れて、地の霊を呼び出し、ロンドンにいることをほとんど忘れたものだった。

　ある日の午後、彼は泥だらけの埠頭の入り口から出てくると、道の反対側を彼が来た方向に歩いている女性に注意が引きつけられた。彼女はやや小柄で、痩せて、優美だった。絵のように質素で田舎風な服装だけでも彼の注意を引いたことであろう。しかし、彼女があまりにもアヴィシー二世、アン・アヴィシーと呼ばれている少女に似ているので、より惹きつけられたのだ。

一〇〇ヤードほど彼女が遠ざかる前に、彼女が確かにアヴィシーだと分かった。彼はこの午後、故郷の島にいるような気持ちになっていたので、失ったアヴィシーと新たに現われたアヴィシーは本質的に同一人物と思われた。おそらく彼女の母と父が従兄妹同士であったためか外見がそっくりなので、ますますそのように思われるのだった。彼は急いで引き返し、歩いている人びとのなかに彼女を見つけた。彼女は埠頭へどんどん歩いていった。この地に慣れていないかのように、ちらりと調べるように周りを見回し、門を開けて姿を消した。

ピアストンも門まで行って入った。彼女は道を横切り船着き場まで行った。その向こうには、大きくがっしりした船が錨を下ろしていた。近くまで行くと、彼女は船長と中年の婦人と熱心に話していた――彼らのアクセントから二人とも石灰岩の島から直接来たことは明らかだった。ピアストンは、自分が島出身であることを明らかにすることにためらいはなかった。アヴィシーの母と彼の二十年前の破談は、今生きている島民にはほとんど知られていなかったからである。

現在のアヴィシーの化身が彼を見つけ、彼女の家系のもつ率直さで状況を説明した。邪魔をしたのは彼のほうであったので、彼こそそこにいる状況を説明をすべきだったのだが。

「この人はキブス船長、父の遠縁なの」と、彼女は言った。「この人はキブス夫人で、一緒に島から来て、水曜日中には帰るところよ」

「そうなのかい。どこに泊まっているの？」

「ここよ。船の中」

「え、船の中に住んでいるの？」

「そうよ」

「旦那」とキブス夫人が割って入った。「夜ここでよそ者たちに混じって目えつむるなんて怖くてできるもんかね。昼間でさえ街にえいやっと出てうちの人の船に戻るのに、右にいくつ、左にいくつ曲がるのか忘れんようにしちょる。そうだね、あんた」

船長はその通りだとうなずいた。

「陸のほうが船より安全ですよ」と、ピアストンは言った。「特に海峡では、強風や石の重たい塊がありますから」

「そりゃどうかね」とキブス船長が、こっそりと口から何かを吐き出して言った。「風について言うんなら、この季節はさほど危険はないぜ。大海原に出る大型船舶のほうが、俺らの船に危険ってもんでさ。もし、その海路に入ろうもんなら真っ二つにされて、奴ら死体を引き上げようともしない。そんで何もなかったことになっちまうのさ」

ピアストンはアヴィシーのほうに向き直り、もっと何か話したいと思った。しかし、何を言ったらよいか分からなかった。彼はやっとこれしか言えなかった。「同じ海路で帰るのかい？」

「そうです」

「じゃ、気をつけて」

「はい」

「また会いたいね。そして話がしたい」
「そうね」
彼はそれ以上の話はできなかった。しばらくしてピアストンは、アヴィシーのことを今まで以上に考えながら別れた。

翌日、彼は心の中で時間を計りながら、底荷を積み込む時間を考慮にいれて、テムズ川の河口に彼らが着き、水曜日に海に出て行くところを想像した。その晩、彼は巨大な蒸気船の船首の下で、偶然の大災害の危険にさらされて、誰の目にも耳にも入らず動かなくなった小船の中で、今やとても大切な人となったアヴィシーが寝台で眠っているところを思ってみた。

ありのままを見てみると、このアヴィシーは母と比べて顔形はより綺麗であったが、精神力と理解力において劣っていた。しかし驚いたことに、母が彼のなかに決して点(とも)すことのなかった熱情を、娘は点したのだ。彼は、不安を抱き始めた。この理想的な女性の背後にいる移動する彼の「恋の霊」、悪戯する女神が、彼に何か奇妙なトリックをしかけているのではないかという不安である。

過去二十年間におきた、彼の美少女の変形に対する巨大な皮肉が遠くにボーッと現われ出た。教育のある、良き親戚に恵まれたパイン・エイヴォン夫人を退けて、小さな洗濯女を求める。これこそ理性とは無関係な神秘的な磁力のせいであり、これこそ女神の皮肉だといってよかった。

しかし、このような疑いを放置したまま、その導きに従うのは、向こう見ずだが心地よいものだった。

最善の方法を考えて、ピアストンは夏が来たらいつものようにシルヴァニア城が家具付きで賃貸契約できることを思い出した。彼のように孤独な夢想家は、何処にいても芸術的で理想的なものに心が向かうので、その屋敷が提供するような陰鬱（いんうつ）な部屋は必要ではなく、それがどこに位置しているかだけが問題だった。二、三カ月の滞在費はどうということなかった。その夜、仲介人に手紙が発送され、やがてピアストンは、子供時代から内側を見たことのない、気味の悪い亡霊の住居の、一時的な所有者となったのであった。

第六章　過去は現在に輝く

崖の側の奥まったところにある近代的な胸壁のついた威厳に満ちた館、シルヴァニア城にピアストンが到着したのは晩のことだった。彼はいくつもの部屋を歩き回り、芝生が植えられた庭を散策し、楡の木の植わった場所に足を踏み入れた。岩で出来たこの島には通常木がないので、この私有地は特別と言える。名前も、自然も、装飾品も、ぐるりと巡る塀の内側の屋敷のすべては、周囲のあらゆるものと完璧な対照をなしていた。小石の塚とビール岬の間に他に木々を見つけようとしたら、少し時代を遡らねばならず——岩層の下の軟らかな地層まで掘りさげなくてはならなかった。そこには針葉樹が化石となって残っており、白亜期に強風に吹き倒されたのであろう、針葉樹の先はすべて一方向を向いていた。

黄昏時になり、彼は早速自分の逗留の本当の目的にとりかかった。家の世話をするために残された二人の召使いは女中部屋にいたので、彼は誰の目にも留まらず屋敷を出た。芽吹いている大枝が垂れ下がる窪地を横切り、空っぽのエリザベス朝風ガーデンハウスに近づいた。それは敷地の外壁と接しており、最寄りの田舎家の正面を見渡すことができた。その中に生き返ったアヴィシーの家があった。

彼は、ここの村人たちは日が暮れてもすぐにブラインドを下さないことを知っており、このひと時を選んでいた。そして、予想した通り、以前と同様、あの若い女性の居間がランプの光に照らされてよく見えた。

控えめなドンドンという音が、ときどきその部屋から聞こえてきた。彼女はフランネルのテーブルクロスの上で、リネンにアイロンをかけているのであった。そのような衣類が一列に並んで暖炉の側にある物干しかけに掛かっていた。初めて会ったときの彼女の顔は蒼白かったが、暖炉とアイロンかけのために、今は火照ってピンク色になっていた。それでいて彼女はとても落ち着いており、横顔はまるでミネルヴァ〔ローマ神話の知恵と工芸と戦術の女神〕のようだった。ふと見上げたその姿には、母のもつ魂と心のすべてが備わっているように思われた。そして、母の場合、外見はその中にある精神をそのまま表わしているようであったが、この娘の場合、それは偽りのものであろうか？　外見が遺伝してもその特徴が示す性質までは遺伝しない例をいくつも知っていたので、彼女は例外であったらいいのにと無意識に願った。

彼が最後に見た時より、部屋の家具が減っていた。前に磁器が仕舞ってあった「ボフェット」あるいはダブル・コーナー・カップボードがなくなって、そこには何の変哲もない食器棚が置かれていた。年代物の古い樫の木で出来た本体にアーチ型の額とユーモラスな口をもつ背の高い古時計も消えていて、その代わり、安っぽい白い文字盤のついた時計が置いてあった。彼は人間として、変わってしまって悲しいと思うより、彼女の困窮が二人を結びつけるきっかけになるかもしれないという原始的な本能によって励まされ、喜んだ。

彼女の側にかなりの期間、居をかまえることにしたので、今出しゃばる必要もなかろうと彼は家に戻った。ピアストンは、この少女が昔の魅惑的な「恋の霊」の本当の化身となることをだんだんと疑わなくなった。その化身は、かっては、消えてなくなり、単なる記憶となるまで、母のイメージに光を与えるところを見せなかったプロテウス〔様々な姿に変わる能力をもったギリシアの海神〕的な夢の産物だったのに。

それを認めることには不安があった。今まで彼の理想を求める情熱には結局のところ健全さがあったのに、彼の現在の性向には何か異常なところがあった。「恋の霊」は、めったに人格には関与しなかった。すなわち、「恋の霊」は、彼の魂を虜にすると同時に、知性にショックを与えることは滅多にしなかった。変化が訪れたのかもしれない。

翌朝はよく晴れ、庭を歩いて門のところに向かうと、アヴィシーが彼の借りている城に入って来るのが見えた。小枝を編んだ大きな卵形のバスケットに白い布を被せ、裏戸へと廻って行った。彼女はもちろん彼の家の洗濯物を請け負っていたのだが、彼はそれをその時はじめて思い出した。朝日を浴びて彼女は、洗濯女というより空気の精に見えた。彼女のほっそりとした体型は、母と同じようにこの職業にふさわしいとは思えなかった。

しかしつまるところ、彼が目にしているのは洗濯女ではなかった。彼女の前面に、そして表面にも、もっと深く浸透している、彼のよく知るもっと真正なものがいっそう輝き出したのだ！　使用人としての卑しい仕事も、そんな履歴を作ってきた現在の化身の欠点も、かけがえのない存在の前では、華々しい見せ物を支える柱や枠組みほどのものとなってしまった。

彼女は家を後にすると、彼のよく知らない道を通って自宅に戻った。おそらく、彼がそこに立っているのを見て道を変えたのだろう。知り合って間もないのだから当然といえば当然のことだったが、避けられたのは初めてだった。こんな調子では、彼女を遠くからでも観察することができないと思い、彼女と面と向かって会う口実を考えた。彼は自分のリネンのシーツの具合が悪いことに気づいて、洗濯女を呼ぶように命じた。

「あの子まだ若くって、おまけに可哀想なんです」と弁解するように女中が言った。「あの子の母さんさ死んじまってから、生活できるように仕事さ回してやっちょるんだけど。でも言って聞かせます」

「いや、僕が自分で会うよ。来たらこちらによこしてくれ」とピアストンは言った。

そんなわけで、ある朝、彼が最新作への悪意のある批評に対峙しているとき、彼女がホールで畏まって待っていると伝えられ、彼は向かった。

「洗濯物についてなんだけど」と彫刻家はぎこちなく言った。「僕はちょっとうるさいほうでね。できれば石灰を使わないでほしいんだ」

「あたし、使った人がいるなんて知りませんでした」と、少女は目も合わせず、怯えた様子で控え目に答えた。

「なら構わない。あと、洗濯しぼり器はもっていません、旦那様」と、ボソボソと呟くように言った。

「洗濯しぼり器はもっていません、洗濯しぼり器はボタンを砕くから使わないでほしい」

「ああ、それならいいんだ。それから、糊にホウ砂を沢山入れないで欲しいんだ」

「もちろん入れません」と彼女は変わらず心を閉ざした様子で言った「そんな名を聞いたこともありません」

「そうか、分かった」

この間中、ピアストンは彼女のことを考えていた――あるいは、科学者なら、シーツについての会話を隠れ蓑にして、「自然の女神」が次世代のための計画を実行していると言うかもしれない。彼は、彼がもっと早く評価すべきだった女性と、いま目の前にいる女性とが似ているために混乱して、彼女の個人的性質を読み取れなかった。彼は、アヴィシー一世の面影をアヴィシー二世の中に見つけ、二人が生まれ変わりであるという感覚にそぐわないすべてに覆いを掛けずにいられなくなった。

少女は手にした仕事のこと以外は考えていないようだった。彼女は仕事の話に返答していたが、彼を男性として意識していないし、彼の外見にも関心がないようだった。

「僕は君のお母さんと知り合いだったんだ、アヴィシー」と彼は言った。「以前そう話した。覚えているかい？」

「はい」

「それで——、僕はこの家を二、三カ月借りることになっている。その間、君に色々と助けて欲しいんだ。まだ塀のすぐ向こうに住んでいるんだよね？」

「そうです」と打ち解けない少女は答えた。

控えめに冷静に、彼女は立ち去ろうとして向きを変えた——この可愛い娘はまったくもって無表情だ。よく見知った姿をした人が離れていくのを見るのは、奇妙な感じがした。かつて、彼がいるだけで胸を高鳴らせ、ここからそう遠くない場所で、腕を広げて彼にキスをした人。あまりに子供っぽくて馬鹿にしていたが、近頃では彼の人生の中で最高のキスとして思い出された。なのに、この母の（この地方の方言で言うと）「生き写し」、完璧なコピーはなぜ私に背を向けるのか？

「君のお母さんは、洗練された、教養のある人だったように記憶しているけどどう？」

「ええ、そうです。皆そう言っていました」

「君もそうだといいね」

彼女はいたずらっぽく首を振り、慎重に引き下がった。

「ああ、あともうひとつあるんだ、アヴィシー。僕はシーツを沢山もってこなかったので、毎日こちらに来て欲しい」

「かしこまりました」

「忘れないでね」

「忘れませんとも」

そこで彼は彼女を解放した。彼は都会の人間で、彼女は生粋の島民だったが、彼は彼女の表皮を逆撫(さかな)でることなく、イソギンチャクのように自分自身を開いた。しかし、彼の最も温かい記憶がひとりの人物になっているこの娘が、こんなにも鈍感であるとは残酷なことだ。彼女を欲しがっているのは彼のほうだけなのだろう。いや、アヴィシーは、「無関心」を装った「情熱」なのかも知れない。外見的には、彼は彼女よりだいぶ年上なのだから。

こう考えてみるとすべてが分かる。彼は心のなかでは、娘の今の年齢のときに母親に求婚したときから一日も歳をとっていないのだ。記録の上では年月とともに歳をとっているが、気持ちは若い時のままなのだ。

彼は、老いぼれや時代遅れと言われている仲間たち――どっしりと構え、実務的で、ある種の滑稽さを持ち、子供をつくり、家庭で教育し、学校、専門学校などに通わせ、花嫁を花婿に引き渡すのが上手になった人びと――を見て、どんなにか羨んだことだろう。彼らはきっと今では商売、政治、酒、パイプに興じているのだろう。彼らは、情熱に振り回されるような時期を通りすぎて、中年の哲学という穏やかな流れの中にいた。しかしピアストンは、彼らと同年代でありながら、ちょうど彼が今の年齢の半分であった時のように、あらゆる空想という波の上で——コルク栓のように——あちらこちらに揺られていた。すべてが虚無だと分かってきた彼にとって、それは二倍の苦しみとなった。アヴィシーは行ってしまい、もうその日はそれ以上彼女を見なかった。また呼び出すことはできなかったので、まるで彼女が向こうの丘の上の陸軍の要塞に入ってしまったかのように近づきがたく感じた。

夕方、彼は外に出て、小道を通り、岸壁に覆い被さっているようなレッド・キングズ城〔弓矢城と同じ〕に行った。この岸壁の年齢と比較すれば、この城は昨日生まれたばかりのようなものである。城の下の崖っぷちの下に大きな岩が幾つかあった。それは崖から落ちた岩で、上に名前やイニシャルが彫ってあるものがあった。彼はこの場所とそこでした悪戯を覚えていた。月の薄明かりで、彼が少年時代に刻んだ二つの名前を見つけた。アヴィシーとジョスリン——アヴィシー・ケアロウと彼自身であった。それらの文字は風雨と潮水でなかば消えかかっていたが、近くに新しく、アン・アヴィシーとアイザックとあった。二、三年以上前のものではなかったので、アン・アヴィシーとは、アヴィシー二世のことであろう。アイザックとは誰だろうか？　きっと子供の頃に彼女を愛していた少年に違いない。

彼は来た道をとって返し、ケアロウの家を通って自分の家に向かった。蘇（よみがえ）ったアヴィシーによって住まいも生き生きとしており、室内の光が窓に映っていた。彼女は、ブラインドのすぐ向こうにいた。

思いがけなく彼女が城に来ると、彼はいつもハッとして落ち着きを失った。彼女がいるからではなく、この新しい状況に何か不吉なものを感じたからである。娘のほうは、突然彼と出くわすようなことがあっても、母親が昔したように動揺するようなことはなかった。彼女は、彼が近くにいても無関心と言おうか、無意識でさえあった。彼女にとって彼は単なる影像である一方で、彼にとって彼女は燃えさかる火だった。

突然、サッフォー〔紀元前六世紀のギリシアの女流詩人。恋愛詩で有名〕風の愛の恐怖が彼を襲い、このように彼女にのぼせあがった先には、理性からの恐ろしい転落が待ち受けていると、成熟した考察力が彼に執拗に告げ、彼は冷や汗をかいた。彼の知性が軽蔑する対象に運命的な忠誠を誓うことによって、（化身を変えたという理由で）過去に感情を放浪させた罪滅ぼしをするよう運命づけられているとしたらどうしようか？　ある晩彼は、彼女の若々しい顔の仮面に隠れて「策略の織り手」[020]が「ずるがしこい顔をして大声で笑っている」夢をみた。

「恋の霊」は蘇った。姿を消してから再び発見されたのである。彼は自分の中の方向転換に驚いた。「恋の霊」は、今までは見知らぬ女性の姿をしていた——高位聖職者や貴族の威厳ある娘から、ドラムにあわせてハンカチを手にもって踊るエジプトの踊り子まであらゆる階級に現われたが、これらの化身は、精神か肉体が洗練されていて、機知に富んだ者もいれば、才能のある者もいたし、天才と呼べる者もいた。

しかし、この新しい化身は、女性であることと可愛いこと以外に何もなかった。扇の扱い方もハンカチの扱い方も知らないし、手袋をつけることも到底できそうになかった。

しかし、彼女の狭い人生には穢（けが）れがなく、それで充分だった。可哀想なアヴィシー！　彼女の母親にそっくりだ。彼女の家系は彼の家系同様申し分ないものであったのに、今の地位まで落ちたのは、結局のところ不運以外の何物でもなかった。彼自身、奇妙とは思ったが、彼女の限界こそが、彼が彼女を愛する理由であった。彼女が彼を若返らせる力は、言葉で表現できないほどの魅力であった。彼女の前任者の側に立ったときと同じ感じがしたが、何ということだ！　彼は二十年も歳をとっていた。

第七章　新人は定着する

二、三日後の朝、彼は二階の裏庭に面した窓から、庭園の仕切りの部分を眺めていた。下のドアが開いて、人がひとり出てきた。彼女は邸宅をぐるりと廻って庭師が仕事をしているところに行った。やがて野菜の束を両手に持って、パタパタさせながら帰ってきた。それはアヴィシーで、落ち着いた色の髪を、帽子の下にこざっぱりとまとめていた。彼女は颯爽(さっそう)と動き廻っていたけれど夢見心地の顔で、彼女の思いは彼から遙か遠くにあった。

彼女がなぜ彼の家の一員として働いているのか、彼はにわかに理解できなかった。しかし、召使いたちに一日休暇を与えて、湾のむこうの海水浴場まで義勇農騎兵団の観兵式を見に行くことを許したことを思い出して納得した。彼らは、代わりの者を用意できると言っていたのだが、アヴィシーを呼んだことは明らかだった。彼は、召使いたちが彼の要求を大したものとは考えずに、他の人を呼ばなかったことを喜んだ。

「水の精」と思われる彼女は、部屋で書き物をしている彼に昼食を運んできて、彼の見ている前で覆いをとった。彼女が自然に下りてしまったブラインドを上げに行ったとき、彼女の横顔がよく見えた。ルーベンスの《パリスの審判》の三人の女神のひとりに似ており、輪郭はほとんど完璧だった。しかし、彼女の母親の幻影がもっとも明らかになるのは正面から見た顔だった。

「ぜんぶ君が料理したの？」彼は身を乗り出して訊いてみた。

彼女は向き直って少し微笑み、単に「はい、そうです」と呟いた。

この白い歯の歯並びを彼はよく知っていた。上の前歯の繋ぎ目に、ちょっと不揃いなところがあるのだが、関係のない人なら気づかないし、気づこうとも思わないだろう。しかし、同じ特徴を母親がもっていたことを知っていたので、彼はそれを探し出したのだった。アヴィシー一世と別れてからアヴィシー二世の微笑みまで、その特徴を見ることはなかった。アヴィシー一世に彼がキスをした時に微笑んだ時とまったく同じように、彼女は微笑んでいた。

次の朝、着替えをしていたとき、彼は劣化した床を通して、彼女が他の召使いたちと話をしているのを聞いた。この頃は、彼女は長年追い求めた「恋の霊」の化身として――彼自身が意図したのではなく超越的な力によって再登場する媒体として選ばれたのだが――きちんとした位置を占めていたので、彼女の声の抑揚に彼は惹きつけられた。彼女が突然、声を悪戯っぽい深い囁きに落とすと、彼女の話し言葉の田舎っぽい単調さが消え、魂と心――魂と心と思われるもの――が鳴り響くのだった。その魅力は、音楽の言葉を使うなら音程のなかにあった。彼女は二、三の音節を同じ高さで言ったあとで、微妙に高さを上げ、そして下げて、再びもとの高さに戻して一文を終わらせる。この音が織り成す曲線は、彼が今まで鉛筆で描いたことのあるどんな美しい線と比べても遜色（そんしょく）ないくらい美しかった――「この世の欲望」であった彼女[021]の身体の曲線と同じくらい満足のいくものだった。

彼女が何を話しているかはまったく気にしなかった。興味も関心もなかった。彼女の声を聞くときは、彼女の言葉の意味を理解しないように細心の注意を払った。音を聞く権利はあったけれど、内容まで聞く権利はなかったからだ。だんだんと彼は、この音なしではいられなくなった。

日曜の夕方、彼は彼女が教会に行ったことを知った。彼女を追いかけて道に出て、彼女が被っていた鳥の羽をつけた帽子を目印にあとをつけていった。彼女は教会に入っていき、ピアストンは彼女の位置を見定めてから、その真後ろに座った。

彼女の耳からうなじにかけてをじっと観察していた彼は、突然、先の通路にひとりの淑女がいるのに気づいた。彼女の服は黒い素材で出来ていたし、形もおとなしいものであったが、この「世界の果て」のものではないロンドン仕立てのようであった。彼は興味にかられて、一瞬アヴィシーのことを忘れた。淑女が顔を少しこちらに向けると、この季節にしては厚いベールを顔に掛けていたが、その姿からパイン・エイヴォン夫人ではないかと思った。

もし彼女がパイン・エイヴォン夫人なら、なんでここにいるのだろうか？　ピアストンは自問した。

礼拝が終わって、彼の注意はふたたびアヴィシーに注がれたので、退席する大事な瞬間に、例の神秘的な女性がアヴィシーの前にいるのを忘れ、気がつくと夫人は脇のドアから外に出ていた。パイン・エイヴォン夫人だとすると、彼女はおそらく湾の向こうの海水浴場のホテルに滞在して、多くの人がするように、夕方の馬車での散歩がてら、小石で出来た堤防に沿ってきたのだろう。しかし今のところ、本人からの説明はなさそうで、彼もそれを知りたいとは思わなかった。

教会から出たとき、ビール岬の灯台の大きくて穏やかな目には光が灯り始め、彼はニコラ、もしくは彼女に似た人と他の会衆を避けようとして、灯台のほうに少し歩いて行った。やがて踵を返して、いきいきと輝きを増したアヴィシーに追いつこうと、今や人気のない道を通って家路を急いだ。しかし、彼女はまったく見えず、何とまあ歩くのが速いのだと彼は思った。自宅の門に着いて立ち止まってみると、アヴィシーの家はまだ暗いのに気づいた。彼女はまだ帰っていなかった。

彼は来た道を戻ってみたが、彼女の姿は見えず、代わりに一人の男性とその妻がいた。姿は見えなかったがその男性の話す言葉で分かった。

「もし結婚してなかったら、関わりあいにもなりたかねえぜ！　女房のくせによくもそんな口をきけたもんだ！」

この不愉快な発言が耳に障り、やがて彼はもと来た道に戻った。アヴィシーの田舎家は今は灯りが点っていたので、彼女は別の道を通ってきたのだろう。暗いなか無事に帰ることができてよかったと安心して、彼はシルヴァニア城の門を開け、自室に戻った。

敷地の東側にはごつごつした崖があり、その先に絵のように美しい海岸があった。芝生から小さなドアを出ると、すぐに岩場と海岸に出ることができた。ドアの外には天然水を汲み出せる井戸があり、今は廃墟となっているが、隣接するレッド・キングズ城があったとき、そこに居住する人びとに水を供給したのであろう。ある晴れた朝、彼がそこで物思いに耽っていると、砂浜で砂利の上に白いリネンのシーツを広げている人影が目にとまった。ジョスリンは砂浜に降りていった。彼が思った通りそれはアヴィシーで、彼女はまた自分の本来の仕事に戻っていたのだ。形のいい彼女の腕は、ほっそりしていたけれど、ひじのところにくぼみが見えるくらいに盛り上がり、潮風がさっと舐めてはためかせている赤紫色の木綿のプリントの服がそれを引き立てていた。彼は何も言わずに側に立った。小石を載せて押さえていたシャツが風に煽られた。ピアストンは身を屈めて、もっと重たい石をそこに載せてやった。「ありがとうございます」と彼女は静かに言った。彼女はハシバミ色の目をこちらに向けて、ピアストンが手伝ってくれたことが分かると喜んでいるように見えた。彼女は明らかに物思い——見るからに憂鬱そうな思い——に耽っていたため、彼が側にいることに気づかなかったのだ。

この若い女性は、熱くなることもはにかむこともなく、友人のように率直に話を続けた。愛なんてものは、明らかに彼女の心から遥かに遠く、それは無いも同然だった。

シーツの一枚に手こずっているのを見て、ジョスリンは「押さえておいで、僕が小石をのせるから」と言った。

彼女は従って、石を置くとき彼の手が彼女の手に触れた。

それは若い手で、長くてほっそりしていたが、洗濯のせいで湿ってふやけていた。最後の石を置こうとして、単なる偶然で、彼女の指に重い石をのせてしまった。

「本当に、本当にすまない！」とジョスリンは叫んだ「ああ、皮膚を傷つけてしまったね、アヴィシー！」彼は傷を調べるために彼女の指を摑んだ。

「いいえ、大丈夫です！」と手を摑ませたまま彼女は明るく叫んだ。「ええと、これはあたしが今朝ピンで引っ掻いちまった傷です。旦那様が石でつけた傷なんかじゃありません！」

彼女の服は赤紫であったが、黒いクレープリボンが両袖につけてあった。彼はそれが何を意味するのかを知っており、悲しい気持ちになった。「お母さんのお墓には行っているのかい？」と彼は尋ねた。

「ええ、ときどき。今晩もヒナゲシに水をやりに行こうと思っているわ」

彼女の仕事が終わったので、彼らは別れた。その日の夕方、空が赤くなってきた頃、彼は庭木戸から外に出て、彼女の家の前を通った。ブラインドは下がっておらず、彼女が裁縫をしているのが見えた。彼が立ち止まったとき、彼女は時間を忘れていたかのように勢いよく立ち上がり、帽子をかぶった。ジョスリンが大股で先に進んで角を曲がり、人影がまばらにみえる道を半ば行くと、背後に小さな彼女の姿が見えた。

彼は、道端の井戸から水を汲もうとバケツをカチャカチャさせながら歩いている女性や少年を追い越して、教会に向かった。太陽が沈むと、灯台が再び空にあかあかと灯をともし、暗い教会を正面に浮かび上がらせた。ここで彼は立ち止まると、彼女が追いつくのを待った。

「お母さんのこと好きだったの？」とジョスリンは言った。

「はい。もちろん」少女は言った。彼女はあまりにも軽快に歩いていたので、彼が手を貸して歩いていたかのようだった。

ピアストンは「僕もだよ」と言いたかった。しかし、彼女が明らかに想像だにしていない出来事を今明らかにしたくなかった。アヴィシーはちょっと考え込んで話を続けた。

「母さんは、あたしと同じくらいの年の頃、とても辛い日々を送っていたの。あたし、ああはなりたくないわ。ある晩、恋人として会うことをやめたからって、その人は母さんを捨てたの。母さん、死ぬまで悔やんでいたわ。あたしだったらそんな男に悩んだりしない。母さんはその男の名前を言わなかったけど、ほんと悪くって残酷な男よ。考えたくもないわ」

この話を聞いてしまった後では、彼は彼女と教会の敷地に入ることができなかった。ひとりで島の南方に行き、何時間も惨めな気持ちで過ごした。しかし、彼が芸術家という想像力を必要とする職業で今の地位にあるのも、彼が絶えず心につきまとう幻想に悩まされる男だったからだ。一般人としての弱みが、芸術家としての強みとなるなのだから、生まれつきであるばかりでなく鍛え上げられた感受性の強さを嘆くのは子供じみていると彼は思った。

彼はリリス〔アダムの最初の妻。中世の悪魔学の魔女〕たちに高価な代償を払わねばならなかった。行く手におそろしい復讐（ふくしゅう）が待ち受けているように思えた。このように苦しめられるだけのことを彼はしたのだろうか？「恋の霊」は、ニコラ・パイン・エイヴォンから、生存中は敬愛しなかった亡き女（ひと）の亡霊に飛び移り、その亡き女の生きた後継者に乗り移った。この茶色い目をした小さな後継者が完全に無関心であるために、逃れ難さはいっそう増しているようだった。

彼は本当にこの小娘と結婚したいのだろうか？　そうだ、ついにその望みがきたのだ。彼女を知れば知るほど社会的に不釣り合いであるだけでなく、欠点が見えてきたのは事実だ。目隠しをされた審判は、読書家で聡明であったアヴィシー一世と比べて、この娘の性質は冷たく、性格は平凡だと彼に告げた。しかし、二十年の歳月は理想像に変化をもたらした。そして、精神的内容への要求は、中年男の肉体への要求に譲歩してしまうほどバランスを欠いてしまった。彼は鏡に映る自分を見て、かつてならば拒絶したであろうアヴィシーのこれらの精神的未熟さを喜んだ。

彼の今の愚かさについての彼の見方と、若いときの愛についての見方の間には奇妙な違いがあった。今、彼は自分が狂っていると知りながら狂うことができたから、その狂気が賢明であると無理に信じようとした。かつてなら、愛する人が不完全であると少しでも理性が閃いたなら、恐ろしくて急いでその考えを打ち消したであろう。今では、そのような理性が彼を冷静にさせることはなかった。自分が芸術家としての天分を持った人間であることを彼は知っていたので、受動的にその性向に従った。

現実的な目でみると、かつて彼が考えたように、彼の不完全な性質を補って磨き上げ、彼と一体化して、完全体となる女性は、何世紀もの間いなかったけれど、このケアロウ家だけが、「恋の霊」が使う素材をもった、ピアストンが出会い、また出会いそうな家族に見えた。それは喩えるならば、ケアロウ家には粘土はあったが陶工がいなかったのに、彼を惹きつけた他の家の娘たちの家系には、陶工はいても粘土がなかったということだ。

第八章　彼は自身の魂と向きあう

彼の広い城とその敷地と近くの崖から、過去から蘇った「精霊」である彼女の一挙手一投足を見渡すことができた――彼女の放つ煌めきで、その他のみすぼらしいものはすべて目に入らなかった。

とりわけ目についたのは、彼女は雨が降ると不安な様子を見せたことだ。雨の日のあとに、雲の下に金の筋が「死人の湾」上の空に現われると、足取りも軽く楽しそうにしていた。

彼はなぜそうなるのか判らず困惑した。そんなとき彼女に会おうと努力すると、彼女は彼を避けた――密かに、巧妙に、しかし間違いなく。ある日の夕方、彼女が自宅を出て丘のふもとにある小さな町に向かったので、彼は同じ道を通って、東石切場とその町のあいだに広がっている大通りで彼女が帰るのを待つことにした。

彼は小さい町へ続く急な坂道となっている古い道の一番高いところまで行ったが、彼女の姿は見えなかった。踵を返して、自宅近くまでゆっくりと歩いていった。そこでまた踵を返して、黄昏時に、むき出しでそびえ立つ高台の上を行ったり来たりした。彼の頭上には星が瞬き、遠くでは灯台が光を放ち、砂州では灯台船がチカチカと光り、下からは潮に洗われる小石がぶつかる音が聞こえ、遠く南西にはこの村の祖先が眠る教会が見えた。

彼は、人気のない高台を歩いて、足が痛み、心も痛んだ。上空の風にのって、スリンガーズ島の石がヒューヒューいって飛んでいるのを聞くような気がした。また、島民を全滅させ、かれらの娘や妻たちを凌辱した侵入者の声も聞いたような気がした。彼らとの結婚によって、混血のアヴィシーのような究極の花が誕生したのだ。彼女はまだ来なかった。これ以上待つのは愚かであるが、待たずにいられなかった。やがて、小さな人影が見えてきて、動きよりも形を見て彼女に違いないと思った。

形を持たない幻想が形あるものを、なんと驚くほど小さく見せてしまうことだろうか。三つの壮大なるもの——空、岩、大洋のなかで、この洗濯女の小さな小さな人間性が心の大きな部分を占めるあまり、巨大で無機質な光景は隅のほうに小さく押しやられてしまった。

しかし、近づいてきた人影は突然見えなくなった。彼はあたりを見回したがこつぜんと消えてしまったのだ。道の片側には低い塀があったが、不自然な動きをして目立つことなしに向こう側にはいけないはずだった。彼が振り返ると、遠くのほうに彼女が再び姿を現わしていた。

ジョスリン・ピアストンは、急いで追いかけた。彼の動きを見るとアヴィシーは立ち止まった。彼が追いつくと、彼女は悪戯っぽく笑いをこらえて微かに身体を震わせていた。

「さて、どういうつもりかね?」と、彼は尋ねた。

彼女は内からこみ上げる可笑しさを抑えかねて、横目で見ながら言った。「二時間前、ウェルズ通りで旦那様はあたしの後をつけていたでしょう、くるっと振り返ったらいたもの。それで石の後ろに隠れたのよ! 旦那様は洋服がかすったのも気がつかないで通り過ぎて行ったわ。帰りも旦那様がここら辺で待っているのが分かったから、壁をさっと乗り越えて、走って追い抜いたの。旦那様が立ち止まって振り向かなかったら、つかまらなかったのに！」

「何でそんなことを！」

「見つかりたくなかったからよ」

「それは直接の理由じゃないだろう。本当の理由を言ってごらん」と向き直りながら彼は言い、並んで家路についた。

彼女はためらっていた。「言ってごらん！」と彼は急き立てた。

「だって旦那様があたしの恋人になりたがってるって思ったから」と、彼女は答えた。

「ずいぶん率直に考えてくれたものだね！　もしそうだとしたら受け入れてくれるとでもいうのかい？」

「今はだめ……いえもっとずっと早かったとしてもだめだったわ」

「なぜ？」

「もし話しても笑ったりしないで他の人にも言わないでくれる？」

「決して笑わないし、言わないよ」

「そんなら話すわ」彼女は真剣だった。「あたしって恋人のことがよく分かったと思うとすぐに飽きちゃうの。ある人のなかにあったと思ったものはすぐにどっかに行っちまって、別の人のなかに入るから、それを追いかけるの。そしたら、あたしが良いなと思っていたものは色褪せてまたどっか飛んでっちまうの。そしたらそれをまた追っかけるのよ、ちっとも一箇所に留まってくれないんだから。あたしもう十五人も愛したのよ。そう十五人、言うのも恥ずかしいわ」彼女は繰り返しながら笑った。「そうするしかないの、絶対に。あたしにとってはもちろん本当に同じもので、ただつかまえられないだけなの！」彼女は心配そうにこう付け加えた。「誰にも言わないでくださいね？　もし知られたら誰もあたしのこと好きじゃなくなるわ」

ピアストンは驚いて口もきけなかった。このみすぼらしいほとんど文盲の少女は、彼がこの二十年間してきたのとまったく同じように、不可能な理想を追い求めてやまないのだ。彼女は、自分自身の本能に戸惑いながら、肉体が必要としているからと嫌々ながらもそうしていた。彼はふとその話は自分にも関係があるのだと思い出して、沈んだ気持ちで尋ねた。

「僕もその一人なのかい？」

彼女は、じっくり考え込んでからこう言った。

「旦那様は、一週間ね、最初会ってから」

「一週間だけ？」

「だいたいそんなところだわ」

「何で君の幻想は僕から去ってしまったんだい？」

「ええ、旦那様はハンサムで紳士だと最初は思ったけど――」

「それで？」

「すぐに歳をとりすぎていると分かったの」

「ずいぶんとあけすけだね」

「聞かれたから言っただけよ」と、彼女は異議をとなえた。

「そうだったね。答えをもらったから、もうこれからは邪魔はしないよ。家へ早く帰りなさい。もう遅いよ」

彼女が声の聞こえないくらいの距離に行ったあとで、彼は家路についた。もともと「恋の霊」を追い求めることは、諸刃の剣(つるぎ)であった。追い求める者になるということは、誰かの「恋の霊」の理想的な居住者となった後に、それが飛び立って自分が遺体となることでもあった。今、彼は後者のほうになってしまい、これから来る新しい日々に嘲笑されているようであった。

アヴィシーと彼の性向の驚くべき類似は、彼のと同じように彼女の「恋の霊」も捉え難いということによって明示されている。おそらく、遠い昔に共通する祖先がおり、そこからこの性質が隠れて遺伝し、再び現れたのだ。しかし、この結果には少なからず当惑した。

自宅の門に近づくと煙草の匂いがして、二人の人影がアヴィシーの家に通じる脇道にいるのが見えた。二人は彼女の家には入らないで、レッド・キングズ城に通じる細道をぶらぶら進んでいった。ピアストンは、アヴィシーとそのとるに足らない恋人だと思って一瞬気が滅入ったが、男のほうに少し議論する調子があったので、先の場面で彼が出くわした帰宅中の夫婦だと分かった。

翌日、彼は召使いに半日の休暇を与えて、可愛いアヴィシーをもっとよく見てみたいと思って数時間呼び寄せた。彼女が日没にブラインドを下げているとき、妙な調子の口笛が芝生の外の岸壁のどこかから聞こえてきた。彼女は何も聞かなかったかのようにせわしなく動き回っていたが、口笛を聞いて頬をわずかに赤らめたようだった。

ピアストンはふと、彼女には過去に十五人の恋人がいたばかりではなく、現在進行中の恋人もいるのではという疑いをもった。でも間違っているかもしれない。昔の記憶と今の愛情によって刺激をうけて、不釣り合いを承知でどんな苦労も厭（いと）わず彼女を妻にしようと決めていたので、この秘密を注意深く探ろうと努力した。彼女を勝ち取ることができたあかつきには——田舎娘がこんなチャンスを厭うだろうか？——二、三年間学校での教育をほどこし、結婚し、旅行をして見聞を広めてやったり、その他の機会を利用すればいいのではないか？　彼女の愛情の欠如に関しては——彼女の聖なる母の愛情とは悲しいことに対照的であるが——二十歳も年長の男としては、これ以上望めまい。愛情をもらうことは我慢することにして、彼の青年時代と故郷の家の魅力を、芳香のように漂（ただよ）わせている人を手に入れる喜びだけで満足したいと思った。

第九章　併置

もの悲しいどんよりした午後だった。ピアストンは、ウェルズ通りの長い急な坂道を上っていた。道の両側にはコポコポと湧き出る泉があり、水差しを持った若い女の子たちが立っており、島の岩で出来た入り口となっている家々の背後には、島のがっしりした額――冠のような巨大な塁壁がそそり立っていた。

道の行き止まりまで上っていくと、すべての動きが岩のほとんど垂直な面に阻止されそうになる。岩に向かって真っ直ぐに進むと、正面の塊は、もし滑り落ちたら町全体を覆ってしまいそうなほどだ。しかし急斜面の下まで来ると、半島に入っていく旧ローマ街道は鋭い角度で曲がり、右に向かう急な上り坂となる。左側にも上り坂があり、こちらは新しく作られたもので、同じように急だが真っ直ぐであった。これは要塞へ行く道である。

ピアストンは、三叉路にたどり着いて立ち止まって息をついた。彼の好む美しい景色のある右に曲がる前に、見どころのない左の道を要塞まで見上げた。それは、遠近法のお手本のように、新しく、長く、白く、規則的で、細くなって消えていく。四分の一あたりの距離に、ひとりの少女が白いリネンのシーツを入れたバスケットを脇に置いて休んでいた。帽子の形と荷物によって、アヴィシーだと分かった。

彼女は、彼のほうを見ていなかったので、彼は右の道を諦めて彼女のいる坂道をゆっくり上った。彼女の注意はさらに上に向いていることに気づいた。彼女の視線の先を追ってみると、緑の草と灰色の岩があり、軍隊の駐屯地として地面が平たくされていた。空との境界線には、ところどころ杭のようなもの——歩哨小屋が突き出ており、これらのうちの一つの近くに、赤い小さな点が重苦しい空を背景にして、単調に行ったり来たりしていた。

ピアストンは、彼女に兵士の恋人がいるのだと直感した。

彼女は振り向いて彼を見ると、洗濯物の入ったバスケットをもち上げ坂を上り続けた。あまりにも急な坂道で、何も持っていなくても息が切れるほどなのに、リネンの重さは彼女にとって酷だった。「そんなに重くちゃいつまでたっても要塞にたどり着けないよ」と彼は言った。「僕が持とう」

しかし、彼女は渡そうとしなかったので、彼女が息を切らしながら上っていくのを見て立ち尽くした。その瞬間、彼女は光り輝く性の権化となっていた。心酔した彼自身が放つ光によって、

「……あまりにも過度な栄光に包まれたため、
彼女の姿は見えなくなり」——022

ときどき彼に見せた本当の彼女は見えなくなっていた。しかし、兵士にとって彼女はどうなのだろう？　ピアストンが彼女を見つめるように、彼女は高台にいるひとりの兵士を見つめながら、かっちりと数学的に造成された道を歩い

て、小さく小さくなっていった。彼女が通り過ぎるたびに、あちこちの小屋から歩兵が飛び出してくるのが見えた。しかし、彼女が誰であるか分かると引き止めなかった。やがて、彼女は要塞を取りまいている巨大な堀にかかった跳ね橋を渡り、そこにいた歩兵たちの前を通り、アーチをくぐって中に入った。目当ての兵士の姿は消えていたので、この赤い服を着たライバルが、彼の大事なアヴィシー一世が残した身寄りのない孤児と会って、自由気ままに話をしているかもしれないという忌々しい考えが浮かんできた。彼はおそらく任務を終えて、彼女のバスケットを持ち、彼女の腰に手を廻して兵舎内にエスコートしているのであろう。

「そんなに放心状態で、何を夢中で見ているのかね？」

ピアストンが振り向くと旧友サマーズが立っていた――まだ長い独身時代に終止符を打っていないようであった。

「なんだって君がこんなところにいるんだい？　君に会えて嬉しくないとは言わないが」

サマーズは、このような季節に、ピアストンがなぜこのような辺鄙（へんぴ）な場所に閉じこもっているのか知りたいと思ってきたついでに、新鮮な空気でも吸おうと思って外出したのだと言った。ピアストンはようこそと言って、二人でシルヴァニア城へ行った。

「僕の見たところによると、君はバスケットを持った可愛い洗濯娘を見つめていたね」と、画家は続けた。

「そうだ。君にはそうだろうが、僕にとっては違う。単なる可愛い島の少女（と世間にはみえる者）の背後に、プラトン言うところのイデア――存在のなかで望ましく入手したいすべての典型でしかも精髄であるものが見えるのだ……僕は罪の宣告を受けたも同然だ、サマーズ。そうだ、罪の宣告だ。女性のなかに幻想を追い求め、近づくとそれが消えてしまうというのは芳しくない。しかし怖いのは、今やその幻想が消えなくなったことだ。それがどんなものか見えるまで近づいてみても、僕を焦らしてくる！　あの少女は僕を捉えて離さない。僕は正気で、自分で自分が馬鹿だと分かっているのに！」

サマーズは空想に耽った彼の表情を見た。歳を重ねるごとに、その空想性は弱まるどころかより強くなるように見受けられた。が、彼はそれ以上何も言わなかった。城に着くと、サマーズは景色を見下ろした。ピアストンはエリザベス朝の田舎家を指し示しながら言った。「あそこに彼女は住んでいるのだ」

「何てロマンチックな場所だろう！――この島全体もだ。ここなら人間が案山子や提灯にだって恋をしそうだ」

「まあ、女性はしないだろうね。女性は風景に感動しているふりをしても、感動してはいないから。あの少女は移り気だし……」

「君もそうだったじゃないか」

「確かに――君から見たらそうだろう。彼女もそう言った――率直にね。僕はそれを聞いて辛かったよ」

サマーズはふと何か思いついたように立ち止まった。「そうか――奇妙なことに立場が逆転したってわけだね！」と彼は言った。「しかし、本当に彼女と結婚する気じゃないんだろう、ピアストン？」

「僕はしたいと思っているさ、明日にでもね。なぜしてはいけないんだ？　名声、社交界、それが何だっていうんだ。僕だって彼女と同じように難破船略奪者や密輸業者の子孫だ。それに、僕は彼女が何で出来ているか、奥の奥まで知っている。彼女が掘り出された完全に純粋な石切場が分かっている。だから自信が持てるのだ」

「なら上手くいくだろうさ」

その晩、彼らがディナーの後で腰を下ろして静かに語らっていると、外の崖から長く引っ張るような口笛の邪魔が入った。サマーズは気にとめなかったが、ピアストンには分かった。この口笛は、アヴィシーがピアストンの家で働いている晩の同じ時刻に吹かれたのと同じだ。彼は客にちょっと失礼と言って暗い芝生に出て行った。小石のじゃりじゃりいう音が、海の波の音と混ざっていた——足音は羽が生えたように軽かった。二分後には、図体の大きい男の唇が彼女の唇と重なっているかもしれない。ピアストンは、その若々しい美しさを、感動的すぎて見る勇気さえもないのに。

周りに人びとの声が聞こえてきて——その中には、先に触れたけんかをしていた夫婦もいたが、女性のほうの口調はアヴィシーのと似ていた。彼は家に戻った。翌日、サマーズはふらっと絵になる海の風景を探しに出かけ、ピアストンは彼を探しに出たところで、アヴィシーに出会った。

「君は恋人がいるんだね！」と彼はけわしい口調で言った。彼女はそれを認めた。「長続きはしないだろうさ」と彼は続けた。

「この人は続くと思うわ」と彼女は言った。それも意味ありげに言ったのだが、彼はその意味の深さを測りかねた。

「あたしを一度捨てたけど、もうそんなことはしないわ」

「素敵なやつなんだろうね？」

「あたしにはもったいないくらい」

「じゃあハンサムに違いない」

「あたしにはもったいないくらいハンサムね」

「洗練されて立派なんだろうね」

「あたしにはもったいないくらい洗練されて立派よ」

彼女の落ち着き払った態度をかき乱すことはできず、それ以上は詰問しなかった。翌日は日曜日で、サマーズは島の反対側の景色を選んだ。アヴィシーは家にいなかったので、ピアストンは午後に彼女の恋人に会いに行くことにして、ビール岬の灯台に向かっていった。近くまでいって引き返したとき、石切場に挟まれた人気のない道を、明らかに石工の仕事にたずさわっているらしい若い男がアヴィシー二世と腕を組んで歩いているのが目に入った。

彼女は少しばつが悪そうにして、彼の目の前で赤くなった。その男は典型的な島の顔をしていた——目鼻立ちが力強く、油断のない表情で、顔半分はちりちりした黒い毛で覆われていた。ピアストンには、この男の鋭く黒い目が彼の陥ったこの状況を嘲笑って光ったように見えた。

もしそうならば、アヴィシーは、ピアストンの彼女への愛情の証拠を彼に話しているのだろう。アヴィシー自身の魅力はもちろんあるが、それよりも大切な彼女の母親のためを思って、目に入れても痛くないほどの気持ちで護ってあげたいと思っているのに、どうして彼女はそんな浮ついた気持ちで彼の心を詮索できるのだろう！

かつてあんなにも愛されていた自分が逆の立場に置かれてしまったという屈辱感で目の前が暗くなり、彼は、その直後に衝撃を受けた事実にすぐには気づかなかった。彼女がぶら下がっていたのは、兵士の腕ではなかったのだ。ならば、歩兵へのうっとりした視線は何だったのか？　彼女はそんなにも速やかに心変わりができるのだろうか。あるいは、彼自身の「恋の霊」についての理論を用いて彼女を弁護するとして、彼女の「恋の霊」は、そんな短期間に人から人へ飛び移ることができるのだろうか。暗闇でやさしい口笛を吹いたのはどちらなのだろう？

これ以上アルフレッド・サマーズを捜すことはやめにして、ピアストンは家路についた。コピー――前例にないくらいに長く愛し続けている――と結婚して裕福な暮らしをさせることによって、原型に償いをしたいという欲求は、自身の運命の導きによって挫折させられたと、彼はぼんやりと思った。

自宅の城の庭に入るドアのところに馬車が止まっていた。それは、丘のふもとからくるありふれた貸し馬車ではなくて、明らかに湾を横切ったところにある人気の保養地からの貸し馬車であった。訪問者がなぜ敷地に入らないのかいぶかりながら家に入ると、客間にニコラ・パイン・エイヴォン夫人がいた。

一目見た彼女は流行の服装に身を包み、動きは優雅で美しかったが、よく見ると、顔色が真っ青で落ち着かない様子をしており可哀想なほどだった。まったくもって彼女は、ハンプトンシャー・スクエアの客間で、落ち着き払って彼をすげなくあしらった彼女とは別人のようである。

「お驚きになったでしょう？　そうに違いないわ！」と彼女は、彼と握手をしながら低い声で哀願するように言って、重たいまぶたを元気なく上げた。「こうするしかありませんでしたの。あなたのご気分を害するようなことをしてしまって――そうでしょう？　ロンドンの社交シーズン真っ只中だというのに、こんな岩ばかりの僻地（へきち）で野蛮人とお暮らしになるなんてどうなさいましたの？」

「気分を害してなどおりませんよ、パイン・エイヴォン夫人」と彼は言った。「そう思わせてしまったことは申し訳ないですが、勘違いによってこちらにいらして下さり、こうしてお会いできたことを嬉しく思います」

「私、バドマス・レジスに滞在しておりますの」と彼女は説明した。

「それなら、僕が少し前に教会の礼拝で拝見したのは、あなたでしたね？」

彼女は少し赤くなり、ため息をついた。二人は目と目を合わせた。「はい」と彼女はついに言った。「率直さという美徳を見せてはいけないなんてことはありませんわよね。どういう意味かはお分かりでしょう。私、以前は強かったけれど、今は弱いのです。私たちのお付き合いに色々あったなかで、あなたを傷つけてしまったかもしれません、それは申し訳なく思っております、ですがこれからはすべての過ちを償いますわ――道理の分かる人間になりたいと思っております」

この魅力的でかつてあんなに自立していた女性に愛情の衝動を持たないなんて、ジョスリンには不可能だった。彼女は、世間的な視点から見れば彼にとって申し分ないお相手、財産以外は彼より優れたお相手だ。彼女の手を再び取って少しの間にぎっていると、微かに彼女が喜んでいるのが伝わってきた。いや、だめだこれ以上は進めない。コケティッシュな日曜日用の服に身を包み、鳥の羽根をつけた小さな帽子をかぶったあの島の少女が、マニラロープのような強い絆で彼を呪縛していた。彼はニコラの手を離した。

「私、明日にはバドマスを発ちますの」と彼女は言った。「なので、ご連絡しなければと思いましたの。精霊降臨祭休みを通してここにおりましたけれど、ご存じなかったのですね？」

「全く存じ上げませんでした。さもなくばお伺いしておりました」

「手紙を書くのが嫌いなものですから。今は書いておけば良かったと思います」

「そうですね、パイン・エイヴォン夫人」

　彼女は、夫人ではなくニコラと言ってほしかった。ランドー馬車にたどり着くと、彼は近くロンドンに戻ったらすぐに訪問させていただくと彼女に告げた。その時、アヴィシー・ケアロウが、一人で、馬車の向こう側を通って近所にある自宅に向かっていた。顔も目もこちらに向けることはなく、彼女にとって二人は興味のない物体でしかなかった。

　ピアストンは、石のように凍りついた。この少女――妖精、魔女、伝説に出てくる小人――が現れたことによって、ニコラに対する冷たい気持ちが運命のようにもたらされた。言ってみれば、自分はいわゆる馬鹿だと分かっていたが、彼は理想化する情熱に捉まえられて無力だった。彼はパイン・エイヴォン夫人の全存在より、アヴィシーの指先が欲しかった。

　おそらくニコラはそれを見てとったのだろう、悲しそうに「私、できることはすべて致しました！　私の客間での残酷なふるまいの償いは、こうしてお目にかかってお詫びすることだと思いましたので」と言った。

「立派で高潔なことです、とても親愛なる友人に申し上げます！」と、彼は熱意というより礼儀の感情から言った。

　さよならを言って彼女は去っていった。しかし、目で追ってしまうのはアヴィシーの後ろ姿だけで、なんて自分は無力なのかとピアストンは感じた。島の教会は、異教の寺院の基礎のかたわらに建てられていた。教会から来るキリスト教的な影響力が、エフェソスのデメトリアス[023]のように、彼が芸術の中や自身の心の中で自分を捧げてきた偽の神々を通して、怒り狂って彼を苦しめているのかもしれなかった。だとすると、彼の偶像崇拝に対する神の懲罰が下ったということだ。

第十章　それは消え去りはしない

　ピアストンが自宅に戻ろうとしたところで、サマーズと画材を担いだ男が追いついた。一緒にドアのところまで行き、男は画材を置いて去ったので、二人は家の中に入る前にそこらを散歩した。

「そこの道でとても心惹かれる美人に会ったよ」と画家は言った。

「ああ、彼女だよ。妖精、空気の精、霊魂の化身サイケ〔エロスが愛した蝶の羽をもつ美少女〕だ！」

「心を打たれたよ」

「美が最も素朴な変装をして現われるという例さ」

「そうだ、いつもとは言えないがね。それにこの場合は当てはまらないよ。その女性の服装は、最新のファッションで、趣味のいいものだったから」

「え、馬車に乗った女性のことを言っているのかい？」

「もちろんさ。外にいた可愛い田舎娘のことを思っていたのかい？　会ったけど彼女が何なんだって言うのさ？　絵の題材としてはいいけど、伴侶としてはね。例の女性は――」

「パイン・エイヴォン夫人だよ。親切だけど高慢な女性だ。自尊心の無い人なら思いつかないことをする。彼女はバドマスを明日発つらしい。馬車に乗って、僕に会いに来たのだ。君も知っての通り、一時僕と彼女の間でお付き合いがあった。だけど、僕はどの女性にも良くないからね。彼女は僕に寛大だったけど、僕はそうではなかった……。彼女は、きっと最後には彼女にはふさわしくない奴に身を投げ出すだろうよ」

「そう思うかい?」サマーズは呟いた。しばらくして突然彼は言った。「僕が結婚するよ、彼女がいいなら。僕は彼女の容貌が気に入った」

「それがいいよ、アルフレッド。いや大丈夫、結婚できると思うよ! 彼女は長いこと、社交界から芸術界に移りたいと思っているのだから。個性があって、真面目な本能をもった女性だ。実は、彼女の扱いに困っていたんだ。大丈夫だと断言はしない——僕がそういうと狭量だということになるかもしれないが。でも試してみたまえ。僕が引き合わせてやるよ」

「彼女がいいなら、僕は結婚したいのだ!」彼の一部であった冷静な決断力をもってサマーズは付け加えた。「結婚すると決めたらば、最初に会った素敵な女性とするがよい。女性なんてみんな同じだから」

「でも、君は彼女をまだ知らないだろう」とジョスリンは答えた。ピアストンは彼女を愛せなくても賞賛することができたのだ。

「しかし、君は彼女を知っている。君の判断をあおぎたい。本当に美人かい?——ちらと見ただけなんだ。いや、美人だろうね。さもなければ、君の洗練された鑑識眼を捉えはしなかっただろうから」

「信じてくれていいよ。彼女は近くで見ても、遠くで見たのと同じくらい綺麗だよ」

「目は何色？」

「目？　形については専門だが、色については詳しくないんだ。まてよ――灰色だ。髪の毛は焦げ茶色より少し明るい」

「僕は濃い色のほうが好みだがね」とサマーズは、陽気になって言った。「生粋のイギリス人女性のなかに、綺麗なモデルが大勢いる。今でもブロンドは価値がある！……。さてさて、これは不真面目だね。しかし、僕は彼女の容貌が気にいった」


サマーズはロンドンに帰った。小さな半島には雨が降っていたが、ピアストンはガーデンハウスまで行き、座って煙草をふかした。この建物は、彼の敷地の境界をなしている塀に隣接しているので、ときどき彼の家の柵を巡っている小道にある彼女の田舎家の開け放したドアから、アヴィシーの声を聞くことができた。どうやら、今日は抑揚がない。それがなぜか彼は知っている。外出したいけれどできないからだろう。外出を予定している時には、特徴のある音色が声に出てくる。鳩の鳴き声のような丸みを帯びた音で、間違いなくひとりの恋人あるいは複数の恋人のことを考えているために、その影響が声に出ているのだ。けれど、複数ではないだろう。彼女が純粋で一途なことはひと目で分かる。ではなぜ男が二人いるのだろうか。おそらく石工のほうは親戚の男だろう。

そう考える理由はある。小道に入って、くだんの赤いジャケットを着た兵士のひとりと出くわしたからだ。兵士たちは通常この島の中心部から離れたところには見かけない。彼らが要塞から出て楽しみ目的でよく行く地域は反対側だから、この男がここに来たのは特別の用事があるからに違いない。ピアストンは彼を観察した。彼は丸顔の陽気な奴で、唇の上に立ちあがった二匹の鮠（はや）のような二本の髭をたくわえて、小さな黒い眼をしており、その上にグレンガリー縁なし帽子を目深にかぶっていた。こんな一度も戦地に行ったこともなければ、無防備な野蛮人とさえ闘ったことのない、ずんぐりした若い男の唇で、アヴィシーのなめらかな頬がキスされたと想像するだけでも腹が立った。

兵士は、彼女の家のドアを見て通り過ぎ、要塞に戻る小道に繋がる曲がりくねった下り坂を崖に向かっていった。しかし、彼はこちらに進まず来た道を戻ってきた。彼女の家の前をもう一度通りたいがためだ。しかし、彼女が合図を送らなかったので兵士は去っていった。

ピアストンは、アヴィシーが家のなかにいると確信できなかったので、道を横切って彼女の家の敷地まで行って、半開きのドアを軽く叩いた。

誰も出てこなかった。家のなかで小さな物音がしたので、彼は敷居をまたいだ。アヴィシーは、まるで通りすがりの誰にも見られたくないかのように、ひとりきりで暗い家の隅の低い腰掛けに座っていた。感情もあからさまな驚きもなく彼を見上げると、彼女が泣いていたことが分かった。特別の心遣いと愛情で結ばれていることを感じるこの身寄りのない少女が悲嘆に暮れているのを初めて見てピアストンは、計り知れないくらい心を動かされた。断りもなく彼は部屋に入った。

「アヴィシー！」と彼は言った。「何かあったのだね！」

彼女がうなずいたように見えたので、彼は続けた。「全部話してごらん。きっと助けてあげられるから。さあ」

「できません！」と彼女は小声で言った。「ストックウール婆ちゃんが二階にいて、聞こえちまうわ！」ストックウール夫人はアヴィシーの母が他界してから、ずっとここで彼女と暮らしているのだ。

「ではうちの庭に来なさい。二人だけになれるから」

彼女は立ち上がって帽子をかぶり、彼と一緒にドアのところまで行った。道に誰もいないかと彼女が尋ね、いないのが確認できると、道を横切り、彼と一緒に塀を抜けて庭に入った。

この場所は、木陰になった静かな場所で、大枝の間から海がすぐそこに見え、波の音もはっきりと聞こえた。樹木から水滴があちらこちらに落ちてきたが、気になるほどの雨にはならなかった。

「さあ、聞かせておくれ」と彼は慰めるように言った。「何だって話してくれていいんだよ。僕は君のお母さんの友人だったって知っているね。そう、君のお母さんを知っていた、だから君とも友人ってことになるんだよ」

もし、彼が母親の不実な恋人が自分であると知られたくないのなら、この発言は危うかった。しかし、その不実な恋人の名前はこのアヴィシーには知られていないようだった。

「言えません」と、彼女は気が進まないように答えた。「あたしの気の変わりやすさと関係があるということ以外は。それ以上は誰にも秘密なんです」

「それは残念だ」と彼は言った。

「あたしって考えちゃいけない人を好きになっちゃうの、それって身の破滅だわ。どこかに逃げなきゃ！」

「この島からってことかい？」

「はい」

ピアストンは考えた。ロンドンに帰りたいと何度か思っていたのだが、新しい心配事のために行くのを遅らせてきたのだ。しかし、彼女を連れてロンドンに行けば、彼女を監督し、教育することができるし、よく分からないけれど差し迫った危険から彼女を引き離すことができる。保護者の役目を彼のような独身男性が務めるのは具合の悪いものであったが、できないことではないだろう。彼は直ちに、本当にどこかに行く気があるか訊いた。

「ここにいたいとは思うけど」と彼女は答えた。「そんなこと言ってられないわ、どこかに行かなきゃならないの」

「ロンドンはどうかい？」

アヴィシーから泣き顔が消えた。「どういうことですか？」

「僕の家に来て、何か役立ってくれないかと考えていたところでね。君も聞いたかもしれないが、僕は今フラットと呼ばれる場所を借りていて、その裏にはアトリエがあるんだ」

「聞いたことありません」と、彼女は興味なさそうに言った。

「そうかい、僕はそこに召使いを二人置いているが、男のほうは今休暇をとっているので、一、二カ月手伝いができるよ」

「家具を磨くとかどうでしょう。それならできるわ」

「磨く必要のある家具はあまりないんだ。でも、アトリエの石膏（せっこう）とか散らばった粘土とか石の小片を掃除したり、モデルになったり、ヴィーナスの彫像の失敗作の手とか頭とか足とか骨とかの埃を払ったりしてもらうことはできるよ」

彼女は驚いたが、その提案のめずらしさに引きつけられた。

「臨時で？」彼女は言った。

「そう。短期でも長期でも、好きなだけ」

最初は驚いたアヴィシーだったが、慎重に彼の提案について話し合った。その慎重な態度から、彼女の胸を動揺させているのは感謝で、友情を超える感情からくるものではないと分かった。彼らの年齢の不釣り合いは度を過ぎているというほどではなかったから、彼にふさわしいように彼女を作り変えてから、手に入れたいと望んだ。彼女は、泣くほどまで悲しんでいた理由を、それ以上詳しく語ろうとはしなかった。

彼女は、もちろん準備の必要などほとんどなく、身のまわりの物は彼が予想したより少なかった。彼女は直ちに出発したがったので、誰も彼女の出発を知りそうになかった。

しかし、もし彼女が恋愛中で島を離れたくないのなら、今何でそんなに急いでいるのか、彼には理解できなかった。

しかし、彼は情熱的であり、保護したいとも思っていたので、この少女に細やかな配慮を惜しまなかった。それで、いったん彼女を置いてひとりで島を離れたあと、二、三マイル先の鉄道の駅で彼女を待った。彼女が客車の窓から彼を見つけたと分かると、隣の客室に移った。彼の体が熱くなったが、その火照りは、彼が最初に関わった名前と身体を受け継いだ女性を世話しているという歓喜であり、長いこと間違っていたことを是正する見込みがついたという歓喜でもあった。

第十一章　イメージは残留する

駅からアヴィシーと四輪馬車に乗り、フラットの入り口に到着した頃、あたりは暗くなっていた——フラットはその頃は今ほど多くなかったので、ピアストンはフロアごと借りていた。アヴィシーは外で待たせて、荷物をポーターに運び込ませると、ピアストンは二階に上がった。驚いたことに、フロアは静かで、かんぬきを外して入ってみると真っ暗だった。玄関に降りていくと、アヴィシーが荷物とともに所在なげに立っており、ポーターは御者と一緒にいた。

「僕の召使いたちはどうしたのか知っているかい？」と、ジョスリンはポーターに訊いた。

「なんとまあ——そこに居ないんですかい？　ああ、俺が怪しんだ通りになっちまった。旦那、ワインセラーの鍵は間違いなくかけておいたんでしょうな？」

ピアストンは思い出してみた。セラーにワインは沢山はなかったので、彼は年長の信用できそうな召使いに鍵を預けておいたような気がした。

「んなら、間違いねえ！　あの女、この一、二週間ずーっと様子がおかしくってな。気でも触れたみたいに、通話管(スピーキングチューブ)からなんやかんやと用事を言いつけてきやがるんだから、しまいには無視するしかなくなった。ゆうべ、二人とも出ていくのを見やした。旦那が帰ってくるとも知らずに、休暇でもとったかとんずらしたか。旦那が一筆くださったら、下男もいないことだし、部屋の用意をしておいたんですが。まったく俺の仕事じゃあないけども！」

ピアストンが再び二階に上がってみると、セラーのドアは開けっ放しで、酒の入っていたはずの幾つかの瓶は空っぽになって立ててあり、多くの瓶が抜き取られていた。けれど、他の家財道具には手がつけられていなかった。家政婦への彼からの手紙は、郵便配達人が入れたまま郵便箱に入っていた。

この時には荷物はエレベーターで運ばれていたので、アヴィシーはますます荷物のように、ドアのところに立っていた。ポーターは手伝いを申し出た。

「こちらにどうぞ、アヴィシー」と彫刻家は言った。「何から手をつけたらいいものだろう？　とんだ災難にあったものだ！」

アヴィシーは何も思いつかなかったが、やがて暖炉に火を熾(おこ)すという名案が閃いた。

「火を熾す？――そうだね……でもできるかどうか。たしか前にもこんなことがあったな――ああ気まずい！」と彼は呟いた。「よし、火を熾そう」

「ここが台所ですか？　居間と一緒になった？」

「そうだ」

「そんなら、ひとまずお手伝いが来るまで、あたしがここで必要なことすべてできるわ。燃料置き場が分かればだけど。思ってたほど広くないし！」

「そうだね、頑張って！」彼はやさしい微笑みをうかべて言った。「今晩は僕は外食をするからあとは任せたよ。下にいるポーターのかみさんに手伝ってもらって、できる限り整えておくれ」

ピアストンは言ったとおりに外出して、二人の同居は始まった。故郷にいれば彼女への危険が迫ってくると、日に日に強く感じるようになったピアストンは、ひとりでも二人でも、おそらく彼女を困らせている男が冷静になるまで彼女を返すまいと決心した。彼女が心配なあまり、このような危険に進んで飛び込もうとしていたのだ。

二重の孤独であった。ピアストンとアヴィシーはそのフラットに、たった二人きりで住んでいるにも拘らず、一緒にいることはなかった。以前は隙あらば迅速に会いに行ったのに、いざこうした機会を得た彼は彼女に近づくのを恐れていた。ピアストンは細心の注意を払い、おそるおそる彼女のそばに行った。彼らは互いに口をきかず、話すことがある時は、紙切れに書いて彼女の目につく場所に置いた。少しでも感情の交流があったら気づいただろうに、二人がまったく孤立しているのを彼女が全く意識してないのは苦痛だった。

彼女は深みのある女とは思えなかったが、世間一般で言われるような「実際的な女」でもないと考えていた。なので、普段の行動のみならず、彼が思わず口に出した優しさに溢れた言葉に対する彼女の無味乾燥で実務的な返答は、腹立たしかった。彼が、料理についての口実を設けて、彼の部屋と台所を隔てているモザイク模様のホールを二、三ヤード歩いて、ドアのところで何か言っても、彼女は、「はい、旦那様」とか「いいえ、旦那様」と、仕事から目を上げずに言うばかりであった。

いつもの流れでいけば、ピアストンは、適切な資格のある召使いを二名雇うことになるはずだった。しかし、彼はひとり、否ひとり以下の仕事しかできない田舎娘と住み続けた。クラブで食事をするのがピアストンのいつもの習慣だったが、今や、彼は惨めな肉片の切り身を食べるために在宅することとなった。ひとりの仕事としては多すぎるとアヴィシーが不平を言って、田舎家に帰りたいと言い出すのではないかと恐れたので我慢したのだ。家政婦が、二、三日おきにやってきて、そういうときは食べ物とお酒が沢山消費された。しかし彼が恐れたのは、その消費ではなく、アヴィシーと彼女が話をしてアヴィシーが自分自身の置かれた状況の奇妙さに気づくことだった。アヴィシーは彼女が来る前は二、三人の召使いがいたに違いないと気がついていたようだが、彼らを使わずにやっていく彼の理由は、彼女には思いつかなかったようだった。

もともとピアストンは、アヴィシーをアトリエ専属にしておくつもりだった。しかし偶然にそのプランに修正が加わり、家事もさせることになった。しかしある朝、彼女をアトリエに行かせて、あとからすぐ入っていくと、彼女は彫像や模型の何層にもつもった塵（ちり）を拭き取っている最中であった。

塵の色に彼女はいつも驚いていた。「バドマスの石炭船の船倉みたい」と彼女は言った。「これでは、彫刻の綺麗な顔が台なしだわ」

「君もいつか結婚するのだろうね、アヴィシー？」ピアストンは、考え深げに彼女を見て言った。

「する人もいれば、しない人もいます」彼女は手を休めず、ひかえめに微笑んで言った。

「君はそっけないね」と、彼は言った。

彼女はそれ以上何も言わずに、この言葉を悪戯っぽく受け止めた。彼女を慈(いつく)しみたいという本能を彼はもっていたが、こういう仕草が彼を焦(じ)らしたのだ。特に彼女がうつむいた時の魅力的な横顔をしみじみと眺めているときは――薄く肉の付いた形の良い鼻、丸い顎(あご)、喉へと流れるカーブ、バラ色の頬に落ちるまつげ。彼はこの顔を彫像にしてみたいと苦心してきたが徒労に終わっていた。形を捉えたと思ったらその本質が失われてしまうのだ。

その夜暗くなってから、手紙を何通か書かなくてはならなくなり、ピアストンは、彼女に切手を買いに行かせた。十五分くらいしてから、はたと気がついて書き物机から顔を上げた。彼女はロンドンの地理を全く知らないことをすっかり忘れていたのだ。

遅い時間だったので郵便局の本局に彼女を行かせたのだけれど、それは、二つ三つ向こうの通りにあった。彼はその位置を詳(くわ)しくは教えなかったが、彼女はいとも気軽に引き受けたのだ。なぜそんな軽率なことをしてしまったのだろうか？

ピアストンは窓のところへ行った。九時三十分すぎだったが、彼女がいないのでブラインドは下げていなかった。両開きのドアを開けてバルコニーに出た。彼の書き物机の上のランプの緑色のシェイドが、薄暗がりの中でランプの明るい光を覆っていた。正面の広場の上には月がかかり、右手側には長い道が延びて、ある街灯はひとつぽつんと、ある街灯はかたまって立てられており、青い光や赤い光も混じりながら続くのがだんだんと小さく見えた。街角からは、ロッシーニのにぎやかなマーチを奏でる手回しオルガンの音色が聞こえた。黒い影のように見える人びとが薄暗がりの道を行き交っていた。屋根の上には鉛色の霧が厚く立ち込めており、碧がかった藍色の空の高い位置には星が見えたが、空の低い位置はまだ太陽が残っているために青白く、それを背景にして、肘やら握り拳やら角の形をした煙突の煙の吹き出し口が見えた。

目の前に広がる風景の何マイルにもわたる喧騒、すなわちカチャカチャとぶつかる音、売り子の声、錫笛の音、犬の吠える声が海の泡のように湧き起こっていた。それらの音は、この巨大な集団の誰もが休息など求めていないのだと彼に印象づけた。

この無限の人からなる海にひとり彷徨っているひとつの存在がある。アヴィシーだ。

ピアストンは時計を見た。彼女が出かけてから三十分になる。仮に彼女が近くにいても離れたところからでは誰だか分からない。彼は、部屋に入って帽子をかぶり、彼女を捜しにでかけた。通りの端に着いたが、彼女の姿は見えなかった。郵便局まで二、三の行き方があったので無作為にひとつを選んで郵便局まで行ったが人影はない。心配でいたたまれなくなって、元来た道を足早に戻った。フラットについても彼女はまだ戻っていなかった。

ピアストンは、彼女に迷子になったら辻馬車を呼んで帰ってくるよう言ってあったことを思い出した。今、彼女はそうしているに違いない。再びバルコニーに出るが、彼の住居がある高級住宅街はほとんど人気がなく、なかなか進まない行進を待つ番兵のように街灯が立っていた。バルコニーにいる彼のすぐ真下の道は掘り起こされていて赤いランプが立てられており、曲がり角では、二人の男が日中に日光浴でもしているかのように、のんびり話をしていた。昼間には姿を現わさない、猫のように人目を忍ぶ恋人たちが、中庭の門の内外で互いに冗談を言って見つめ合っていた。

ピアストンは、辻馬車に意識を集中した。馬の蹴爪(けづめ)の虚ろな音がフラットに近づくたびに息を呑んだが、それらは広場のほうに行ってしまった。遠くの馬車の二つのランプが近づきながら、大きくなり、彼のほうに向かって来るように思われた。アヴィシーか？　いや通り過ぎて行ってしまった。

気も狂わんばかりになって、また下に降りると家を出て、街の中心部に向かった。そこでは喧騒がまだ続いていた。騒がしい本通りに入ろうかという所で、道の反対側に小さな人影がゆっくり近づいてくるのが目に入った。急いで道を横切ってみると、はたしてそれは彼女だった。

第十二章　二人の間に格子が下りる

「おお、アヴィシー！」と、優しく自分を抑えて叱責する母親のように彼は叫んだ。「どんなに心配したと思ってるんだい！」

彼女は何かしでかしたという意識はなかったので、彼が心配していたのを知って驚いた。彼は安心したのでそれ以上は何も言わなかったが、唐突に、疲れただろうから腕を貸してあげようと言った。

「いいえ、旦那様！」彼女ははっきりと言った。「あたし、全然疲れてなんてないわ。助けてくれなくて結構です」

彼らはエレベーターを使わないで二階に上がり、掛け金を外して部屋に入った。彼女は台所に入り彼も後について入ると椅子にすわった。

「どこへ行っていたんだい？」彼は面とむかって心配のあまり怒りだしそうになって言った。

「十分もかからなかったはずだろう」

「何もすることがないんですもの。ちょっとロンドンを見てみたいと思ったの」と彼女は無邪気に言った。「それで、切手を買ってから、おしゃれな流行（はやり）の通りに入っていったら、昼間のように淑女たちが歩いているじゃない！　まるで聖マルチヌス祭〔十一月十一日〕の夜にウェルズ通りから帰る時みたい。まあ、それよりもっと上品だったけど」

「おお、アヴィシー、そんな風に出歩いてはいけないよ！　僕が君の安全に責任があることを知っているね？　僕は、君の——そう、保護者だよ、事実上、法律的にも道徳的にも、その他の意味においても。僕は君を傷ひとつなく故郷の島に返さなくてはならないのだ。なのに、こんな真夜中に気まぐれに耽るとは！」

「あら、旦那様、通りを歩く紳士たちは、島の誰よりも立派だったわ。最新のファッションを身にまとって、あたしにひどいことしたら恥とでも思ってるのでしょう。あの口説き方ったら、今まであんな丁寧なのは聞いたことがないわ」

「そうか、ともかく同じことを繰り返してはいけないよ。どうしてかはいずれ話してあげるから。ところで、手に何を持っているの？」

「ネズミ取りよ。台所にネズミが沢山いるの——島のと違って薄汚いのが——あたし捕まえたいと思ったの。でも近くに開いているお店がないじゃない。だからうんと遠くまで買いに行ったのよ。すぐに仕掛けるわ」

彼女は直ちに仕掛け始めた。彼女が夢中になって仕掛けているのを、ピアストンは座ったまま眺めていた。驚いたことに、彼女は彼を通して無限に開けてくる生活を見ることを執拗に拒み、自分の利益になりそうな可能性を追おうとしないのだ。こんな日常生活が提供するありふれた物を受け取るだけで満足なのだろうか。彼女があの一言を言えば、彼は結婚許可証を手に入れて、次の朝には結婚するであろう。この風向きを感知しないということがあり得るだろうか？　それをしなければ女とは言い難い。とはいえ、彼女の生き生きとした捉えがたいそっけない態度は実に女らしいのだが。

「そのネズミ取りじゃ一匹しか掛からないよ」と彼はなにげなく言った。

「それじゃ、夜掛かるかもしれないから、掛かったらまた仕掛けておきます」

彼はため息をつき彼女の好きなようにさせて、眠くなかったが寝室にいった。暗闇の中で少し時間が経った頃、台所のドアが開いていたのかもしれない、ネズミ取りのカチッという音が聞こえた。まだ熟睡していなかったもうひとりもそれを聞いたに違いない。その音にほとんど引き続き、上っ張りの引きずる音と一緒に裸足のパタパタいう音が台所への廊下から聞こえた。ネズミ取りは仕掛け直されたと思っていたら、やがてそちらから悲鳴が聞こえてきたので彼は驚いた。ピアストンはベッドから飛び起きガウンを着て、悲鳴の聞こえる方向へ急いだ。

アヴィシーは、裸足でショールにくるまって椅子の上に立っていた。ネズミ取りは床の上に置いてあり、ネズミはそこいらを走り廻っていた。

「あたし、ネズミを取り出そうとしたんだけど」と彼女は興奮して言った。「逃げたんです!」

ピアストンは、彼女が椅子の上に立っているあいだにネズミを捕まえた。罠(わな)を再び仕掛けていたら、イライラした感情が噴き出してきた。

「君みたいな少女が、石工のようなつまらない男に身をまかせるなんて! どういうつもりだ?」

彼女の心は今の仕事に集中していたので、それと関係のない話題を受け取るのに少し時間がかかった。「それは、あたしが馬鹿だから」と、彼女は静かに言った。

「え？　彼を愛してはいないのかい？」と、驚いたジョスリンは彼女の顔を見た。それは、二十年前に彼にキスをしたときに心配そうにしたアヴィシー一世そのものだった。

「それはもう話しても仕方ないことだわ」と彼女は言った。

「じゃあ、兵士のほうなのか？」

「そう、一回も言葉を交わしたことがないけれど」

「口をきいたこともないのかい？」

「ありません」

「どちらかが君をひどい目にあわせた——君は騙されたんだろう？」

「いいえ、そうじゃないんです」

「それじゃ、分からない。君が話したくないことまで知ろうとは思っていないよ。アヴィシー、なぜ何があったか話してくれないいんだい？」

「今はダメです、旦那様！」彼女は可愛いピンクの顔と茶色の目を、飾りのない台座から彼のほうに向けて、懇願するように言った。「明日、すべてお話しします。絶対に！」

彼は寝室に戻り横になって考えごとをした。彼女も自分の部屋に戻って十五分くらいした頃、ネズミ取りがまたカチッと鳴ったので、ピアストンは片肘を立てて耳をすませた。あたりは物音ひとつなくドアの板もいい加減な作りであまりに薄かったので、ネズミがネズミ取りの金網のなかで跳ねているのが聞こえた。しかし、今度は足音は聞こえなかった。彼は目が冴えて落ち着かなかったので、また起き上がってランプをもって台所まで行き、ネズミを取り去ってネズミ取りを仕掛け直した。彼は耳をすませながら引き返した。遠くにアヴィシーの部屋のドアがあるが、心の中に何かある家政婦である彼女に、二度目の捕獲の音は聞こえていなかった。部屋からは子供のような寝息が聞こえてきた。

彼は自分の寝室に戻り重苦しい気分で横になった。彼女が彼を男性として見ていないこと、人気のない台所の光景、火の消えた火床などによって、今までに経験したことのない深い孤独を味わった。

この若い娘にこんなにも献身的であるのは実に愚かだ。近くにいることに危険が潜んでいると微塵（みじん）も思っていないからこそ彼女は無防備であり、そのことが彼女が母親と似ていることにまさるとも劣らない二次的な保護装置となっていて、彼女に手を出すことはできなかった。そこに憂鬱の種があった。

翌朝、彼女の姿をみたピアストンは、こんな状態に終止符を打たねばならないと考えた。彼は、アヴィシーをアトリエへ送ると、一、二名の召使いを募集する旨、仲介業者に手紙を書いてから、仕事をしにアトリエへ行った。アヴィシーは、彼女が触ることを許されているものを忙しく掃除していた。模型や彫刻に囲まれて仕事に没頭するのは彼女の喜びで、ぼんやりとは感知できても今まで決して捉えたことのない美の観念を理解しようと努め、生まれて初めて切なる好奇心を持ってそれらを見つめた。容姿とともにアヴィシー二世に遺伝したかもしれない彼女の母親の聡明さは、父親の凡庸さによって薄められていた。ピアストンは母娘の二人を知っていたので、アヴィシー二世の内側で両親の相対する性質が葛藤しているように見えた。

アトリエに二人きりだったので、ピアストンは感情を吐き出した。彼は腕を彼女に廻しながら言った。「可愛い、愛しのアヴィシー！　お願いがあるんだ——きっともう何だか分かっているよね？　聞きたかったことがあるんだ。僕と結婚して、ここにずっと一緒に住んでくれないか？」

「まあピアストンさん、それはナンセンスです！」

「ナンセンス？」彼は出鼻をくじかれて縮こまりながら言った。

「はい」

「なぜ？　歳をとりすぎているから？　そんなに違わないと思うけど？」

「そうね——結婚するんだったら気にならないわ。仲間としては難しいでしょうけど夫婦としてなら歳の差はあまり関係ないもの」

彼女は彼から離れようともがいて激しく動いたので、ファウスティナ皇后〔紀元二世紀のローマの皇帝の妻〕の彫刻の頭部にぶつかって落としてしまい、彼は彼女から手を離した。彼女は驚いているばかりではなく、怯えているようだった。

「なぜナンセンスだと思うんだい！」と、彼はピシッと言った。

「なぜって、旦那様があたしのこと、そんな風に思ってるなんて知りませんでした。考えもしませんでした！　ここに二人きりで！　どうしたらいいのかしら？」

「はい、と言えばいいのだよ、アヴィシー！　そして出かけて行ってただちに結婚しよう。それがもっとも賢いやりかただ」

彼女は首を振った。「できません」

「君のためになるんだよ。僕を好きではないのかい？」

「いいえ、好きです——とっても。でも、そういう好きじゃないんです——ちょっと。でも、もしかしたら好きになっていたかもしれないです、もし——」

「そうか、じゃあ、これから好きになってみてくれないか」と彼は温かく言った。「君のお母さんのように！」

うっかり口を滑らせたピアストンは、今いった言葉を取り消したいと思った。彼の目的にとって命取りの言葉だったからだ。

「母さんは、あなたのことを愛していたの？」とアヴィシーは信じられないというようにまじまじと彼を見つめながら訊いた。

「そうだ」と彼は呟いた。

「まさか旦那様は、母さんの不実な男ではないわよね？　例の——」

「そうだ、そうだ！　もうそれ以上言わないでくれ」

「母さんを捨てたの？」

「ほとんどそれに近い」

「じゃあ、あたし旦那様のことなんか絶対に絶対に好きになりません！　あたしその人が紳士だなんて思わなかった——あたしが思ってたのは——」

「僕はそのときは紳士ではなかったのだ」

「ああお願いです、あっちへ行って下さい、旦那様！　顔も見たくないのです！　もしかしたら以前のように好きになれるかもしれない。でも――」

「いや、あっちへ行くものか」とピアストンはイライラして言った。「僕は君に正直に話した。君もそうしてくれないか！」

「何を話せばいいのですか？」

「なぜ僕の求婚を受け入れてくれないのかだ。君が言ったことは、理由になっていない。さあ、怒っていないから」

「いいえ、怒っているわ」

「いや、怒っていない。理由を聞かせてくれないか？」

「名前はアイザック・ピアストンと言います。故郷の人です」

「それで？」

「つまり、あの人はあたしに言い寄って、島の習慣にあたしを導いたの。それである朝教会に行き結婚式をあげたわ。母さんは彼のことが嫌いだったから内緒で。あたしももうそん時には好きじゃなかったけど。そんでけんかになって、あたしと旦那様がロンドンに来る前に、あの人はガーンジー（イギリス海峡にある島）に行っちまったのよ。その後にある兵士を見て、名前も分からなかったけど、あたし惚れっぽいからすぐに恋に落ちちゃったわ！　でも、それは間違ったことでしょう。彼のことは考えないようにしたわ。彼が通り過ぎるときは見ないようにして。でもとっても辛かったの。みじめな気分になった。その時、旦那様からロンドンに誘われたの。どうとでもなれと思って、ここに来たわ」

「神よ！」と、ピアストンは言った。彼の真っ青になって苦悶(くもん)した顔は、この知らせがどんなに大きなショックだったかを物語っていた。「なんでそんなにとっぴょうしもないことをしたの？　いや、なんでもっと早く教えてくれなかったの？　とすると、今現在君はガーンジーに行っている男の妻なんだ、君がまったく好きじゃない男のね。そして彼を愛する代わりに、一度も話したことのない兵士を愛しているという。僕の愛を受け入れてくれていたら、もう少しで二人してスキャンダルを起こすところだった。本当に、君はなんて悪い女なんだ！」

「あたしそんな女じゃないわ！」と彼女は口をとがらした。

依然としてアヴィシーは青ざめた顔をして怯えているようで、ずっと床のほうを向いていた。「旦那様とあたしが結婚するなんてナンセンスだって言ったでしょう！」と、彼女は続けた。「もしあの不愉快なアイザック・ピアストンと結婚していなかったとしても、母さんを捨てた人だと知ったら結婚なんてできるわけないわ」

「僕は報いを受けた！」と彼は悲しそうに言った。「僕のような人間はいつも最悪の報いを受けるんだ。君のお母さんには何ら害を与えてはいないけど。いいかいアヴィシー、僕が君を愛するアヴィシーと呼ぶのはお母さんのためであって君自身のためではない。今、君が間違いなく陥っている困難から君を救い出すために何ができるか考えなければならない。なぜ、君は今結婚している夫を愛せないのだ？」

彼女は、自分でも心の機微は説明し難いとでも言うように、横を向いて彫像に目をやった。

「日曜日に君と一緒に歩いていた黒髭の典型的なこの地方の顔をした奴か？　僕と同じ名字だとは。もちろん五、六しか名字がない地域だから驚かないけど」

「はい、あれがアイクです。あの夜けんかをして、あの人があたしを叱るもんだから、言い返したら(旦那様は聞いていたと思うわ)翌日出てってしまったの」

「そうか、では言ったように、これからどうしたらいいか考えなくてはならない。まず始めは、夫を家に帰らせることだ」

彼女は思わず肩をすくめた。「あの人のことは嫌いなんだってば!」

「では、なぜ結婚したのだ?」

「そうするしかなかったの。島の風習を二人で実行したんだから」

「そんな風に考える必要はなかったのに。その風習は馬鹿げているし時代遅れだ」

「あの人は考え方が古いからそんな風には思えないのよ。いずれにせよ、出てっちゃったし」

「ああ、言わせてもらえば、それは単なる夫婦げんかだろう。彼が戻ってきたら、仕事を与えてやるよ……田舎家はまだ君のものだよね?」

「はい、そうです。ストックウール婆ちゃんがあたしのかわりに手入れをしてくれているわ」

「よろしい。では奥さん、あなたはすぐに家に戻りなさい。夫が仲直りしに戻ってくるのを待つんだ」

「そんなの嫌だわ!――あの人に帰ってってきてほしくないの!」彼女はすすり泣きを始めた。「あなたとここに居たいの。じゃなきゃ、あの人の来られないところならどこでもいいわ!」

「そうはいかないよ。まずフラットに戻りなさい、君のためなんだ。そして一時間で支度をととのえて、玄関で僕が来るのを待ちなさい」

「いやです！」

「でも、そうしなさいと言っているんだ！」

彼女は反抗しても無駄だということが分かった。指定の時間ぴったりにホールで、彼はトランクと傘、彼女は箱ひとつとその他もろもろの荷物を持って来た。ピアストンは、アヴィシーと彼女の荷物を四輪馬車に乗せて駅まで運ぶようにポーターに命じてから、玄関を離れて後ろを振り返って見ていると、馬車が近づいて来るのが見えた。彼は驚いている少女の脇に座り、一緒に出発した。

　他に乗客のいない客室で向かいあって座ると、長くて退屈な鉄道の旅が始まった。すべてが白日の下（もと）にさらされた今、しみじみと彼女を眺めてみて、なぜちらっとでも彼女の秘密に気がつかなかったのか不思議だった。見ていると、彼女の目はだんだんと反抗的になりついに泣き出した。

「あの人のとこなんか戻りたくない！」哀れな声で彼女はすすり泣いた。

　ピアストンも彼女と同じくらい苦悶していた。「どうして君自身だけじゃなくて、僕までもこんな状況に巻き込んでくれたんだ？」と彼は苦々しく言った。「今さら悔やんでも仕方ないことだけど！　それに悔やんでいるとは言えないね。この苦しい立場から抜け出すきっかけになったんだから。君は、彼と結婚していなかったとしても僕とは結婚していなかったんだからね」

「いいえ、していたかもしれません」

「何だって！　していたかも知れない？　前はそう言ってはいなかったのに」

「今は、前より好きになっているわ！　ますます好きになっているの！」

　ピアストンはため息をついた。感情面では、自分も彼女と似たり寄ったりだ。情緒の成長を妨げられているということが、彼を神の被造物のなかでも最も偏った人間にしていたし、不幸のもとになっていた。彼の心に浮かんだプロポーズは、経験の浅い島の若者と、種族と伝統においてほとんど同族とも言える女性への不誠実として却下された。

　この悲惨で忘れたくても忘れられない日、二人はこれ以上話さなかった。アフロディテ、アシュトレト〔「旧約聖書」士師記、異教の女神〕、フレイヤ〔北欧の神話の愛と多産の女神〕、あるいは彼の島の、愛の女神の誰かが、彼を厳しく罰しているのだ。信者の一時的な気分が安定した気分になりそうなとき、どう厳しく罰したらいいか、女神はよく心得ていた。いつまで続くだろう――肉体は歳をとっていくのに、心は歳をとらないこの呪いは。きっと生涯続くのだろう。

　彼女を自宅に送り届けてから彼が最初にしたことは、結婚が行われたと彼女が言っている教会へ行って、その事実を確かめることであった。もしかしたら彼は理屈にあわない願望を持っていたのかもしれない。それは、不名誉な状況下での自由であっても、彼女が自由であってほしいという願望だ。しかし、そこにははっきりと記されていた。アイザック・ピアストン、アン・アヴィシー・ケアロウ、誰々の息子と娘は某月某日結婚したとあり、結婚した本人たち、儀式を行った牧師と証人二人のサインがあった。

第十三章　それは隠され見えなくなった

初冬の、空気は乾燥し風が強い夜であった。シルヴァニア城の敷地とアヴィシーの田舎家の間を通り、隣接するレッド・キングズ城の廃墟に続く暗い小道を、ひとりの男が歩いていた。目的地はその田舎家で、そこは西はシルヴァニア城で東は廃墟の跳ね橋までの地域である。田舎家はこの辺ではまばらで、すべて堅い岩から削り出されたかのように暗闇に包まれていたが、アヴィシーの小さな家の二階の窓からは、光が漏れ出ていた。遠くの海の神秘的なシャンブルズ砂地獄[024]に停泊している灯台船からも、同じように微かな光が漏れ出ており、この二つの光は、手懐(てなず)けられないものと家庭生活を、均整のとれた対照物として適切に位置づけていた。

海がうめき声を上げていた——うめき声以上の激しさで——廃墟の下の岩間に、潮の激痛が規則正しい間隔で押し寄せていた。田舎家の室内からも、同じように、規則正しい間隔をおいたうめき声が聞こえた。波のうなる明瞭な音と生命がうなる明瞭な音は、地上で同じく苦悩するひとつの「存在」——ある意味でそうである——が発する二つの声のようだった。

小道を歩いている男は、ピアストンだった。彼は、灯台船から田舎家の窓に目を移して、また灯台船を見た。海の苦痛と家の中での女性の苦痛の間で待っていた。すぐに、嬰児の弱々しい泣き声が家のなかで聞こえた。彼はゆったりした歩みを急に速めて西に向かうと、小道の急な曲がり角に長い間たたずんだ。その時、眠ったような村の静けさが馬と車の軽やかな音によって破られた。ピアストンは、田舎家の門まで行って馬車の到着を待った。

それは軽馬車で、止まるとひとりの男が飛び降りてきた。広い縁の帽子の下を見ると、イチイの垣根のように刈られた髭をはやしている以外は見えなかったが——典型的な島の男の風貌であった。

「君はアヴィシーの夫だね？」彫刻家は手早く訊いた。

男は土地の訛で、そうだと答えた。「今日の便で来たんだ」彼は付け加えた。「これより早くは来られなんだ。ピーターポートで仕事を請け負ったんで、それを最後まで見届けにゃならんかった」

「そうかい」とピアストンは言った。「ここに来たということは、彼女とやり直す意思があるということだね？」

「ああ、よう知らんがそういうことになりそうだ」と男は言った。「そうする他ないだろうさ！」

「もし君がしっかり仕事をするなら、君の昔の仕事をここでできるようにしてやるよ」

「おうよ、そんなら任しとけ」と男は言った。彼の声は熱気に溢れ、少し怒りっぽかったが、全体的に見て地に足をつけるつもりだと感じられた。

馬車の運賃を支払うと、ジョスリン・ピアストンとアイザック・ピアストン——証拠はないがこの同族結婚の島では同系であることは間違いない——は、家に入った。一階には誰もおらず、その部屋の中心には四角いテーブルがあり、その真ん中には小さな羊毛のマットが敷かれ、その中心にはランプが置いてあり、これから起きる関心事のためにきちんと掃除され整えられていた。

アヴィシーと一緒にこの家に住んでいる女性が下りてきて来訪者の質問に答え、お産は順調だが、今はまだ誰も二階に上がってはいけないと告げた。二人に椅子と食料を用意すると彼女は二階に戻っていった。ランプを挟んで二人――上で苦しんでいる女に何の権利もないけれど愛している男と、権利は持っているけれど愛していない男は座った。とりとめのない雑談をしながら、二人は天井板の上の足音を聞いていた――ピアストンは心配と心遣いでいっぱいになり、アイクは自然の成り行きを冷静に待っていた。

弱々しいおぎゃーおぎゃーという産声が聞こえたかと思うと、田舎医者が下りてきてこの部屋に入ってきた。

「彼女の容態は？」と、ピアストンは訊いた。より無口のアイクは、一人が訊いても二人が訊いても答えは同じであると思い、ピアストンと同じように医者を見上げた。

「順調です、きわめて順調です」と、他の場所でも何度も答えてきたような言い方で医者は答え、馬車はまだ来ていなかったので、座って一緒に食事をした。彼が行ってしまったあとで、ストックウール夫人が下りてきて、アイクがいることをアヴィシーに知らせてあると言った。

怠け者の石工は、むしろそこにいてビールのジョッキを飲み切って空にしてしまいたいようだったが、ピアストンが急かしたので階段を上った。部屋に誰もいなくなると、ピアストンはテーブルに肘をついて両手の平で顔を覆った。

アイクはそれほど間を置かず戻ってきた。以前はなかった亭主らしい物腰で、彼女がジョスリンに会いたがっているからと二階に上がるように勧めた。ジョスリンは古くて歪んだ階段を上り、アイクは下に残った。

アヴィシーは、シーツと同じくらい白い顔をしていたが、想像していたより元気がよく幸せそうだった。どうやら側にいるピンクの小さな塊に力づけられているようだった。彼女は彼に手を差しのべた。

「旦那様に、お伝えしたかったの」と彼女は、力をふりしぼって言った。「ちょっと早いけど差し支えはないと思うわ。アイクとやり直せるようにしてくれて何てお礼を言ったらいいか。あの人も戻れてよかったと言っているの。ええ、旦那様はあたしに本当にたくさんのご親切をして下さいました」

彼女が本当に喜んでいるのか義務で言っているのか、ピアストンは知ろうと思わなかった。

彼は、喜んでくれて嬉しいとだけ言った。「さてアヴィシー」と優しくつけ加えた。「僕はもう君の保護者役を引退するよ。君の夫がまもなく小さくてもしっかりした仕事に就くだろうからね」

「そうだといいわ、赤ん坊のためにも！」彼女は明るくため息をついて言った。「赤ん坊を——見たいですか？」

「赤ん坊？　ああ、見たいとも、君の赤ん坊！　洗礼名はアヴィシーにするといい」

「ええ、そうするわ！」と彼女はすぐにそう囁き、おずおずと赤ん坊を見せた。「向こう見ずな結婚をあたしが隠していたことを許して下さるといいのだけど！」

「君に恋をしたことを許してくれるなら」

「はい、どう伝えたら良かったのかしら！　あたし——」

ピアストンは、彼女の手にキスをしながらさよならを言い、目に涙をうかべながら、時が流れ今と異なる状況で再会することになる赤ん坊と別れたのであった。

「これで僕の夢は終わった！」と彼は言った。

ハイメン〈結婚の神〉は巧妙な変装をしていようとあからさまな変装をしていようと、この時ピアストンに取り憑いていたようだが、その威厳のない嘲り（あざけ）には、啓蒙家の趣きというより道化師の趣きがあった。彼は、無私の心をもって愛した少女のいる島から帰って二日目に、ピカデリーでめかし込んで道を急ぎ、心ここにあらずの友人サマーズに出会った。

「ねえ、君」とサマーズは言った。「何だと思う？　君には言うなと言われているのだけれど、ええいままよ！　今言っても後で言っても変わらんだろうさ」

「え、君はまさか……」とピアストンは察しながら言った。

「そうだ。半年前に衝動にかられて言ったことを、冷静に成就させようとしているのだ。ニコラと僕は始まりこそ冗談だったが、今となっては真剣になった。来月になったら僕らは結婚するんだよ」

第三部　六十歳の青年

「君が我に見し燃えさかる火の輝きは
おのれの青春の灰の上にあり。
やがてことされる死の床に横たえられたように
くべた火によって燃やされて終わる。」

シェイクスピア

第一章　新しい季節にそれは蘇る

アヴィシー二世と夫がよりを戻すことによって幕を閉じた出来事から二十年経った。島と呼ばれた古い半島は、以前と同じようだったが、かつて夏の日差しのもとで真っ白い岩の大地に濃い影を落としていた多くの人びとは、今は無色の光を遮ることはなかった。

とはいえ、全体的に大きな変化はなかった。波止場から船が静かに出入りし、鑿（のみ）の音が石切場から聞こえた。いつものように、四角い石を旧式の木の馬車に積んで、丘の上から、一列縦隊に繋がれた薄茶色の馬が八頭から十頭、苦しそうに引っ張りながら下っていった。毎晩、灯台船が光を点滅させながら、砂地獄からビール岬灯台までを照らし、船からはその灯台がメガネ越しに目をギラつかせているのが見えた。相変わらず、小石の堤防では波が押し寄せるたびに犬が何かを囓（かじ）るような音がしていたが、小石は相変わらずそこにあるのだった。

宿屋では男たちが相変わらず、酒を飲み、煙草を吸い、言い争いをしていたが、昔よりは酒に混ぜものが増やされるようになり、会話に方言が少なくなっていた。しかし、この二十年間、この海峡の岩島に姿を見せなかった人物が一人いる。それは、ピアストンで、この島の岩に最初に鑿を振るった彫刻家だ。

彼は長らく外国に住み、このときもローマのホテルに滞在していた。アヴィシーとは、彼女の第一子とともにいた部屋で別れてから直接会ったことは一度もなかったが、ときどき便りを受け取るようにしていた。その便りを通して知ったのは、次のようなことだ。アイクと住み始めてすぐ、彼はアヴィシーに辛くあたったが、やがて幸運にもジョスリンが世話したビジネスが繁盛し始めるとアイクはそれに掛かりきりになり、アヴィシーは好きなように家事をしていられるようになって、家庭的な調和が生まれた。それは穏やかで長続きするものだったが、その主なる要素は嫌悪でも愛でもなく、すべてを包み込むような無関心だった。

最初、ピアストンはアイクが妻のアヴィシーに物質的な快適さを与えていないのではと心配して、まとまったお金を彼女に送っていたが、やがてそのような支援は不要だと分かって安心した。社会的野心がアイクを刺激して、島の紳士に成長させたのだ。そして、親切心だけでは決して与えられなかったであろう余裕のある暮らしを、妻に許せるようになった。

先に述べたようにローマにいたピアストンは、午後をヴァチカンの長い回廊にある胸像を見て過ごして、夕食のためにホテルへ戻った。多くの人が習慣として無意識にそうするように、似ていない物の中に似た物を見つけようとしていた。彼は、ローマの大気の中、ローマの光と影の中、特に反射光や間接光の中に、彼の故郷の断崖の大気に似たものを発見した、もしくは発見したような気がした。どんな時も石に目が留まり、永遠の都ローマの石で出来た遺跡が、故郷のまだ手がつけられていない岩石を思い出させてしまうのは、おそらくその習慣のためだろう。

こんなことを考えながら共通テーブルで晩食についたので、彼は、向かいに座ったアメリカ人の紳士が、ピアストンの故郷の名を口にしたのが耳に入ってきて驚いた。そのアメリカ人は、友人のひとりの淑女について話していた――イギリス人の未亡人で、その父母とともにずいぶん前にサン・フランシスコで知り合ったそうだが、最近、チャンネル諸島を旅行中に再会して旧交を温めたのだという。彼女の父は、スリンガーズ島での石材ビジネスを引退したばかりの金持ちであったが、大きな投資に失敗して、財産の大部分を失った。未亡人になった娘の名は、レヴェレ夫人であり、亡き夫はジャージーの紳士で、前妻との間に息子がひとりいて、この息子が将来有望な見所ある青年だということをピアストンは知った。

これらの示唆は一般的なものだったけれど、長らく音信不通だったマーシャの経歴と一致すると、ピアストンはピンときた。四十年も会っていないとあっては、今さら捜し出したいとはほとんど思わなかったが、チャンスを見つけてこの見知らぬ紳士と言葉を交わしてみたいと思うほどには心を動かされた。

広いテーブルには植物が置いてあったので、彼らの注意を上手く引くことができなかった。仮に注意を引くことができたとしても、衆人のなかで質問をするのは憚(はばか)られた。晩食が終わるまで待って彼らが退出したのを見届けてから、彼も食堂を出た。

その二人は、すでに客間にはおらず、外出したのだろうと思った。追いつく見込みはなかったが、彼らの発言で落ち着きを失っていたピアストンは、もしかしたら彼らが戻ってくるかも知れないと思って、スペイン広場に隣接する階段を上がったり下りたりした。下の通りは影になっていたが、上のトリニタ・デ・モンティ教会の正面からは、オレンジ色の光が溢れ出ていて、その広くて長い階段の夕闇が次第に濃くなってきた。そこを、通行人がひっきりなしに上がり下りしているのが、ちっぽけな蟻の動きのように見えた。左側にあるシェリーが住んでいた家と、右側にあるキーツが亡くなった家に、夜の帳が下りた。

ホテルに戻ると、例のアメリカ人は、食事のためだけにホテルを利用し、別の場所に泊まっているのだと分かった。彼らをもう見ることはなかった。それに、考えてみると、彼は深い関心を彼女に抱いているわけではなかった。もし苦労して捜し出したとしても、マーシャがしたように、感情的に出ていった挙句ぷっつりと連絡を絶ったような世俗的な女性が、老いさらばえた彼と今さら友好関係を築きたいなんて思うだろうか。

マーシャのことはここまでである。彼とスリンガーズ島を結ぶもう一本の糸は、この日より少し後に、アヴィシーからもらった手紙によってたぐり寄せられた。手紙によると、夫のアイクが昨年自身の所有する石切場で事故死したとのことであった。彼女自身も病気をしたが今は回復しており、遺産は充分に残されているので困りはしないが、こちらに来ることがあったら会いたいとのことであった。

アヴィシーとはもう長年連絡をとっていなかったので、今になって会いたいという意思表示をするのは、単に彼を思い出したからという以上の新しい何かに、背中を押されたためだと思われる。しかし、手紙には、彼女がピアストンをまた求婚が可能になった昔の恋人として考えている節は全くなかった。彼は、病気をしていたとは気の毒だった、今度イギリスに戻ったときは、できるだけ早く訪問すると書き送った。

彼は、手紙で書いた以上のことをした。彼女の要求によって、あらためて故郷とそれにまつわる出来事を思い出した彼は、別の理由ができるのを待たずに帰郷することにした。一週間後、彼は、家が屋根の上に並んでとまる鳩のように立ち並ぶ島の入り口の坂道の上にいた。

「丘の頂上」――と岩の頂きは呼ばれていた――に彼は立って、向こうの石切場の忙しい仕事に目をやると、石を巻いて吊り上げている多くの黒いクレーンが、中央の台地の上に散らばって、まるでガガンボの群れが休んでいるように見えた。石切場に足を踏み入れ、前年に亡くなったアヴィシーの夫の事故についてざっと調べて、彼女は未亡人になったが、周りに沢山の友人がいて親切にされていると知り、彼がすぐに配慮しなければならない状況ではないと判断した。そこで、急いで彼女を訪ねる理由もなくなったので、自分が来たことも知らせずに来た道を引き返した。おそらく、彼女が会いたいと言ったのは一時的な感情によるものであろうし、二十年も離れて暮らしてきた結果として、当然ながら気まずさも感じていた。彼は坂道を下って、鉄道を使い、堤防に沿って、二、三日逗留した五マイル先の海水浴場へと進んだ。

ここに滞在している間に、地元への興味が甦（よみがえ）ってきた。外に出るたびに、かつて住んでいた故郷の島が、湾を横切って海に浮かぶカタツムリのように横たわっているのを見ることができた。季節は春で、土地の蒸気船が運行を始めたので、彼は乗客がまばらな船のデッキに立って島を巡り、小さな東石切場の村を背景にした、遠くの岸壁の上のレッド・キングズ城の廃墟が、目の前に現われるのを飽きることなく眺めた。

このように数日が過ぎ、ようやくアヴィシーに再会するという曖昧な約束の実行にふたたび取り掛かった。時を同じくして、アヴィシーからの手紙がもう一通転送されてきたので驚いた。彼女曰く、彼が島に来て近隣に滞在していることを人づてに聞いたのだが、なぜ約束通り訪ねてくれないのか？　いつも彼のことを思い会いたいと願っているのにとのことだった。

彼女の調子は熱心で、手紙には書きたくないことで何か言いたいことがあることは明らかだった。何だろうと思った彼は、その日の午後に出発した。

ここ数年アヴィシーのことを考えることはほとんどなかったが、彼女は自分の存在感をしっかりと取り戻し始めていた。ピアストンは、己の女性観が若い頃とは異なってきたことに、はっきりと気づいていた。かつては、女性を典型や理想の一時的住処としか考えていなかったが、様々な哀れな欠点をあまねく知った上でも、女性としての見本に忠誠を尽くすようになった。そのような欠点は彼の心を遠ざけるどころか、かえって優しい気持ちを育んだ。この成熟した感情は、洗練された高次なものであったとしても、昔の感情よりやっかいなものだった。愛情は若いときと同じように感じられるのに、それを儚(はかな)いものとして消し去り、そこから回復する間(ま)があたえられなかったからだ。

まず驚いたことに、彼女は昔住んでいた自由保有の家屋にもう住んでいなかった。人に尋ねて教えられた通り、シルヴァニア城の西側を道なりに行き、西側の入り口の前を通ってさらに進むと、そこにはかつて彼自身が住んでいた家があった。昔と変わらず、海峡に面した広々とした快適な家で、正面にニシキギや他の灌木(かんぼく)が塩風を耐え忍び、昔と変わらぬ高さで植わっていたが、ペンキが新しく塗り替えられていた。裕福な男が最近住んでいたのは明らかだった。

ピアストンを客間に迎えたのは喪に服している未亡人――哀しいかな！　見る影もなくなったアヴィシー二世だっ

た。二十年も経ったのに、どのような姿を思い描いていたというのだ？　しかし、彼は自分自身が変わっていないと感じているのでついそのような想像をしてしまったのだ。奇しくも、彼女が開口一番に言った言葉は、「まあ旦那様、ちっとも変わっていらっしゃらない！」だった。

「ちっとも変わっていない。そうなんだ、アヴィシー」と彼は悲しそうに答えた。同世代の人びとと同じように老いていけない彼は、〈時〉との調和がとれなくなっていた。喜劇の一面を装いながら、これは悲劇であった。

「それは、何よりね」と彼女は続けた。「あたしは苦労で老けちゃったわ！」

「それは、気の毒だったね」

アヴィシーは面白いものでも見るように興味深げに彼を観察していたので、彼女の思っていることが判った。かつては人生という旅路で、遥かに先を行った人として尊敬していた彼が今ではお似合いの同時代人となり、二人とも世界を同じ高さの目線で見ていると思っているようだ。

彼は、ここに来る前に彼女の姿に幻想を抱いていたけど、目の前にある現実によって幻想はかき消された。しかし、彼は持ち前の誠実さで、辛抱強くその場にとどまった。二人は、昔彼が彼女を愛していたことを話した。昔の彼女には軽蔑されたが、この愛は現在の彼女にとっては彼より興味深い現実の問題であるようだった。

椅子に座っていると、明らかに彼女に惹きつけられた。彼が幼年時代をすごした家に彼女が今住んでいると知ったことで奇妙な親近感が心のなかに生まれたのだ。同じ名字を名乗っていることはここではあまり意味を持たなかったけれど、それでもやはり家が同じことに加えて自分の名字と同じであることに、縁（えん）の深さを感じた。

彼は「両親とともにいたとき、私はここによく座っていたんだ」と、暖炉の脇に立って言った。そこからは外の景色が見渡せた。「あの頃は、ギョリュウの大枝が揺れるのがよく見えたものだ。その向こうには、今と同じように雑草の生い茂る切り立った荒地が海に続いている。そして夜になると、今と同じ灯台船が、あそこで光を点滅させていた。ここに来て一緒に見ておくれ」

彼女は、自分の椅子を彼が示した場所に置いた。ピアストンは彼女の側に立って、彼女の視線を、彼が少年時代に見なれた物に向けさせた。彼女の頭と顔は——その顔は、物思いに沈んでやつれており、結婚生活がそれほど快適とはいえなかったことを物語っていた——彼の胸の高さにあり、二、三インチ傾けば彼の胸に接触したことだろう。

「君がここの住人になって、私が訪問者になるなんてね」と、彼は言った。「ここで会えてうれしいよ、アヴィシー！暮らしに困ってはいない——そうだよね？」彼は部屋を見回して、堅いマホガニーの家具と最新型のピアノと飾り棚風の本箱に目をやった。

「はい、アイクのおかげで快適です。あたしの田舎家からこの大きい家に引っ越すことを考えたのはあの人だったのよ。あの人が買ってくれたから、あたしは好きなだけここに住み続けられるの」

崇拝から友情へと下落したことはさておき、時期を見計らってこのアヴィシー二世に求婚し、アヴィシー一世を捨てたことに対する償いができる状況は整っているようにみえた。ロンドンの彼の部屋で、ネズミを捕まえていた頃のほっそりした彼女のようには愛せないとしても、己の年齢を考えれば、きっと仲間として連れ添うだけで満足することができる。何と言っても彼は六十歳で、彼女はまだ四十歳なのだ。彼はこのように満足できるという確信を持てるように感じられたので、自身の落ち着きなくさまよい続ける心に、ついに年老いて穏やかになる贅沢がやってきたと信じそうになった。

「さて、やっといらして下さいましたね」と彼女は続けた。「ありがとうございます。手紙を書くのは好きじゃないんだけど、書かなきゃ話が進みませんもの。二回も手紙を書かずにいられないくらい旦那様にお会いしたいと思ったのは、なぜかお分かりでしょうか？」

「推測したが、分からなかったよ」

「じゃもう一度推測してみて。ちょっとした理由があるの。知っても怒らないでほしいんだけど」

「その謎は、解けそうにないね。君が話してくれる前に、私の話をしてもいいかな。私はきっと君も認めるくらい長々と、君に関心を抱いてきた。君個人に関して言えば、始まりは、十九年か二十年前に私が向かいのお城に来た頃、道の角にある田舎家で君の姿を見たのがきっかけだ。しかし、本当の始まりはそこではない。それより二十年も遡り、私が二十一の若造だった頃、父に会うためにロンドンからこの島に帰郷した時だ。私は、君に瓜二つの若い女性と出会った。彼女が家の窓を通り過ぎるたびに惹きつけられ、彼女に付き添って散歩をするようになった。君も知っての通り、私は誠実な男ではなかったので、ひどい終わり方をした。でもいずれにせよ、今彼女の娘である君と私は友好関係にある」

「あ、うちの娘が来たわ！」と、彼の思い出話から注意が逸れていたアヴィシーは、突然叫んだ。窓からアヴィシーが岸壁に向かって目を向けると、すぐ近くのひらけた場所を、ほっそりとした女性が歩き回っていた。「散歩してるのね」とアヴィシーは続けた。「午後こちらに訪ねてくるかもしれないわ。家庭教師として、お向かいのお城に住み込みで暮らしているの」

「ああ、彼女はあの時の――」

「そう。あの子は完璧な教育を受けているの――彼女の祖母よりも。あたしはろくに教育を受けさせてもらえなかったから、夫とあたしは娘の教育では不足のないようにと誓ったわ。旦那様に言われた通り、洗礼名はアヴィシーとし、その名を継がせたの。ちょっとあの子と話してみて下さらない？――きっと気に入るはずよ」

「あの時の赤ん坊？」と彼は口ごもった。

「ええ、あの時の赤ん坊です」

より近くまでやってきたその女性は、ここ四十年間も多かれ少なかれ関わることになった血統の、より現代的な最新版だった。淑女らしさのある女性で、エレガントと言ってもよかった。しかも、容姿は母や祖母より洗練されており、そのせいで歳より成熟して見えた。つばの広い日よけ帽子をかぶっていて、その黒い縁は車輪で言うと外縁部分にあたり、その縁に向かって放射線状にモスリンのひだがのびている。そのつばの下で、白い皮膚に映える大きな濃い色をした瞳の色とおそらく同じ色をした髪が、ふさふさと額の上に集められている。やや神経質そうな薄い唇は閉じられていたので、繊細な赤い線が引かれているように見えた。情け深い顔をしたと思ったら嫌悪の顔に、しかめっ面をしたと思ったら笑顔に――彼女の移り気な気質がこの唇に表われていた。

これが、アヴィシー三世であった。

ジョスリンとアヴィシー二世は熱心に彼女を眺めた。

「ああ、今は来ないのね。時間がないんだわ」と、母親はがっかりしたように呟いた。「夕方になったら駆けつけるつもりかもしれない」

彼女の言うように、背の高い女性は通り過ぎて見えなくなってしまった。ピアストンは、立ったまま夢をみているようであった。一般的な魅力は増幅されているが、本質的特性において、四十年前に彼にキスをしたのはまさしく彼女だったように思えた。彼が窓から後ろを振り向くと、二人のアヴィシーを結ぶアヴィシー二世が目に入った。彼女から「恋の霊」はすでに飛び去り、単なる抜け殻となっていた。かつての夢を甦らせるためにこれから成されたかもしれないことが何であれ、確かに感じていた彼女への心温まる友情は、今や継承者の姿をしたライバルの出現によって決定的に遮られた。

第二章　再現した化身に関する懸念

もう少しここにいてお茶でもいかがと勧められた時、ピアストンは、暇乞いをするところであったが、座り直した。彼はその瞬間、自分が何をしたのか分からなかったのだが、アヴィシー――新しいアヴィシー――が、家に入って来るかもしれないと思って自然に座り直したのである。

二十年前、彼は現在のピアストン夫人を小妖精とか魔女とか呼んだことを忘れていた。時は流れたが、これらの通称に含まれる捉え難さは失われていなかったのだ。彼は思ってもみなかったが、アヴィシー二世は、娘がどんな印象を彼に与えたのかすべて観察していた。

ピアストンは、それまでアヴィシー二世に対して見せていた優しい愛情を、どのように薄めて霧消させようと工夫したか、自分でもはっきりと分からなかった。おそらく、彼女は彼が思った以上に目を光らせ――彼の表情を読み取ろうとしていたし、彼女に知らせることのなかった彼の性向について知っていたのだ。ともかく、会話はその時から和気（わき）あいあいとした世間話に変わり、彼は上の空の状態で話をしていた。

しかし、自らを省みる余裕ができると、彼はゾッとした。ローマで再開した彫刻の研究は、それに釣り合うだけの、追い求めるべき実際の目標を持たなかったので、生まれながらに持っていた印象への敏感さを養い、進展させていたのだ。彼は、己の昔の困難、彼の運命が――彼がしばしば言ったように呪いが――戻ってきたと感じた。彼の神は、彼女がアヴィシー一世の姿だった頃に彼が行った原罪に対する怒りを未だに鎮めておらず、ピアストンは、六十一歳になった今もユダヤ人アハシュエロス〔十字架を背負って刑場に行くイエスの求めに応じず、自宅前での休息を拒絶したため、再臨まで地球を歩き回らされる〕のように、あるいは島の人の言葉で言うと、盲目の雄羊〔虚勢していない雄羊は好色の象徴〕のように、駆り立てられなければならなかった。

女神は、一般人にとっては抽象概念であるが、ピアストンにとっては現実的な人物だった。彼は自身のアトリエで、あらゆる光と影の下、時には朝のまばゆい光のなかで、時には夕方の薄暗い中で、時には月光の下で、時にはランプの光の下で、大理石の形をした女神を見てきたのだ。彼女の身体のすべての直線と曲線を、彼以上に知っている人はいなかった。三人のアヴィシーが、女神の精髄と混ざり合っているというのは、信仰とは言わないが、信条や盲信とでも言うべきものであった。

「それで、次のアヴィシー、君の娘は」彼はまごつきながら言った。「お向かいの城で住み込みの家庭教師をしているのだね？」

ピアストン夫人は、そうですと答えた。母である自分が家にひとりなので家に寝に戻ってくるのだと付け加えた。彼女は、娘がいつも一緒ならいいのにとよく思っていたのだ。

「彼女はピアノを弾くんですね」と、ピアストンはピアノを見ながら言った。

「ええ、そりゃもう美しく弾くわ。できる限り最高の先生につけたんだもの。サンドボーンで教育を受けたの」

「家にいるときは、どの部屋を使っているの？」彼は興味深げに訊いた。

「この真上の小さな部屋です」

それは、昔彼自身が使っていた部屋だった。「偶然だね」と彼は呟いた。

彼はお茶を済ませても座り続けたが、若いアヴィシーは現われなかった。目の前にいて会話をしているアヴィシーとは古くからの友人――それ以上の何者でもなかった。ついに辺りが暗くなってきて、これ以上居座る口実がなくなった。

「娘さんと知り合いになりたいものだ」と、別れ際に彼は言った。宿命の真実とともに、こう付け加えてもよかった。

「私の新しい『恋の霊』と」

「是非とも」と彼女は言った。「今晩あの子はここにくる代わりに散歩に行ったんだわ」

「あ、ところで、君はまだどんな理由で私をここに呼んだのか言ってないね？」

「あ、いいの、また今度にするわ」

「分かった。詮索はしないよ」

「そのうち必ずお話しします」

「君の亡くなった夫のビジネスに関することであれば、どんな些細なことでも言ってくれたまえ。できることなら何でもするから」

「ありがとうございます。またすぐお会いできますか？」

「もちろん。すぐ」

彼が行ってしまった後で、彼女は彼が立っていたところを、何か考えながら見つめて言った。

「黙っているのが一番だ。あたしが何も言わないでも成るようになるだろうさ」

ジョスリンは家から出たが、白い道を通っているうちに本土にある宿に帰りたい気分ではなくなった。彼は長いこと、でこぼこした道をぶらぶらと歩いて、原型の女性が先ほど目にした素晴らしい複製となって現れたこと、そして自分の年齢の三分の一にも満たない少女に再生したイメージを見て、あっという間に心を奪われた自分を愚かな夢想家だと考えた。姿が何代にもわたって類似しているのは、確かにここでは珍しくない。しかし、それが彼の夢想を助長するところが問題だった。

シルヴァニア城の壁に沿って曲がり、帰りの道へは進まずレッド・キングズ城の廃墟に続く馴染(なじ)みの小道を下りていった。その道には、新しいアヴィシーが生まれた田舎家があり、このあたりで彼女の産声を聞いたのだった。立ち止まって背後を見ると、西側の空にかかる細い月が輝きを増しているのが見えた。

彼はまだ途方もない空想に耽っていた。月は満ち欠けをするという点において移り気な「恋の霊」と同じような動きをしている。月を見ていると、彼自身が知らないうちに亡霊になって女の姿に変わり地平線の彼方から自分自身を眺め下ろしているような気がした。人混みのなかでは目立たないように、一人の時は大胆に、毎月新しい月が顔を出すたびに、彼は膝まづいて三回お辞儀をしその輝く姿にキスを送った。しかし彼の（祝福されているのではないとしたら）呪われている性質はまだ解けないのだった。

反対方向には城の廃墟が、海を背景に四角く黒くそびえていた。彼がそちらに向かって行くと、彼が少年の頃に遊んだ場所があり、そこで岸壁の角にある城壁の傍に立ってもの思いに耽った。風はなく、波も少ししかなかったが、何年も前に知った声が聞こえたような気がした。いや、確かに声が廃墟の下から聞こえてくる。

「アトウェイ夫人！」静寂が流れて誰も来なかった。同じ声がまた聞こえた。「ジョン・ストーニー！」

これらの呼びかけに対し何の返事もなかった。より悲痛になった呼びかけが続いた。「ウィリアム・スックリベン！」

その声は、ピアストン家の人のものだった――間違いない――若いアヴィシーだろうか？　何かあって動けなくなっているのだ。声のもとをたどると、突き出た岸壁とその頂上にそびえ立つ城壁の下に坂道があって、低い土地に続いていた。ピアストンが小道を通っていくと、すぐに軽装の女性が目に入った――窓から見たのと同じ人――が岩の上に立ち、どうやら動けなくなっていた。ピアストンは、急いで彼女の側に寄った。

「来てくれてありがとうございます！」と彼女は少しおずおずと囁いた。「お恥ずかしいのですが困っております。この近くに住んでいるので、それほど怖くはないのですが。足が岩の隙間にはまってしまい、どうしても抜けないのです。どうしたらいいのかしら？」

ジョスリンは屈んで、何がこの災難の原因になっているのかを調べた。「靴を脱いでしまえばいい」と、彼は言った。「そうすれば、靴を残したまま足がすり抜けるよ」

彼女はこのアドバイスにしたがって靴を脱ごうとしたが、脱げなかった。そこで、ピアストンは彼の片手を隙間に差し込んだ。彼女の靴のボタンに触れることができたが、外すことはできなかった。ポケットから懐中ナイフを取り出して、彼はボタンをひとつひとつ切り落とし始めた。靴紐がほどけて足がするりと抜けた。

「どうもありがとうございます！」彼女は喜んで叫んだ。「ここに一晩中いなければいけないかと心配していました。何とお礼を言ったらよいのやら」

彼は靴を引っ張って取りだそうとしたが、切り裂かねば取り出せそうになかった。ついに彼女が言った。「そのままで結構です。家は遠くないので。靴下だけで歩けます」

「私が支えてあげよう」と彼は言った。

大丈夫ですと彼女は言ったが、靴を履いていない側を彼が支えて二人は歩いた。歩きながら彼女が言うには、城の庭に入るドアを通って岩の上に立ち、薄暗がりのなかを月光を頼りに海のなかを覗き込んでいたのだが、飛び降りた拍子に足を岩の間に挟んでしまったそうだ。

昼間だったら何歳に見えたか分からないが、ピアストンは夕暮れの薄暗がりでは老いの兆しを感じさせずかなり見栄えがよかった。体型は、三十歳の頃からそれほど変わっていなかったし、若さを保ち、姿勢が良く、きちんと髭は剃っていて、動作もきびきびしていた。きちんとボタンを掛けて背広を着こなしていたので、もともとほっそりとした姿が引き立ってみえた。手短かに言うと、この瞬間、彼女には彼が何歳に見えても不思議ではなかった。彼女は自分よりそれほど上の世代の人とは思わず、対等に話した。暗闇が濃くなり彼の姿がますます見えなくなると、彼女の憶測による年齢を装って、彼は大胆な調子で話した。

海水浴場仕込みの軽く無邪気な自由さは、明らかにサンドボーンの学校にいた時に身につけたのであろうが、おかげでピアストンは不意に降りかかってきた「恋人役」が演じやすくなった。彼はこの島が故郷だと一言も言わず、彼女の祖母である魅力的な女性に求婚し婚約していたことはさらに慎重に隠した。

アヴィシー三世は、シルヴァニア城の庭に入るドアから岩場に出てきたそうだが、それは彼がずいぶん昔に、同じ場所に出るときに使ったのと同じであった。彼は、庭を横切って城のほぼ正面玄関までついていき彼女を見送った――庭園は、彼が借りていた時よりよく手入れされ、木々も植えられていた。彼が少年時代に見た秩序と整頓が取り戻されていた。

彼女は、祖母と同じく世間知らずのために人なつこかった。上り坂では、彼に信頼をよせて彼の腕に寄りかかった。彼がさよならを言い、彼女が家に入って暗闇に一人置いていかれると、悲しみが一気に押し寄せて、可愛い女の子と連れ立って歩いていた、束の間の喜びを運び去ってしまった。もしそこに、メフィストフェレス[026]が地面から飛び出して、例の条件で若い頃に戻れると提案したならば、ジョスリンは、当面必要でない自身の魂を売って、今すぐ必要な赤い唇と頬としわのない額を手にいれることに同意していたことであろう。

しかし、部外者には愚行と見えるものが彼にとっては悲しみであった。なぜ彼はこんな気質をもって生まれてきてしまったのだろうか？　いくらピアストンとは言え、ここにしかない条件が重なっていなかったら、三代にもわたって愛するなど起こり得なかっただろう。アヴィシー一世に似ている二世、アヴィシー一世をさらに美しくした三世、この三人の外見的類似は、島の同族結婚と婚前性交という太古からの風習の結果である。このような条件が揃うと、外見の特徴はそっくりそのまま親から子の世代に受け継がれる。その結果、ひと組の島の男女を見れば、本土から孤立したこの島の全住民を見たことになるのだ。あとは、彼自身の性向と、若い頃に不実であったという自覚から来ている。

彼は、踵を返して暗い気持ちでその場から離れた。海岸にある小さな駅に続く道を二マイルほど歩く前に彼女を見つけた岩場に再び降りて、このひどく遅れてやってきた「恋の霊」を捉えた岩の裂け目を探した。彼はその場所の脇に跪(ひざまず)いて手を差し入れ、可愛い靴をゆすりながら引っ張り出した。その靴を手に考えに耽ったあと、ポケットに入れ、ウェルズ通りへの石の道を歩いた。

第三章　新しくなったイメージは彼の心に焼き付く

鉄道で五マイル進み、さらに島の高台を一、二マイルも上らなければならないのは大変だったが、好きなときに新しいアヴィシーの母親を訪ねることを妨げるものは何もなかった。二日後に、彼は再び同じ道を旅して、お茶の時間あたりに未亡人の家のドアを叩いた。

心配していた通り娘はいなかった。ピアストンは以前の恋人のそばに座ったが、かつて母親の輝きを弱めた彼女も、今や自身の娘によって輝きを弱められていた。彼はポケットから娘の靴を片方取り出した。

「それじゃ、アヴィシーが困っているところを助けて下さったのは、あなただったのですか?」と、ピアストン夫人は驚いて言った。

「ああ、そうだよ。だからというわけじゃないけど、私も君に助けてもらいたいことがあるんだ。でも今は気にしないで。ところで、その冒険について彼女は何と言っていた?」

ピアストン夫人は考え深げに彼をながめた。「あなただったなんて、ちょっと妙ですね」と彼女は答えた。強い関心を抱いたようだった。「娘の話を聞いた限り、助けてくれた人はもっと若い男だと思っていました——もっとずっと」

「気持ちに関して言えば若いのだけれどね……ねえアヴィシー、はっきり言ってしまおうと思うよ。事実上、私は君の娘をもう何年もの間知っていたことになる。君のお母さんや君の考え方や感じ方や行動の仕方まで学んできたから、彼女と話しているとそれらのすべての傾向を予想することができるのだ。だから彼女について教えてもらう必要はない。すべて前の人たちが教えてくれている。さて、ショックを受けないでほしいのだけど、私は彼女と結婚したいと思っている——できたらどんなに嬉しいだろうか。とんでもない非常識でないといいのだが。さもなくば私は途方もない愚か者になり、同意した彼女まで貶めてしまうことになる。知っての通り、私なら彼女に裕福な生活をさせられるし、気まぐれも受け入れることができる。相手の感情を考えないぶっきらぼうな考えかもしれない。でもずっと四十年間も間違ってきたことをやっと正すことができるのだ。私が死んだ後は、彼女にはたくさんの自由な時間が残されていて、それを楽しむ財産だってある」

アイザック・ピアストン夫人は、ちょっと驚いたようだったがショックを受けてはいなかった。

「あらあら、旦那様がうちの娘にほの字だなんてお見通しでしたよ！」と彼女は、わざとらしい単純な言い方をした。

「何年も前にちょっと一緒にいただけだけど、旦那様の考え方は分かっています。このくらいじゃ驚きません」

「しかし、私を悪く思うんじゃないかね？」

「いいえまったく……ところで、なぜ旦那様をここにお呼びしたか推測されましたか？……いえ、気にしないでください、もう話は済みましたので……もちろんアヴィシーの気持ち次第です……おそらく、娘はもっと若い男性と結婚したがるでしょう」

「もし、満足できるような若い男が現われなかったら?」

ピアストン夫人の表情からは、すでに手に入った金持ちの鳥とまだ藪のなかの若い鳥の違いを充分に認識していることが窺えた。彼女は、彼を上から下までじっくりと観察した。

「あなたはだれにとっても良い夫になるわ」と彼女は言った。「あなたの半分の年齢の男性より素敵なくらいよ。あなたと娘はかなりの差があるけれど、世の中にはもっと不釣り合いな結婚もあるわ。母親として言わせてもらうなら、反対はしないけれど、それはもしあの子が旦那様を好きだとしたらよ。そこが難しいところね」

「その困難を乗り越える手助けをしてほしいんだ」と、彼は優しく言った。「覚えているかい、私はいなくなっていた君の夫を二十年前に連れ戻してあげたね」

「はい、その通りです」と彼女は認めた。「幸せだったかといえば、それほどのものではなかったけれど、旦那様からの心遣いは、貴いものだと思ってきました。他の人にはしないことだって、旦那様にはしてあげたいと思うわ。アヴィシーをあなたに差し上げても良い理由がひとつあります——あの子には優しい夫を持ってほしいのですが、旦那様は優しく親切な夫になると確信が持てることなの」

「よし、心に留めておくよ。とにかく、君の評価に値するように努めよう。そうだ、アヴィシー、昔のよしみで助けておくれ。あの頃、君は私に友情以上のものを感じていなかったのだから、今お返しをするのは造作のないことだろうし適切だね」

もう少し話し合ってから、彼女はこれからできることは何でもすると約束した。しかしながら、彼女は、すでに二人の仲を取り持つために己ができることをしていた。そのために彼に手紙を書いて、彼が娘と会って求婚したくなるように仕向けたのに、それに気がつかないなんて何て鈍感な人だろうと思ったが口には出さなかった。そして約束を守っていることを見せるために、娘が母に会いに戻ってくるかも知れないから、彼に夜まで待ってはどうかと勧めた。

ピアストンは、一週間前に岩場で彼女を助けた出来事で、若いアヴィシーの興味を少なからず惹いたと想像していたが、もう少し関係が進むまでは明るい光のなかで自分を曝(さら)すのは恐ろしかった。それで、この提案にまごついていると、彼の戸惑いを見たピアストン夫人は、アヴィシーが帰って来そうな方向に一緒に散歩しませんかと提案した。

それはいい案だと受け入れ、二、三分後に彼らは出発した。強くなった月明かりの下を散歩し、シルヴァニア城の門まで行くと、また家に向かって歩いた。こんなことを二、三回繰り返していると、城の門がカチッとなるのが聞こえ、そこに現れたのは待ち望んでいた人だった。

姿を見るやいなや、少女は母の連れが海岸で彼女を助けてくれた人だと気がついた。あのような騎士的な救助をする人が、母親の旧友であることを知ってとても喜んでいるようだった。思い出してみると、母は、才能も地位もある立派なロンドンの紳士の話を幾度となくしていた。彼は自分たちと同じ島の出身で、おそらく名前からして同じ家系だろう。

「シルヴァニア城に住んでらっしゃったって本当ですか、ピアストンさん?」と、娘のアヴィシーは、無邪気な若い声で尋ねた。「ずいぶん前のことですか?」

「はい、かなり前のことです」と彫刻家は答えたが、どのくらい前かと訊かれるのではないかと沈んだ気分になった。

「じゃ、私がサンドボーンにいた時に違いないわ――それとも私が小さかった時かしら？」

「サンドボーンにいた時ではないね」

「でもそうしたら、私、ここにいたはずだけど？」

「いや、たしか君はいなかったよ」

「パセリの苗床にでも隠れていたんでしょ」と、母親は当たり障りなく言った。

三人は、このような雑談を交わしながら、ピアストン夫人の家に着いた。夫人は家の中にどうぞと誘ってくれたが、そうしたい自分の欲望に抗ってお暇した。せっかく再び化身となって現れたアヴィシーの好感を得た、もしくは得たかも知れないのに、己の姿を白日のもとに曝すことによって、その立場を危うくする勇気はなかったからだ。


夏の月が満ちていく間に、このような夕どきの散歩がしばしば繰り返された。三人とも歩くのが好きだったので、あるときは島とピアストンの宿がある町の中間で落ち合う約束をすることもあった。この頃になると、この若く可愛らしい家庭教師は、この散歩の最終的な目的が結婚なのではないかと推測せざるを得なかったが、彼のお目当ては自分ではなく母親なのだと信じていた。しかし、なぜこの教養のある裕福な男性が、自分の母――娘は教育を受けていたので母の凡庸さがよく分かっていた――のような女性に惹かれているのかは理解できなかった。

ピアストンは本土から、女性たちは半島の岩場からやって来て、小石の堤防の中程で落ち合った。堤防と本土の海岸とを繋いでいる木の橋を渡って向かった先には、険しい岩の断崖の端に位置するヘンリ八世の城があった。レッド・

キングズ城と同じように屋根がなく空に通じていたので、内側に入ると周りの石で出来た囲いの縁から満月の光が流れこんできた。すると、過去の記憶が押し寄せてきて目の前の現実が色褪せていった。一緒にいる二人にはジョスリンの心の中は知る由もなかったが、この場所はまさに、そばにいる少女の祖母であるアヴィシー一世と会う約束を交わした場所だ。もし彼女が約束を守ることを選んでいたのなら、ここで二人は会い、おそらく――いや確実に、彼の人生は今とは違うものになっていただろう。

そうはならずに四十年が経ちアヴィシー一世と離れ離れになってから、恋人は二度も生まれ変わって彼女の役目を果たそうとした。しかし、哀しいかな、彼は生まれ変わっていない。そして、彼の側にいるこの可愛い娘は、こうした経緯を全く知らないのだ。

壁の開けたところから海の景色を眺めようとして娘が向こうに行ったのを幸い、ピアストンは小さな声で訴えた。「私の気持ちをそれとなく彼女に伝えてくれたかい？　まだだろうか？　もし君に異存がないなら伝えてくれるといいのだけど」

未亡人となったピアストン夫人は、自分が求婚されていたあの頃とは違って、この友人を冷たく突き放す気持ちとは程遠かった。もし彼の結婚したい相手が自分だったとしたら、彼女はすぐに受け入れただろう。しかし、ピアストン夫人は良い母親として、自分の気持ちを押し殺し、娘の考えを探ってくると言った。

「アヴィシーや」と岩の割れ目で物思いに耽っている少女に向かって母は尋ねた。「ピアストンさんが、お前に結婚の申し込みをなさるつもりのようだがどうかい？――あたしの頃の古い言い方で言うと、言い寄っておいでなのだが。

もしそうだとしたら、お前は色よい返事をするかい？」

「私にですって？　お母さん」アヴィシーは、信じられないといった風に笑いながら言った。「お母さんがお目当てだと思っていたわ！」

「いや、あたしじゃないんだよ」と、母親は急いで言った。「あたしにとっちゃ、単なる友だちさ」

「今は、誰の求婚も受けたくないわ」と娘は言った。

「ピアストンさんは社交界の人だから、こんなところで自分を腐らせてるんじゃなくて、お前が受けた教育に相応しいロンドンの洗練されたお屋敷に連れていってくれるよ」

「それは楽しそうね」と、アヴィシーは無頓着に言った。

「それなら、色よい返事をしたらどうなの」

「色よい返事をしたいとは思わないわ。彼が結婚したいなら、求婚は彼がすべきだもの」

　彼女は気がのらない感じで話していたが、その後、慎重に退いていたピアストンが合流したとき、浮かない表情ではあるものの母親を後ろに歩かせて、自分は素直に彼の隣を歩いた。険しい坂道に差し掛かると、ピアストンは彼女に手を貸した。彼女は平坦な道に行くまで彼の手を借りた。

　長い目で見たら良い滑り出しは悪い滑り出しよりも幸先が良くない可能性があるが、心の停泊地をもたないこの男にとって、失敗とはいえない晩だった。これほどまで彼女が従順だったことは何も驚くべきことではない。月明かりの下で見ると、モダンな服とスタイルに身を包んだ彼はかなり押し出しのよい紳士に見えたし、片方の手で教育を受けた中産階級を触り、もう片方の手で粗野な現地人に触れていた彼女は、彼の芸術の知識と旅行慣れしたマナーには、魅力を感じずにいられなかった。目の前に開かれた今後の展望によって、彼女のモダンな物への強い共感はますます強められた。

過去の悲しい思い出の記憶の土台のなかにある、償いたいという気持ちがこの恋愛のもとになっているのでなければ、彼女に関心を寄せることを、ピアストン自身あまりにも利己的だと考えただろう――今もその気持ちを持っているからこそ、彼女に対して、それまで感じたことのないほど強い優しい気持ち、心遣い、護ってあげたい気持ちが生まれていた。それは少年のような熱烈さで、彼がまださくらんぼのような赤い頬をして、少女のように軽い足取りをしていた頃のような愛情だったかもしれない。しかし、感情はすべて若い時のままであったとしても、彼の愛情にはそれ以上の何かがあった。

ピアストン夫人は、財産目当てだと思われることを恐れるあまり率直になれず、彼が、四十年前の己の不実の償いのためなら、気前よく財産を与えたい気持ちになっていることを充分に見抜けなかった。彼は、歳をとってお金への執着も野心も弱まっていた。彼がアヴィシーとの結婚を望むのは、彼女を裕福にしてあげたいばかりではなかったが、彼女が思っている以上に裕福にしてあげられると分かっているので、彼はこの愛情に身を任せることができた。

翌朝、彼は鏡を見ながら、年寄りというほどではないと心の中で思った。しかも実年齢よりかなり若くみえる。しかし、彼の顔には歴史が刻まれていた――本に喩えるならはっきりとした章立てがされていて、かつてのように何も書かれていない白いページではなかった。彼は額にしわが刻まれた時のことを覚えていた。以前、一、二カ月、困難に見舞われた時に刻まれたのだ。この白い針金のような髪の毛がいつ生えてきたかも覚えている。ローマでもう死んだほうがましかもしれないという大病にかかった時に生えてきたのだ。小じわのよった顎、少し垂れた皮膚は、世の中のすべてが、自分の芸術、力量、幸福に反対していると思えて落ち込んでいた数カ月のうちにできたものだ。「生きていれば必ず歳をとるよ、ジョスリン」と彼は自分自身に言った。〈時〉が彼とその愛に抵抗しているなら、勝利するのはおそらく〈時〉だ。

「私が、アヴィシー一世から離れたとき」と彼は、ふと惨めな気持ちになって続けた。「その報いで痛い目にあう予感がした。その痛みを今味わっている——理想の女性が、ひとつのイメージに住み続けるという理不尽ないたずらを覚えて以来、ずっと痛みを味わい続けてきた」

全体的に見て、この縁談を無理に進めるのは愚かであるという虫の知らせがあった。

第四章　最後の化身に突進

母親の目論見(もくろみ)によって始まった、この若い娘への突飛な求婚は、サマーズが妻子を連れてバドマス海岸の遊歩道に来たので、一時的に中断された。以前は、自身の絵のように様(さま)になる若々しい男だったアルフレッド・サマーズは、今や家族思いの中年男で眼鏡をかけており、その眼鏡を通して一つのものしか見ていなかった。彼が連れてきた、幼児を含むたくさんの娘たちは、砂浜に設置された移動式更衣車[027]の女たちの売上げに貢献していた。

かつて知的で開放的だったパイン・エイヴォン夫人はサマーズ夫人となり、彼女の母や祖母のような狭量で臆病な心境の人に退化していた。目の前にいるたくさんの娘たちの無垢な目に触れる、現代文学や現代美術に厳しい視線を向け、頭蓋骨や骨格のような恐ろしい人間の本質から、彼女たちの目を逸らそうとしていた。女性は、世代が進んでも進歩することはめったになく、若い頃に進んだ考えを持っていても結婚して母になると停滞してしまうという法則の一例だった。入江の漂流物のように、彼女たちの知的進歩の波は上がったり下がったりしている。これはおそらく彼女ら個人の落ち度ではなく、子育てのために起きる不幸だろう。

今やピアストンと同じようにアカデミーの会員となった風景画家サマーズは、卓越した画家というより人気のある画家となり、以前の彼の特徴だった独特で個性的な画風を諦めて、二流の批評家を通して家に飾られるような穏やかな風景画を描くようになり、その分野で成功を収めていた。彼はイギリスやアメリカの金持ちから多額の小切手を受け取って、豪華なアトリエとその側に不格好な家を建て、成長する娘の教育費を賄（まかな）った。

家族、家、アトリエ、社会的名声というライオンの獲物を漁るジャッカルとでもいうような、サマーズの卑しい位置は——サマーズにとって、奇想や奔放な想像力はもう帰ってこない過去の栄光であった——ピアストンに、自分も彼と同世代なのだから、同じように大人しく過去の人としての自覚を持ち、ロマンチックではない老いぼれ芸術家となるべきだと思わせた。サマーズ一家が近所の町に滞在している丸二週間、アヴィシーのいる半島の灰色をした詩的な輪郭は、まるで海が「王冠を頂いたよう」[028]に、朝な夕なに停泊地を越えて彼に挨拶を送っていたけれども、戻ることは差し控えた。

画家とその一家が休暇から帰ると、ピアストンもここを離れることを考えたが、ピアストン夫人にさよならも言わないのはよそよそしすぎると思った。そこである晩、彼女の都合のいい時刻を見計らって、二、三分かけて細い連結部分を通って岩場まで行き、ちょうど暗くなる頃にピアストン夫人の家にたどり着いた。

二階の部屋から光が漏れていた。未亡人にお会いしたいと告げると、彼女は命に別状はないものの重い病気であると告げられた。娘が看病していること等、細かいことを知らされ、家に入ったものかどうか迷っていると、入って下さいという伝言が来た。来客の声が聞こえたので、ピアストン夫人が会いたがったのである。

優しい彼にはそれを断ることはできなかったが、若いアヴィシーがこれまで彼の輪郭しか見ておらず、明るいところではっきりと自分を見ていないことが心をよぎった。その輪郭は三十歳は若くみえるものだったし、顔つきも月光の薄明かりに照らされて修正されていたので、彼は心配しながら階段を上り、今は病室になっている二階の居間に入った。

ピアストン夫人はソファの上に横たわっていた。彼女の顔は、発作からそれほど時間は経っていなかったのでげっそりやつれていた。「奥へどうぞ」と、彼を見るや手を差し伸べて夫人は言った。「どうか驚かないでくださいね」

若いアヴィシーは側に座って読書をしていた。彼女はハッとして立ちあがったが、すぐには彼と分からなかったようである。「あ、ピアストンさんでしたの」と言ったが、明らかに驚いた様子で、続けてうっかり「ピアストンさんは――と思いました」と口走った。

アヴィシー三世が彼をどう思っていたかは、彼女の口からは出てこなかったので、それは謎のままであった。しかし、それに続く態度から想像するに、その言葉は、「もっと若い」であろうことは確かだった。こうして、新たに顔を合わせていなかったら、彼女が彼に対する評価を変えたとしても、冷静に耐えることができたであろう。しかし、彼女を見ていると、根源的な感情が蘇ってきた。

ピアストンはここで初めて知ったのだが、未亡人はこの頃頻繁に発作に襲われていたそうだ。狭心症によるもので、最近の発作は特に厳しいものだった。現在痛みはないものの、弱ってぐったりしており、神経質になっていた。しかし、彼女は自分についての話をしたがらず、娘が部屋からいなくなったのを見計らって、彼女が最も気にかけている話題をもちだした。

彼の年齢を視野に入れても、彼からの求婚を好ましいものとして受け入れることに、彼女は彼のようには良心の呵責(かしゃく)を感じてはいなかった。彼が娘に会いに来なくなるのではないかという心配が興奮を引き起こし、彼女の病状に悪影響を与えていたので、彼女は自分で思う以上に率直になった。

「困難と病気が色んな不安を生むのです、ピアストンさん」と彼女は言った。「最初はそうなったらいいなという単なる願望だったんですが、旦那様がそれを口にして下さったから、叶うかもしれないと思うようになって、強くそれを望むようになりました——何としてもそれを実現させたいの！　いらしてくれて本当に嬉しいわ」

「それは、私がアヴィシーと結婚したいと思っていることですか、ピアストン夫人？」

「はい——そのことです。今も同じお気持ちですよね？　でしたら、何とかしなくちゃ——あの子が同意するように——話をまとめなくちゃ。でないと、あの子の行く末が心配で。娘はあたしみたいに現実的な女ではないから——島の男の妻にはなりたくないはずだわ。ここに彼女ひとりを置いて死ぬのは心残りなのです」

「まだ君は、そんなことにはならないだろうさ」

「いいえ、これは危険な病気なんです。それに発作が来た日にゃもう辛くて辛くて、他の不安はすべて無くしておかないと乗り越えられないって、皆言ってるわ。あの子を嫁に欲しいのですよね？」

「心から！　だけど彼女が私を望んでいないのだ」

「旦那様が思っているほど嫌がってはないと思うわ。もっとはっきり言ってみてはどうかしら。あたしが今こんな状態でしょ、きっと上手くいくわ」

それから、二人が出会った頃の話をしていると、もう一度娘が部屋に入ってきた。

「アヴィシーや」と、少女が入ってきて二、三分経った頃に母は言った。「母さんに発作がおきるようになってから、もう何回もお前に言ってきたことだけどね。ここにおいでのピアストンさんが、お前の夫になりたがっておられるのだよ。お前よりずっと年配だけれどね、こんなにいい夫はまたといないだろうさ。今あたしがどうなっているのかを考えて、この方と結婚してくれないかい？　お前が身を固めるのを見てからでないと、あたしゃ心配で死ねないんだよ」

「お母さんは死なないわ！　快方に向かっているのですもの」

「それは今だけだよ。ほら、この人は善良で、賢く、お金持ちです。あたしはお前に、本当に、本当に、この人の妻になってほしいんだ！　ただそれだけなんだよ」

アヴィシー三世は、何か訴えるように彫刻家を見て、それから床に目を落とした。「本当に私と結婚なさりたいのでしょうか？」彼女は聞こえないくらいの小さな声でそう言いながら、彼のほうに向き直った。「私にそうはおっしゃらなかったわ」

「それは、間違いないよ」ジョスリンはただちに言った。「でも君の気持ちに反してまで、無理に結婚してもらおうなんて思ってはいないよ」

「ピアストンさんは、もっと若い方だと思っていたわ！」彼女は母に囁いた。

「他にもっといいところがあるのだから、そんなこと大した問題じゃないだろうさ。あたしたちと彼の暮らし向きを比べてごらん――彫刻家で、立派なお家があって、アトリエにはその昔あたしが埃を払っていた、たくさんの胸像と彫像があって、綺麗な試作品なんかもあるから、お前はそれを手にとって学ぶことができるだろうさ。そんな生活が、お前にはピッタリだと思わないのかい？　お前の教育にはお金を掛けたけど、ここじゃそれが無駄になってしまうんだよ！」

アヴィシーは議論が好きではなかった。見たところ、彼女は祖母のように大人しく、結婚すべきか否か自問自答しているようだった。「分かったわ――お母さんがそうおっしゃるのなら、彼との結婚に同意すべきだと思います」と、少し考えてから静かに答えた。「お母さんがそう望んでいるのだから、それが賢い選択なのでしょう。それにピアストンさんは、本当に――私をお好きだし――だから――」

ピアストンは、いささか不愉快な気分を味わったが、こんな重大な局面で尻込みするような男ではなかった。彼が分別を駆使しても耐え抜こうと思ったのは――もし三世代にもわたる継続を言葉で表現するとしたら、この家系への情熱の歴史的要素によるものであった。母は娘の手をもって、ピアストンの手のなかに入れて、握らせた。

それ以上話し合うことはなく、結婚は成立したとみなされた。やがて細かい砂が窓ガラスにぶつかるような音がした。ピアストンがブラインドを上げてみると、遠くで灯台船が焦点の合わない充血した目でウインクしているのが見えた。夕暮れとともに小雨が降り出して、窓を打ったのだった。駅まで二マイル歩くつもりであったが、そうするとびしょ濡れになってしまうだろう。彼は雨が止むのを待って、夕飯をご馳走になった。その後も止む気配がなかったので、ピアストン夫人の勧めにしたがって泊まっていくことにした。

こうして彼は、父がまだ財産を築く前、彼の名がこの島の外からも聞こえるようになる前の、少年時代に住み慣れた家に泊まることになった。

彼はよく眠ることができず、夜明けとともにベッドの上に座って考えた。もし無事に結婚したとして、ロンドンやその他の流行の都市に住むべきだろうか？　この若い妻とすごすなら、この島が一番良いのではないだろうか？　以前のようにシルヴァニア城を借りることは可能だ――買ってしまえばもっと良い。人生が私に何か価値あるものを与えられるとしたら、それは、生まれ故郷の岸壁の上で、命絶えるまでアヴィシーとともに暮らす家庭だ。

ベッドに座ってそう考えているうちに日の光が増し、少し離れた目の前に亡霊のようなものが動くのが目に入った。彼は窓に面した位置にいたので、たまたま垂直に下がった鏡がこちらを向いていて自分の姿が映ったのだと分かった。分かったとたん、彼はぎょっとした。目に映る自分の姿が、自分で思っていたより遥かに、痛ましいくらいに、歳をとっていたからだ。あざけるように自分に対峙してくる姿を、彼は直視することができなかった。その声は、「ここに悲劇あり！」と言っているようだった。歳をとっているのは事実なので、自分の姿が亡霊のようであることを否定することはできず、鏡に映った自分の姿の気味の悪い、人を引きつける力に身をすくませたまま、彼はベッドから降りた。最近歩き疲れていたせいなのか、何かしたせいなのかは分からないけれど、こんな風に冷たい灰色の朝の光のなかで自分の姿が二十歳も老けてみえたことは今までなかった。魂はそのままなのに、なぜこのようにしなびた体を背負わされねばならないのか？「恋の霊」はいとも軽々と何度だって他の者に移ったではないか。

母親が病気なので、アヴィシーは今自宅に住んでおり、ピアストンが階下に行くと、二、、、、人きりで朝食を食べるように準備されているのが分かった。アヴィシーはその時まだ部屋にいなかったが、二、三分すると入ってきた。未亡人は今朝は比較的気分が良いと聞いていたし、アヴィシーの隣に座って食事ができると思うと彼の気分は高揚して、うきうきしながら彼女のほうへ行った。窓からの光をまともに浴びた彼の姿を見たとたん、彼女がビクッとしたので、彼は日中の光の下で自分の姿を見せるのはこれが初めてだったことを思い出した。

あまりにショックを受けた彼女は、忘れものでも取りに行くかのように踵を返して部屋を出て行った。また部屋に入ってきたとき、彼女は明らかに青ざめていた。彼女は気を取り直してお詫びを言った。そして、昨晩は夜遅くまで起きていたので、いつもより気分が優れないのだと説明した。

この言葉には、いくらかの真実が含まれていた。しかしピアストンは、最初に見た彼女の怯えたような表情を見逃すことができなかった。この結婚話に悲劇が潜んでいる可能性があると教えてくれた夜明けの光景は、昼の光の中で動かぬものとなった。彼はこの時から、自分の心がどんなに傷つこうとも、自分に対する誤解がないようにしようと決心した。

「アヴィシー・ピアストンさん」彼は座ったままで言った。「このまま結婚話を進める前に、君にはすべての真実を知らせるべきだと思っている。後から知っては、不都合だろうからね。私は自分についてのあることを話そうと思うよ――もし聞くのが辛くなければだけど」

「辛くありません――聞かせてください」

「私は、かつて君のお母さんと恋人だったことがある。結婚したかったが、彼女が拒んだのだ。あるいは結婚したくてもできなかったと言ったほうが良いかも知れない」

「まあ、何て奇妙な話でしょう！」と少女は、彼から朝食に目を移し、また朝食から彼に目を移しながら言った。「母はそんなこと一言も言ってなかったわ。でもそうかもしれません。つまり、あなたは、そのくらいのお歳だから」

彼はこれを皮肉ととったが、彼女にその意図はなかった。「ああそうだね——充分に歳をとっているからね」と、彼は険しい顔で言った。「歳をとりすぎているくらいだ」

「母にとっても歳をとり過ぎているのですか？　母となら釣り合うんじゃないかしら？」

「私は、君のお祖母さんの世代だからね」

「だめでしょうか？　可能なのでは？」

「私は、君のお祖母さんとも恋人だったのだ。寄り道をしないで真っ直ぐに進んでいたなら結婚していたかもしれない」

「でも、そうはならなかったのですね、ピアストンさん！　まさかそれほどお歳じゃないんでしょう？　お幾つなんですか？　まだそれを教えてくださいませんね」

「私は、とても歳をとっている」

「私の母の恋人で、祖母の恋人」と彼女は言った。もはや夫になる可能性のある人ではなく、人の形をした奇妙な化石でも見るような目で彼を見ていた。それを見たピアストンは、もう彼女との結婚をあきらめるつもりで、包み隠さずに話すことにした。

「そう、君のお祖母さんの恋人で、君のお母さんの恋人だった」と彼は繰り返した。

「そして、私のひいお祖母さんの恋人？」彼女の個人的な考えを超えた、ドラマのような彼の話に興味を引かれて尋ねた。

「否(いや)、ひいお祖母さんのではないよ！　君の想像力は大したものだね……だけど私はとても歳をとっている」

「知りませんでした！」と彼女は呆然(ぼうぜん)として呟いた。「そんな風には見えません。もっとお若く見えますもの」

「それで君は——君はとても若い」と、彼は続けた。

その後に沈黙が流れて、彼女は困って椅子に座ったまま動けなくなっていたものの、時々、同情もしくは恐れのこもった目を大きく見開いて彼を見た。ピアストンはほとんど朝食を食べないまま、天気が良いので岸壁を散歩してくるといって、突然テーブルから立ち上がった。

彼は、言った通り、北東の高地に沿って、約一マイル進んだ。彼は事実上アヴィシーを諦めていたが、形式上は諦めたことになっていなかった。彼は、アヴィシーの家に三十分後には戻って、病人である母親に朝の訪問をするつもりだったが、このまま戻らなければ、前の晩に交わされた結婚の約束は、アヴィシーが彼を愛していないということで、「非公式予備会談」のまま立ち消えになるであろう。ピアストンは真っ直ぐ進んで、一時間後にバドマスの宿に着いた。

彼の居ない間に何が起きたか告げられたのは、夕方になってからだった。ピアストン夫人から明らかに床にふせったまま鉛筆で走り書きされた手紙が届いたのだ。

「驚きました」と彼女は書いていた。「突然帰ってしまわれるなんて。アヴィシーは、あなたに嫌な思いをさせてしまったと思っているようです。娘にそんなつもりはなかったに違いありません。とても心配しています！　一筆書いて送って下さいませんか？　今さらあたしたちを見捨てるなんてことはなさらないで下さい――あたしは我が子の幸せだけを望んでいるのです！」

「私から見捨てるなんてあり得ない」と彼は言った。「それじゃアヴィシー一世の時の二の舞だ。そうではなく、彼女に私を見捨てさせなくてはならないのだ！」

彼がさよならを言うためだけに戻ってみると、夫人は痛々しいほどに動揺していた。彼女は彼の手を握りしめると、それを涙で濡らせた。

「娘のことを怒らないで下さい！」夫人は泣いた。「あの子は若いのです。あたしたちは同じ一族よね――よそ者となんて結婚しないわ。もし今さらあの子を見捨てるようなことがあったら、あたしの心は張り裂けてしまうでしょう！　アヴィシーや！」

少女が姿を現わした。「今朝の私の言動は、軽率で思いやりに欠けたものでした」と彼女は小さい声で言った。「どうかお許し下さい。お約束は守りたいと思います」

彼女の母は、まだ涙ながらに再び二人の手を繋げ、婚約は以前のように成立した。

ピアストンは、バドマスに戻ったが、おぼろげながらも見えてきたことがある。不思議なことに、裕福な求婚者としては、これは善行であり償いなのだという考えは、彼女との結婚が母親によって調整されている間維持されていたのだが、その考えは、彼が自覚している自身の欲望によって駆り立てられてもいたということだ。

第五章　摑み損ねて

結婚することを見越して、ピアストンは新しい家を入手していた。評判の良いケンジントン様式の赤煉瓦で、裏手には中世の納屋ほどの大きさのアトリエがついている。母アヴィシーと話し合って――彼女の健康はやや回復していた――一、二週間ここで過ごすよう、母娘を招待した。彼が客として彼女らの家にいるときには与えることができなかった影響力を、娘に与えることができると考えたからである。もし娘がこの家の飾り付けや家具の取り付けに関心を持てば、この家の女主人になる意欲も湧くかもしれない。

ロンドンで過ごすには、快適で心休まる時期であった。彼らの結婚準備を邪魔する者はいなかったし、社交シーズンではなかったので、このような好ましい顧客にかつて恵まれたことがなかったかのように、大きな商人が彼らの欲しいものに細心の注意を払ってくれた。ピアストンと彼の連れは、同じくらい家政に慣れていなかった――というのも、彼は若いときに身につけた家政の知識をほとんど忘れていたからである。彼らは、次の冬シーズンが来たときに結婚披露をして家にお客を招き入れる、一種の予行演習の機会であると考えた。

たとえ少々冷たいところがあるとしても、アヴィシーは魅力的だった。彼は、このひと続きの家系の最後のひとりが彼に用意されていたことを今一度喜び、自らを祝福した。アヴィシー三世は、彼が愛した容姿を持つ母親にいくらか似たような姿をしていたが、彼が愛した祖母の魂を持っていた。だからこそ彼はアヴィシー三世を愛したし、その意味では今でもアヴィシー一世の精神を愛していた。ただひとつ難をいうならば、彼女は、外見的には祖母をさらに理想化したような姿をしていたけれど、アヴィシー一世の率直さはなく、アヴィシー二世のように秘密主義だった。ピアストンには、彼女が何を考え、何を感じているのか皆目見当がつかなかった。しかし、彼は、彼女の血統の女性たちに対して何がしかの権利を持っているように考えていたので、ときどき彼女が何を望んでいるのか確信がもてなくても悩むことはなかった。

豊かに熟した秋の午後だった。この時期のロンドンは、夕暮れになると黄金の光で色づく。この素晴らしく美しい光景が、実は台所の煙と家畜の吐く息でできていると知らなければ、喜びとともに賞賛されることであろう。曲がった亜鉛の「煙突頭部の通風管」は、空を背景に、あるものは垂直に、あるものは斜めに、またあるものはジグザグに伸び、初期ゴシック体の数字のようにも見えた。バスの上階に乗った男女たちは、日が暮れるにつれ、トパーズ色の輝きが濃い茶褐色になっていくのを目にした。

午後になって強いにわか雨が降ったので、自分のことは自分でしなければならなかったピアストンは、雨靴を履いて出かけた。音を立てずにアトリエに入ると、室内には同じく黄金色の光が低く差し込み、彼はここで未来の妻と義母がお茶の用意をして待ってくれていると思っていた。ところが、そこにはアヴィシー三世しかおらず、彼女は、芸術家好みの茶色のデルフト焼きのティーポットの横で、背をこちらに向けてハンカチを手にもって目に当てており、どうやら声を殺して泣いているようだった。

次の瞬間、彼女が本を前にして泣いていたことが分かった。彼女も彼が入ってきたことに気がついて進み出た。そこで、ピアストンは彼女が泣いていたことには気がつかなかったふりをして、二人で家具の調整について話し合った。彼がお茶を飲み終わると、彼女は、本を置いてその場を離れた。

ピアストンは、その本を手にとった。『スティーヴナールのフランス語教本』というタイトルの古い教科書で、サンドボーン高校の生徒であった彼女の名が書かれていた。彼女が受けた各授業の、書き込まれている日付がまだ新しいのは、アヴィシーと最初に出会った時、彼女はまだ駆け出しの家庭教師であったからだ。

女学生が――事実上彼女はそうであった――教科書をみて泣くのは変だ。何かその内容に感動したのだろうか？あり得ない。ピアストンは考え込んで、楽しみにしていたはずの家具の取り付けへの興味は失われてしまった。結婚が近づくにつれてその輝きが失われていくのはどういう訳だろうか。それでも、彼はアヴィシーをますます溺愛するようになっていて、愛するあまりに彼女の気まぐれを許して、甘やかしてしまったのではないかと危惧した。

彼の広く大がかりなアトリエを見回すと、もう日が落ちて暗くなっており、そこから白く死人のような彼の試作品、彫像、その他の塊が瞑想しながら彼を見て、「これから何をしようというのかね、歳とった少年よ？」と言っているように見えた。以前、彼のライフワークが創作された頃に慣れ親しんだアトリエに立っていたときには、そんな風に見えたことはなかった。最近ではこれといった作品はなく、芸術家としての名声に付け加えるものは何もないのに、この歳になって、このような場所を新しく作り何を望もうというのか？　これはすべて、選ばれた女性のためではなかったか。そして、その女性は明らかに自分を好いてはいない。

　ピアストンを不安にさせるようなものは、それ以上見つからなかったが、その一週間後、彼女たちの滞在もお終いに近づいていた頃のことだった。夕食の時間、同じテーブルで彼は母と娘の間に座っていると、娘が神経質になっていることに気づいて、思わず「何をそんなに悩んでいるの、アヴィシー？」と、自分も同じくらい悩んでいることを露呈するような言い方で訊いた。

「私が悩んでいるですって？」と、彼女はハッとして、優しいハシバミ色の目を彼に向けながら言った。「ええ、そうかもしれません。私、手紙をもらったんです――昔の友人から」

「あたしに見せてくれなかったね」と、母親は言った。

「はい、破り捨てたので」

「なぜ？」

「とっておく必要はないと思ったから捨てたの」

　ピアストン夫人は、この問題に関して、彼女をこれ以上追及せず、アヴィシーもこれ以上この話を続ける気はなかった。二人はいつものように早々に引き上げ、ピアストンはその場に残って、長いことアトリエを歩き回って色々と考えを巡らせたが、結婚して妻を持つということはその妻と一心同体になることと同じではないという考えはできなかった。彼女の「昔の友人」という言葉は、「昔の恋人」という言葉にとても近いように聞こえた。さもなくば、ただの手紙があれほど彼女の心を掻き乱すはずはないではないか？

つまるところ、この計画された結婚に関連して、ここロンドンに何か不可解なものがある。彼女がここに来たばかりの頃は、もっと彼に気安かった。しかし、ここに彼女を連れて来ることで、彼の目標が達成に近づいたことは確かだ。この家は明らかに、彼女に強い印象を残し、圧倒さえしていた。自然の法則からしても理屈からしても、結婚したがっていない人にそれを強いる権利は彼も母親も持ち合わせていないと認めていたけれども、彼は、彼女たちがここに滞在している間に、自分の影響力を最大限に利用して結婚式の詳細を決めてしまおうと決心した。

翌朝、彼はさっそくそれに取りかかった。アヴィシーと会ったとき、彼女の顔には懸念の色が浮かんでいたが、それは昨夜手紙のことを話さずに彼を不快にさせたことを気にしたからだと思うことにした。アヴィシーがいる前で、母親に、なるべく早く結婚式の日取りを決めてくれるようお願いをすると、ピアストン夫人は明るくきびきびとしてきた。遅らせても何もいいことはないと彼女も思っていたので、娘に向き直って「さて、アヴィシーよ、聞いてるの?」と言った。

最終的に、母親と娘は結婚式前日、すなわち、一日か二日のうちに帰宅してピアストンが到着するのを待つことになった。

予定通りに結婚式前日の夕方となり、ピアストンは暗がりのなかイギリスの南海岸についた。彼が島に近づくと、島はふさぎこんでいるように見えたが、それはまるで自分の持っている最も希少価値のあるものを引き抜いて奪われるのでふくれっ面をしているかのようだった。彼女らの手を煩わせないように一人で来て、結婚式に関連する注文をいくつかするために、近くの港に二時間くらい留まるつもりだったが、彼の行先に向かう小さな汽車が停まっていたので、ついせっかちになって、島に行ってから使いを出してここでの用事を済ませようと決めた。

汽車は、チューダー朝のヘンリ八世の城の廃墟と、外海を遮っている長い特徴のない、音を立てている小石の細道を通っていった。外海では、薄ぼんやりと見える湾の内で、波がリズミカルに上下するのが聞こえた。丘のふもとにある小さな町ウェルズには、貸し馬車はなかったのでいつものように荷物は後で運んでもらうよう手配して、彼は徒歩で高台を上がっていった。

最も急な道を半分まで来た時、暗がりの中に人影が見えた――上り坂にひとりの人物がいる。暗くて顔は見えなかったが、見知らぬ人が立ち止まって、歩行者のために道の縁にある手すりに寄りかかっており、ひどく疲れている様子だった。

「どうかなさったのですか?」と彼は訊いた。

「いいえ、大したことはありません」というのが答だった。「ただ、この坂道が急なので」

アクセントはイギリス人のものではなく、チャンネル諸島から来た人のようだった。若い男の声であったけれど、弱々しく震えていたので、「頂上までお助けしましょうか?」とピアストンは言った。

「いいえ、結構です。僕、長いこと病気をしていたんです。もう快復したと思っていたんですが。今夜は雨も降っていなかったし、島までの道を歩いてきました。でも、まだ治りきっていなかったんですね、この坂はきつすぎました」

「そうでしょう。私の腕に摑まって下さい。ともかく頂上までは」

このように勧められて、見知らぬ人は言われた通りにした。尾根に向かって歩いて行き、石灰炉までたどり着くと、その男は手は離して言った。「助けてくれてありがとうございます。おやすみなさい」

「あなたの話し方からすると、この土地の人ではないですね」

「はい、僕はジャージーの生まれです。おやすみなさい」

「おやすみなさい。君が大丈夫と言うなら。ここに杖があるから持っていきなさい――私はいらないから」そう言いながら、ピアストンは自分の杖を若者の手に握らせた。

「重ね重ね、ありがとうございます。一、二分休めば回復すると思います。お願いですから、僕に構わず先に行って下さい」

見知らぬ人は、話しながら顔を南に向け、ビール岬の灯台の光をしっかりと見据えたまま動かなかった。明らかにひとりにして欲しがっているように見えたので、ジョスリンは先に進んで、彼のことはもう心配しなかった。ピアストンの腕を借りて杖まで受け取ったのに、青年が一人になりたがったのは突然のことで、ほとんど感情的とも言える行為だった。もう若くはなかったけれど、相変わらず感受性が豊かだったジョスリンは、彼の同情さえ好まない人がこの世にはいるのだと感じて少し悲しくなった。

しかし、次に島に来る時には大切な我が家となっているはずの家に近づくと喜びが湧き、悲しみはどこかに消え去ってしまった。この家は、もっと歳をとったら終の住処（ついのすみか）となる、彼の青年時代の思い出が詰まった家だ。もともとは父親の家で、彼はここで生まれた。彼は、アヴィシーと二人でその家を増築していくことを想像して楽しんだ。さらに嬉しいことには、その開け放たれたドアからの光を背にうけて、背の高いスラリとした人が、彼を待ってくれているらしいのが目に入った。

それはアヴィシーで、彼を見るとビックリして少し跳び上がったが、彼がそばにくると大人しくキスされるままになった。しかし彼女は明らかにビクビクしていて、厳しい両親を前にした子供のようだった。

「早めに来ると予測してくれてたなんて嬉しいよ」と、ジョスリンは言った。「買い物なんかしてロンドンに留まってたら、ここに来るのに最終列車になってしまっただろうさ。君のお母さんの様子はどうだい？——もうすぐ私たちのお母さんになるけど」

アヴィシーは、母の具合があまり芳しくなく、ロンドンから帰ってから体調を崩して、部屋にいるように言われていること、ロンドン訪問が彼女の負担になったのかもしれないことを話した。「でも、体が弱っていることを認めようとしないのです、私の幸せを邪魔したくないからって」

ジョスリンは、些細な態度の違いは気にならない心持ちだったので、彼女がやっとの思いで「幸せ」という言葉を使ったことに気がつかなかった。二人が二階に上がって夫人を見舞うと、母は彼を見て明らかに安堵(あんど)し感謝している様子でお礼を述べたので有り難かった。

「ほんとにまあ、良く来て下さいました！」彼女はかすれ声で言って、痩せた片手を差しだし、むせび泣いた。「あたしは、とても……」

それから先を続けることはできなかった。娘のアヴィシーは泣きながらそっぽを向き、突然、部屋を出て行った。

「とても、このことが気にかかっていたので」と夫人は続けた。「最近よく眠れなかったのです。娘が旦那様に嫁ぐ前に、あたしがあの世に逝ってしまうのではないかと思って。本当に結婚したのを見て、安心してから死にたいのに。旦那様は、その昔とてもあたしに親切にして下さいましたから、いい夫だって娘も分かるはずよ。あたしは心配しすぎなのよね、分かっているの。まったく、こんなに心配してるなんて、娘には知られたくないわ」

ジョスリンがおやすみなさいを言うまで、二人は話し続けた。病気によって心配性になったピアストン夫人は、彼が義理の息子になるという喜びを、もはや抑えることをしなかったので、そんな彼女の様子を見て、結婚を望んでいなかった娘が服従させられたのではというジョスリンの懸念は打ち消された。階下に行ってみるとアヴィシーが待っていて、もしかして自分がいない間にピアストン夫人が不安になるような事件が起きていたのではないかと勘ぐった。しかし、彼女の行動が原因でありうるので、彼女に訊くわけにはいかなかった。

夕食を食べようとしてジョスリンが周りを見回すと、彼と同じように二階から降りてきたはずのアヴィシーはそこにいなかった。彼は、すでに彼女が母親と夕食をとったと言っていたことを思い出して、三十分ほどワインをすすりながら物思いに耽った。そこで、初めて彼女に何か起きたのではと思い、立ち上がってドアのところへ行った。結局のところ、アヴィシーは近くにいた——ただ彼が来た時にそうしていたのと同じように、玄関のドアの所に立って、彼が到着してから上った満月を眺めていたのであった。彼が食堂のドアを突然開けたので、驚いたようだった。

「どうしたのだい？」と、彼は聞いた。

「母の具合が良くなってきて、私がいなくても大丈夫だと言うので、包みを渡す約束をした人に会いに行かなきゃ

――そう思ったのです。でもあなたがちょうどいらっしゃったので――あなたがここにいらっしゃるのに、私が出掛けたらあなたは嬉しくないでしょう？」

「それは誰かね？」

「この辺にいる人です」と、彼女は曖昧に言った。「ここから遠くありませんの。私、夜この辺りをよく歩くので――怖くもありませんわ」

彼は、機嫌良くふるまって彼女を安心させた。「もし本当に行きたいならば、もちろん反対はしないよ。明日までは、私に君を止める権限はないからね。それにそんな権限は持っててても使ったりしない」

「いいえ、あなたは権限を持ってらっしゃるわ！　母が病気で、あなたは母の代わりをして下さってるもの。明日のことは関係なしに」

「ナンセンスだよ。行きたいなら、君の友だちの家まで走って行っておいで」

「私が戻ってきた時、あなたはここにいらっしゃるの？」

「いいや、私は荷物が届いたかどうか宿屋まで見に行こうと思っているよ」

「あら、ここにお泊まりになるように母が言っていませんでしたか？　お部屋をあなたのために準備してあるのよ……もう、私が言っておけばよかった」

「お母さんはそう言っていたよ。しかし、荷物が宿屋宛てにくることになっているからね。私がそこにいたほうがいいだろうと思う。だから、まだ遅くはないが、おやすみを言うよ。明日かなり早くここに来るよ。そして、お母さんのご機嫌を伺い、君におはようを言おう。今晩は、早く帰ってくるのだろう?」

「はい」

「一緒に行かなくても大丈夫かい?」

「ええ、大丈夫です。遠くありませんから」

ピアストンは出発したが、彼女の態度は、自分で判断するのではなく他人の許可を得る人のものだと感じた。彼が出発するやいなや、アヴィシーは食器棚から包みを取り出し、帽子をかぶって上着を着て、彼が来た道を通ってシルヴァニア城の入り口まで行って立ち止まった。ピアストンの足音が東石切場を下りて宿屋まで行くのが聞こえたが、彼女はそちらの方向へは行かず、これまで何回も言及された右の小道へ曲がって、急いで最後の田舎家を通り過ぎた。さらに、峡谷を通り、漠とした月明かりを背に、四角く黒い塊となって建つレッド・キングズ城、あるいは弓矢城の廃墟へと上って行った。

第六章　「恋の霊」はどこへ？

ピアストン夫人は、眠れない夜を過ごしたが、そのことは誰にも知らせなかった。また、彼女がずっと心を砕いてきた娘の結婚についての不安や気がかりによって、どんどん衰弱していることが痛ましいほどに明らかであることも、誰にも知らせなかった。

彼女がうとうとしたとても短い間に、アヴィシーが彼女の部屋に入ってきた。このように娘が母を見に来ることはしばしばあったので、母はほとんど注意をはらわず、「よくなって来たよ。もう来なくて良いから、おやすみ」と、娘を安心させようとして言った。

けれども、母親はまた考え始めた。これは素晴らしい縁談であり、これが娘にできる最善のことだという確信が母にはあった。アヴィシーを羨ましく思わない若い女性は島にひとりも居ない。なぜなら、ジョスリンは、六十歳にしては信じられないくらいに若いし、容貌も良いし、経歴も知られている。彼は父親からかなりの遺産を相続し、社会的地位があったからだ——もちろんこの社会的地位は、父親の残した遺産だけでなく、彼の芸術界での名声が加わらなければ得られなかっただろうけれども。

娘がこのような状況に従順であることを喜び、祝福しないではいられなかったが、母親の見るところによれば、アヴィシーはときどきこの地方の若者に夢中になる心の弱いところがあった。しかし、娘を除く誰にとっても、ジョスリンのようなロマンティックな恋人はまたといないだろう。家系の要素を取り入れたロマンスなど存在すると誰が想像するだろうか？　アヴィシー一世を拒絶して、アヴィシー二世に拒絶されて、アヴィシー三世で最終的に成就するように立ち返るというのは、芸術的かつ愛情に満ちた完成であり、その完成に誰も目を向けてくれなかったなら、報われないというものだ。

アヴィシー二世は、何年も前にロンドンのアトリエでジョスリンにプロポーズされたときを思い出して、もし別の男と密かに結ばれていたという運命の悪戯がなければ、彼を拒絶してはいなかっただろうと思った。

しかし、結果的にこれで良かったのだ。「神さま」と、彼女はその晩、幾度も言った。「あの手紙を書こうと思った狙いがこんな風に達成されました！」

すべて事がうまく運んだら、彼女の人生は全体的に見て、何という成功に満ちたものになるであろう。田舎家に住む小規模な石切場の所有者の娘として始まり、一度は洗濯女にまで身を落とし様々な雑役に従事して、愛する赤ん坊のために不幸な結婚をしたけれど、長く生きていればいいことがあるもので、ジョスリンのおかげで人生が上向き、ついに彼女が手に入れ損なったものを娘が手に入れて、裕福で洗練された家庭を築くのを目にすることになったのだ。

このようにして、病気の女性は、時間が経つにつれて神経を昂（たかぶ）らせていた。気持ちが張り詰めるあまり、すでに家中が活動しだす時刻となったような気がして、娘の部屋で何か会話が聞こえたような気がしたが、まだ朝の五時で日も出ていない。夫人はあまりに興奮していたので、自身の掛け布団が揺れているのが見えるほどだった。昨晩、付き添いはいらないと言いつけていたのだが、小さなベルを鳴らしたら、一、二分で看護士が姿を現わした。ルース・ストックウールという、近所に住む島の女性で、どちらもお互いの過去をよく知っていた。

「あたし、あまりに興奮しちゃってひとりじゃいられないのよ」と未亡人は言った。「それにベッキーがアヴィシーにウェディング・ドレスを着せているのが聞こえたような気がするわ」

「あらあら――まだですよ、奥さん。まだ誰も起きちゃいません。何かお持ちしましょう」

夫人は、栄養のあるものを少し口にして話を続けた。「娘がもしかしたら彼と結婚しないんじゃないかって、つい考えて恐ろしくなっちゃってね。あの人は、アヴィシーより歳をとっているでしょう」

「そうさ、歳上さね」と、隣人は言った。「だけんど、ここまで来て結婚を邪魔するもんはありゃしないだろうさ」

「アヴィシーは、お前さんも知っての通り惚れっぽいんだ。少なくともピアストンさんじゃないある男に惚れたことがある。二十五歳の若い男だったね。あの子はそれについちゃ話そうとしないし、様子がおかしかったのさ。泣くなりわめくなりして、あきらめてくれりゃどんなに良かったかねえ。あの子はまだ彼を好きなのよ」

「なんとまあ――あのサンドボーンの若いフランス人のレヴェレさんかい？　聞いたことがあるよ。でも大した仲じゃなかっただろう」

「あたしもそう思ってるよ。でも、どうも昨夜、娘は彼と会ってたようでね。さよならを言って、借りた本を返すだけだったって信じたいけど。まったく、出会わなきゃ良かったのにねえ。すぐかっとして衝動的になる青年だから、今に何かしでかすだろうよ。フランスに住んでたけど、フランス人じゃなくて、父親であるジャージーの紳士が、男やもめになってからこの島の出の女と再婚したんだ。そんで、その若者はこのあたりをよく知っているんだよ」

「ああ――そうだ思い出した。たしかベンカムって言ったね、その青年の継母(ままはは)。何年も前にその女のことは聞いたことがあるよ」

「ええ、その女の父親は、この島で一番の石材商だったけど、今じゃすっかり忘れ去られている。あたしが生まれる何年も前に、引退したんだそうだ。母さんが言っていたのだけど、その女は美人で、まだ若いピアストンさんを捕まえようとして、ちょっとしたスキャンダルを起こしたらしい。その後、ひと財産築いた父親と外国に行ったけど、何かあってほとんどすっからかんになっちまったようでね。それから何年もして、彼女を小さい時からずっと気に入っていた、レヴェレさんていうジャージー島の男と結婚して、継子を自分の子のように育てたそうだ」

ピアストン夫人はそこでひと呼吸おいたが、ルースは何も質問しなかったので、自らを安心させるように夫人は囁き続けた。

「娘のアヴィシーが、その継子と知り合ったいきさつだけどね。レヴェレ夫人は、旦那に死なれた後にジャージーからサンドボーンに引っ越してきたんだ。そんである日、ここに継子を連れて、ジョスリン・ピアストン氏を捜して訪ねてきたんだよ。ほら、うちが同じ苗字だから。そんで、その継子とアヴィシーが知り合いになったってわけさ。娘はサンドボーンの女学校に戻った後も、内緒で会ってたみたいでね。彼はサンドボーンのどこかでフランス語を教えてたようで、たしか今も教えていると思うよ」

「まあ、そんな男のことは早く忘れてほしいね。大した男じゃないだろうさ」

「忘れてほしい。忘れてほしい……もう一眠りしてみようかね」

ルース・ストックウールは、彼女の部屋へ戻った。あと一時間は起きる必要なしとみて、横になるとすぐに眠りについた。彼女のベッドは、階段に近く、階段とは板仕切りで隔てられているだけだった。その板仕切りの向こう側で何か軽くこすれるような音がした気がして、彼女は目を覚ました、もしくは目を覚ましたような気がした。暗闇のなか、階段を手探りで下りるような音だった。そのかすかな音が消えると、数秒もしないうちに裏口のドアの掛け金が外されるような音を、夢うつつで聞いたような気がした。

そのまま熟睡しそうになっていたその時、ほとんど同じ現象が繰り返された。頭上で指がこすれる音とともに階段を下り、こっそりとドアを開ける音とそれを閉める音、そして物音は消えた。

ルース・ストックウールはすっかり目が覚めてしまった。この手順の繰り返しは、全体としてみると実におかしなことだ。最初の音は早朝だったので、女中が下りてゆく音だったかもしれない。なぜ、彼女がそんなにこっそりと暗闇のなかを下りなくてはいけなかったのかは不明だが。しかし、二つめの音は、説明がつかない。ルースは、ベッドから起きてブラインドを上げた。夜明けはまだピンク色に彩られておらず、砂州からの灯台船の灯りはまだ消されていなかった。前庭の白い柵を背景にニシシギの茂みが見え、明るい色の道がリボンのようにうねりながら、シルヴァニア城の北入口に続いており、そこからぐるりと廻って、村、岸壁、入り江に繋がっていた。その道の上に、二つの人影が見えた。ひとりは、もう一人の少し後に遅れていたが、ルースが見ている間に追いついて一緒になった。結局のところ、彼らは、島の南部から来た石工か灯台守か、あるいは夜の漁が終わって上陸したばかりの漁師に違いない。彼女が部屋で聞いた物音とは関係なさそうだったので、そのことはすべて忘れてベッドに戻った。

ピアストン夫人が危険な病状であることが、娘のアヴィシーよりもジョスリンにはハッキリ見てとれたので、彼は心配して、夫人が一晩休んだ後の様子を見に、早朝に訪問する約束をしていた。すべてが明らかになった後で、思い出すことがあった。彼が着替えをしている時に、二、三人の漁師が村のむこうの岸壁の側に立ち、明らかに強い興味をもって、南ウェセクスの対岸に向かう遠くの小船をじっと見ていたのを、たまたま彼は目にしていたのだ。八時三十分に、彼は宿屋のドアから出て、真っ直ぐにピアストン夫人の家に行った。近づいてみると、彼の空想ではなく、家の正面が奇妙な様相を呈していることに気がついた。門とドアと二つの窓は開けっぱなしなのに、他の窓のブラインドは上げていなかった。家は、頭が空っぽでボーッとしていて、突然無力になってあくびをしている人のように見えた。ノックしても誰も応えず、彼は食堂に入ったが、朝食は用意されていなかった。とっさに考えたのは、「ピアストン夫人が亡くなった」ということであった。

呆然と立ちすくんでいると誰かが下りてきた。それはルース・ストックウールで、開封した手紙をひらひらさせていた。

「ああ、ピアストンさん！　何ということでしょう、困ったことになりました」

「何ですか？　夫人が——」

「ちげえます。ちげえます！　アヴィシー嬢さんですよ。いなくなっちまった――そう、逃げちまったんです！　ちょいとこれを読んでみてください。あの子の寝室においてあったでな。皆びっくり仰天しちょります！」

ピアストンが手紙を手にとって混乱しながら見てみると、手紙には二つの筆跡が並んでおり、初めのはアヴィシーの筆跡だった。

親愛なるお母様、こんなことをしてしまって、許していただけるとは思いません！　まるで騙したかのように見えるでしょう。ですが今晩まで、お母様もピアストンさんも騙すつもりはありませんでした。

きっとお母様はお気づきだったと思いますが、昨晩十時に私は家を出て、レヴェレさんとお別れして、頂いた本、手紙、小さなプレゼントをお返しするつもりでした。彼がうちを訪問することはできなかったので、会う約束をしていた弓矢城へ行きました。そこに着いてみると、彼はそこで待っていてくれたのですが、非常に体の具合が悪そうでした。ここ数日間体調が優れず、彼の母の家で寝ていなくてはならなかったのですが、私にさよならを言うために、無理して来てくれたのです。過酷な道のりだったため彼は疲れ果ててしまい、十二時まで一緒にいたのですが、帰途につくことができず――事実二、三ヤードしか歩けなくなってしまいました。私は彼を愛さないよう努めましたが、やはり愛していたので、彼をここに置いて死なせてしまうことができませんでした。それで、彼を助けて――背負って――うちのドアまで運び、裏に廻りました。そこで彼は少し気分が良くなったけれど、そこにいるわけにはいかず、それにみんな眠っていたので、二階まで助け上げて、ピアストンさんのために用意していた部屋に入れました。そして彼をベッドに入れて、ブランデーとお母様の気付け薬を少し飲ませました。そのときお母様の部屋に入ったのが分かりましたか？　それとも眠っていらしたのでしょうか？

私は、一晩中彼に付き添っていました。彼は少しずつ回復して、どうしたらいいか話し合いました。彼を諦めるつもりでしたが、だんだん彼以外の人と結婚することはできない、彼と結婚すべきだと思うようになりました。誰も邪魔できないように、今すぐそれを決行しようと決め、結婚式をあげるべく明るくなる前に、家を出たのです。

ピアストンさんに、これは計画していたものではなく、偶然によるものであることをお伝えください。彼が不当だと思うような扱いをしてしまったことを、心から申し訳なく思います。彼を愛してはいませんでしたが、お母さんに従い彼と結婚するつもりでした。しかし、神が私の「愛」に避難所を与えなくてはならないという必然性を与えてくださり、今では間違っていると自分自身が確信していることをしないように導いて下さったのだと思います。あなたをいつも愛する娘より

アヴィシー

二つめは男の筆跡だった。

親愛なるお母様（すぐそうなると思います）、彼女をピアストンさんに譲ることができなくなったいきさつは、

アヴィシーが説明してくれた通りです。昨晩、暗い物悲しい夜に、あなたの家の一室を与えられず、お嬢さんのやさしい看護がなかったら、僕は死んでいたことでしょう。僕たちは、言葉に表わせないほど愛し合っています。我々が人間であれば、周りの方々の望みがどうあれ、今すぐ結婚しないではいられません。僕の母に、ここに添えられてある手紙を送って頂けますか。そこに僕がしたことが説明されています。敬具

アンリ・レヴェレ

ジョスリンは、窓のほうへ行って外を眺めた。

「ピアストン夫人は、夜、話し声を聞いたような気がしたけれど、空耳だと思ったそうよ。それで、アヴィシーが一時に部屋に入ってきて、薬の置いてあったテーブルのほうに行ったのは覚えてるんだと。陰険な娘だねえ——恋人に付き添って、旦那様が使うはずだったこの部屋で、このきれいなシーツを使わせていただなんて！　最も上等のリネンのシーツを綺麗に仕上げて、ローズマリーの香までつけてあったのに。まったく、若い男にベッドを使わせるために、旦那様をうちに入れなかったと言われかねません！」

「彼らを責めてはいけない！　責めてはいけない！」と、ジョスリンは、抑揚のない普通の声で言った。「特に彼女を責めてはいけない。こんなことになったのは彼女のせいではない。私が……彼女のお祖母さんにしたことだ……そうだ、彼女はもういないのだ！　隠しておく必要はない。島中に言ってしまってかまわない。妻と結婚するつもりで来たのだが、妻は家にいなかった。彼女は駆け落ちしてしまったと言ってしまってかまわない。遅かれ早かれ知られ

るだろう」

　召使いのひとりが少し待ってから言った。「あたしら、そんなことしないですよ、旦那」

「おや――なぜだい？」

「あたしらは皆あの娘が好きだったからさ、欠点も含めてね」

「ああ、そうだったのか」と、ジョスリンは言って、ため息をついた。若い召使いたちは密かに彼女の味方だったのだ。

「あの娘の母親はどうしてる？」とジョスリンは訊いた。「起きているのかい？」

　ピアストン夫人は、ほとんど眠れなかったので、偶然に知らせを聞いてしまい、取り乱して、錯乱状態に陥っていたが、彼が着く少し前に興奮は静まり、弱々しく静かになっていた。

「二階に行かせてくれ」と、彼は言った。「そして、医者を呼んでくれ」

　アヴィシーの部屋を通った時、彼は、彼女のベッドに寝た形跡がないことが分かった。客用の部屋を覗くと、部屋の片隅に杖が置いてあった――ジョスリンの杖だ。

「この杖はどこからきたの？」

「ここに置いてありました、旦那様」

「ああ、そうか――杖をあげた奴か。わざわざライバルの役に立つなんて私らしいね！」

　ジョスリンは最後に苦々しく言い捨てた。さらに進んでピアストン夫人の部屋に行くと先に召使いが来ていた。

「ピアストンさんがいらっしゃいました」と召使いは病人に言った。しかし、病人が反応を示さなかったので、彼女はベッドの側に走り寄った。「どうなさったのでしょうか、ピアストンさん？　ああ何ということでしょう」

アヴィシー二世は、看護婦が最後に彼女の姿を見た時のままの体勢で静かに横たわっていたが、まったく息をしていなかった。彼女が若かった頃にアトリエで見た特徴そのままに、顔は硬直していた。最後に息を引き取って間もないが、これは死だと分かった。

ルース・ストックウールは取り乱した。「娘っ子が駆け落ちしたのが分かってショックさ受けたんだ！」と、彼女は叫んだ。「あの子が殺したようなもんだ！」

「そんな滅多なこと言うもんじゃない！」と、ジョスリンは叫んだ。

「でも、あの子は母親に従うべきだったんだ――良い母親だったんだから！　どんなにあの子の結婚を心待ちにしていたことか。可哀想だけんど、何が起きたか知らせんわけにはいかんかった。なんて親不孝なんだろうねえ。今朝のことを後悔するだろうさ！」

「医者を呼ばねばならない」とピアストンは冷静に言うと、部屋から急いで出た。

田舎医者が来たが、みんなの意見を確かめるにすぎなかった。そして、長い間結婚式についての不安で緊張状態にあって、悪いニュースがショックを与えたため彼女の死が早められたのだろうと述べた。検死は必要なしということだった。

これより五時間前、ルースが朝靄(あさもや)の中に見た二つの人影は、弓矢城への小道へと分かれるシルヴァニア城の北入口の開(ひら)けた場所にたどりついた。もしその場に聞き手がいたとしても、二人の間の会話は一言も耳にできなかっただろう。男は、女に支えられながら苦しそうに歩いていた。ここで二人は立ち止まって、長いことキスをした。

「もし見つけられたくなかったら、バドマスまで歩いて行かなくちゃ」と、彼は悲しそうに言った。「君が助けてくれても、僕は島を横断することさえできないよ。丘のふもとまで二マイルもあるもの」

彼女は震えていたが、彼を慰めるように言った。

「もし歩けたとしてもウェルズ通りを下りてゆかねばならないし、それだと私のことを知ってる人に会っちゃうわ。入江のほうに下りていったら、昨晩私がみた小船があるでしょうから、それを押して海に出て、岸ぞいに漕いだら北岸までたどりつけないかしら？　そこから駅までなら歩いていけるもの。海は静かだし、潮の流れに沿っているから、そんなに漕がなくてもいけると思う。私、何度もそうしたことがあるの」

それしか道はないように思われた。それで、真っ直ぐな道を諦めて古城のアーチ門からうねうねと続く、かつては要塞の堀であった峡谷を下りていった。

彼らは足音を忍ばせていたけれど、あたりがとても静かだったので、垂直な岩面に当たって反響し、やかましいほどの音を立てた。少し先に進むと、彼らは岸壁の下段の岩棚に出た。ここから右手の坂道を下れば、岸に遮断された水路(クリーク)にたどり着くことができる——船でこの島に出入りできる場所はここだけだった。かつては波止場として活気があり、そこから素晴らしい公共建造物——セント・ポール寺院など——になる石が積み出されていた場所だ。

二つの人影がおそるおそる道を下りていった。ひとりはこの場所を良く知っていたので、もうひとりのように石の壁を右手で触りながら進む必要はなかった。こうして、息を切らしながら海岸までたどり着いた二人は、この岩ばかりの場所ではここだけにある砂利を二、三ヤード歩いた。ここは使われていない岸で、二十四時間誰も訪れないこともあるくらい寂しい場所だった。狭く仕切られた海岸の上に、二、三艘のレレットとさらに小さいレレット二艘が引き上げられており、そばに、船を出すための粗末な斜面とタールを塗った船小屋があった。恋人たちは二人で力を合わせて、一番小さな船を押し出し、海に浮かべてよじ登った。

少女が、沈黙を破って尋ねた。「櫂はどこにあるの?」

男は船をあちこち触ってみたが、見つけられない。「櫂をさがすのを忘れていた!」と、彼は言った。

「きっと船小屋にしまってあるのよ。流れに任せて進むしかないわ!」

この辺りの潮流は複雑だった。娘の言った通り、潮の流れは確かに北に向かっていたが、上げ潮のある特別な瞬間に、このあたりの船乗りが「南向き」と呼ぶ、外側の流れに逆らう細い流れが岸に沿って発生するのだ。この流れはビール岬の東西に伸びる特徴ある曲線によって生まれるのだが、イギリス海峡を北に向かって流れる潮は、この半島の両脇で南へ向かう逆流となる。それが、ビール岬の沖で再び合うと、三つの流れが合わさった場所では、天気が穏やかな時でも海面が鍋で沸騰したお湯のように沸き立つのだ。この沸き立つ部分は、良く知られているように、「レース」と呼ばれていた。

このように、外海は北に向かって流れていたので、停泊地であるウェセクスの本土に向かっていたが、「南向き」

は力いっぱいビール岬と「レース」に向かっていた。不運にも「南向き」にあっという間に捕えられた恋人たちの船は、南への流れ——ほんの川幅程度のものだったけれど——に抗って漕ぐことはできず、二人は、灰色の岩とその上でしかめ面をしたしわの寄った島の額が、どんどん北に向かって流れるのを、ただ眺めることしかできなかった。

彼らはどうしようもなくなって互いの顔を見合わせたが、はっきりした恐怖はなく、若さゆえに何とかなるのではと思っていた。揺れがますますひどくなり、彼らを上下に大きく揺さぶった船は、何度も鋭い波を側面に受けてぐるぐると回転した。彼らに方角を教えてくれるのは、流砂から鈍いチラチラとした光を送っている灯台船だけだったが、それは右に見えたり左に見えたりした。しかしながら、彼らは、船首にしろ船尾にしろ、確実に南に向かっていることは分かった。

若い男によいアイデアが浮かんだ。彼はハンカチを出してマッチを擦って火をつけた。彼女も自分のハンカチを彼に渡して燃やした。ただひとつあとに残る燃料は彼女の傘だったが、その柄を持って開いて燃やした。

それが燃え尽きるまでに、灯台船がぼんやりと大きく目の前に現われた。ハンカチと傘を燃やした数分後に、船から赤い炎で応答があった。彼らは腕を振り廻した。

「私、助かるって信じてたわ！」と、アヴィシーは半狂乱になって言った。

「僕もだよ」と、彼は言った。

夜明けとともに彼らの救助のために降ろされた小船は、側面に大きな白い字が書かれた巨大な赤い廃船に向かって引っ張られた。

第七章　新しい様相を呈した古い肉体

十月のある夕暮れ、ジョスリンは、ピアストン夫人の遺体のそばに座り物思いに耽っていた。アヴィシーがどこに行ってしまったのか誰にも分からなかったため、彼は、この家族の最も近い友人として振る舞い、アヴィシーの母親の他界によって生じた諸々のしなければならないことを執り行おうとしていた。代わりをするべき立場の人が他にいるかといえばそれは難しかった。アヴィシー二世の二人の兄弟のうち、ひとりは海で溺死し、もうひとりは外国に移住していた。アヴィシー三世以外の子は、幼い頃に亡くなっていた。彼女の友人はどうかというと、娘を彼に嫁がせたいという野心的な完成間近の計画にのめり込んだ彼女は、他の島民とは疎遠になっていたのだ。その疎遠は、彼女がピアストンに求婚されたときにすでに始まっていた。ピアストンからの名誉あるプロポーズは魅力的だったが受け入れることができなかった。だが彼女は、ピアストンという支援者を得て、石材商という実務的なビジネスで夫と生計を立てることができた。しかし、彼女はロンドンのアトリエで働いたことを通して、彫刻に対して洗練された親近感を持つようになり、単なる石材業とはやや距離をもつようになった。それはアヴィシー二世のちょっとした欠点だったと言えるかもしれない。彼女は、自分の娘がジョスリンを拒絶するわけがないと思っていた。彼女の目に映る彼は、自分にプロポーズした時から歳をとっていなかったからである。

ピアストンが暗闇のなかに座っていると、今までの彼の「恋の霊」の化身たちのぼんやりとした輪郭が、物言わぬ遺体となった妹の周りに集まってきて、彼の目の前で悲しそうに壁に整列した。それは、まるでアエネーイス[029]が見たカルタゴの城壁に描かれていたトロイヤの女性たち[030]のようであった。以前は、彼女たちを時に理想化することによって胸像や全身像として多くの作品を作ってきたが、今思い出の中で、彼女たちを甦らせたのは、生まれた環境や生まれ持った弱点や欠点だった。ふと我に返ると、彼女たちの声は小さくなり消えていった。彼女たちはそれぞれの人生に帰っていき、彼はひとり取り残された。

あの日、結婚するはずだった相手に逃げられたことで嘲笑を受けるかもしれないことは、気にならなかった。もしその嘲笑の根拠となっている誤解を解くことができるならそうしたいところだが、それは無理な話だった。誰も、彼についての真実を知ることはないだろう。彼をするりとかわし、焦らした挙句に、彼から去っていたものは何だったのか、彼をてんてこ舞いさせ、ついに彼を捨てていったあの少女のなかに、失った今だからこそ見えたものは何だったのか。それは肉体ではなかった。彼は、肉体に低く跪(ひざまず)いたことなどなかった。彼が情熱を感じた女性は多かったけれど、彼によって破滅させられた女性はいなかった。四十年越しについにめでたく完成すると思われていた宿命の背後に、それ以上の感情——真心のこもった仁愛——があったことを誰も推測しないだろう。彼がアヴィシー三世に感じた魅惑は、世間的には中年男の若い女性に対する利己的な策略(デザイン)とみなされてしまうだろう。

もはや彼の人生は、いち芸術家の経験というよりは怪談のようだった。自分も、他の者たちがしたように、こんな最悪な午後には、よくいた場所から消え去りたい。寝て起きたら自分の性向がなくなっているか、何か起きて理想美との呪縛を解いてくれたらいいのに。

あたりが暗くなるまで座っていたので、ランプが持ってこられた。外では木枯らしが吹いており、遠くに見える流砂の灯台船は、痛めつけられたあげく見捨てられたようだった。居たたまれない孤独に襲われていると、玄関で呼び鈴が鳴った。

階下の人の声に耳を澄ますと女性の声だった。表面上はよそよそしかったが、表面下は懐かしさを感じさせる話し方だった。彼の経験のなかでは、たったひとりの人物がこのような話し方をした。かつては力強い話し方だったが、今は落ち着きのある話し方に変わっている。用向きを尋ねて返答を受けたのだろう。すぐに、おそらく彼が会いたいと思うであろう女性が、階下で待っていると告げられた。

「その女性は、どなたですか？」と、ジョスリンは訊いた。

召使いは少しためらって「レヴェレ夫人——ええと、母親です。アヴィシーが駆け落ちした若い男性の」と言った。

「そうか、では会うとしよう」とピアストンは言った。

彼は、アヴィシーの遺体の顔を布で覆って、降りていった。「レヴェレ」と彼は独り言を言った。この名には聞き覚えがあった。ローマで会ったアメリカ人旅行者が、マーシャ・ベンカムと思われる女性の名前として言ったのだ。

過去の色々な事柄が一気に整理されそうな予感がした。訪問者は、玄関のドアに馬車を止め、ヴェールをかぶって客間に立っていた。薄暗かったので彼女の顔はよく見えなかった。

「ピアストンさんでいらっしゃいますか？」

「いかにも、私はピアストンです」

「お亡くなりになったピアストン夫人の代理人の？」

「そうです。当家の者ではありませんが」

「左様ですか……私はマーシャです――四十年ぶりね」

「そうだと思ったよ、マーシャ。僕たちが別れてから、あなたにとって、『測り縄が好ましいところに落ちましたように』[031]！　でも何で今になって僕を捜していたの？」

「それは――私は、あなたの新婦となるべきだった娘と駆け落ちした男の継母で、たったひとりの家族だからよ」

「階段から下りてくる時にそうじゃないかと思っていたよ。だけど……」

「それで、いろいろお伺いしたいことがあるの」

「そうか。では、落ち着いて話を聞くからドアを閉めて」

　マーシャは椅子に座った。こうして昔なじみと再会したのは偶然ではなかったのだ。ピアストン夫人が、看護婦やご近所さんにうわさ話として語っていたことが、今マーシャによって直接明らかにされた。それによると、マーシャはジョスリンと別れてから何年もたち、財産を失った父親が他界し、お金がなかったので、昔の恋人だったジャージーの男性の妻になったという。その男性は、前妻が小さい子を遺したまま先立ってしまったので、優しい乳母と母親を探していた。二、三年後にその男性も亡くなり、子どもがひとり遺された。彼女は、自らの限りある資金を費やし、その子にセントヘリア〈ジャージー島にある町〉やパリでできるだけ良い教育を受けさせ、サンドボーンのフランス語の教師になるまでにしたのだという。そして一年前に、息子と一緒にこの島に来た際、ピアストン夫人とその娘と知りあった。彼を捜した目的については「ただ感傷的になったというわけじゃないのだけれど、若気のいたりで駆け落ちしたものの、私の勝手な都合で結婚し損ねた人がどうなったのか確かめたかったから」と、やや慎重に付け加えた。

　ピアストンは下を向いた。

「そんな経緯(いきさつ)で、子どもたち二人は知り合いになって、熱烈に愛し合うようになったの」そして、彼と容易に会えるように、レヴェレ青年のフランス語の授業を受けるべくアヴィシーが母親を説得したことを詳しく語った。苦労が身にしみていたこの頃、財産を誇っていた若かりし頃に受け取ることを拒否した名前に新しい興味を感じていたため、マーシャは彼らの仲を裂こうとは露ほども思わなかった。しかし、ピアストン夫人が娘をジョスリンの妻にしようと決心していると知ってからは、息子にアヴィシーと別れるように言い聞かせた。しかし、時すでに遅しだった。息子は、最近ずっと体調がすぐれなかったにも拘らず、昨晩は帰宅していないことを知ってずっと心配していたという。あの日に彼が置いていった手紙は、アヴィシーと彼がただちに結婚しに行くということを知らせただけのものだったからだ――どこへ行ったのか彼女は知らなかった。

「どうなさるおつもり？」と、彼女は訊いた。

「どうもしないよ。すべきことは何もない……。僕は彼女の祖母に同じ仕打ちをしたのだから――〈時〉に復讐されたのだ」

「それは、私のためだったわね」

「そうだ。そして今回は君の息子のために、僕が同じ仕打ちを受けた」

マーシャはじっとそのことについて考えていたが、やがて立ち上がってこう言った。「あの子たちがこの島からどちらの方向に出ていったか捜索したり、手がかりを集めたりできないかしら？」

「ああ――そうだ、そうしよう」

こうして、ピアストンは夢遊病者のように、マーシャとともに共通の目的の探索に出掛けた。近所のほとんどの住人が、彼よりも恋人たちについて知っていることが分かった。

道の角で、幾人かの男たちがこの出来事について話しこんでいた。はっきりとした物の言い方ではなかったが、彼とマーシャは方言を知っていたので、その意味を知るのは容易(たやす)かった。彼らは、朝方に日が昇るやいなや、下の水路(クリーク)で小船のひとつがなくなっているのを見つけ、その後に恋人たちの逃避行を知って、彼らが犯人ではないかと疑っていた。

それを聞いたピアストンは、我知らず水路に向かって方向転換したので、マーシャがついて来ているかどうか気にしていなかった。アヴィシーとレヴェレ青年が明け方に下りていった時より暗かったけれど、彼は坂道を降りて、岸にたどり着いた。

「ジョスリン、そこにいるの？」

マーシャからの問いかけだった。彼女は彼の後についてきて、すぐ側にいた。

「いるよ」彼は答えてから、彼女が自分を洗礼名で呼んだのは初めてだと気がついた。

「あなたがどこにいるか見えなくて、ついていくのが怖いわ」


ついていくのが怖い。思いがけないことに、彼女に対する見方が変わった。この瞬間まで、彼の心のなかでは、彼女は昔のままの傲慢で征服できないマーシャであった。しかしこういう彼女が露呈すると、何だか不思議と可哀想だと思った。彼は戻って手を差し出した。「下までリードするよ」と彼は言い、彼女の手をひいた。


彼らは、海を見渡した。灯台船は逃亡者など知らぬかのように光を放っていた。「心配だわ」とマーシャは言った。

「あの子たち、無事に上陸できたのかしら?」

「ああ大丈夫だ」と、ジョスリンではない誰かが言った。舟小屋でタバコを吸っていた船乗りだった。彼によると、恋人たちは灯台船に救助されたあと、本人たちの望み通りに対岸に運ばれて上陸し、そこから徒歩で最寄りの駅まで行ってロンドン行きの汽車に乗ったとのことであった。その話が島に届いたのは、一時間ほど前だったという。

「明日の朝、あの子たちは結婚するのね!」と、マーシャは言った。

「それは何よりだ。悔やむことは何もないよ、マーシャ。彼が何も失わないように取り計らってやろう。僕には、この島に遠い親戚以外に家族はいない。アヴィシーの父親はその遠い親戚のひとりだ。すぐにでも二人を結婚相手として結びつけるからね。僕としては……今日一日は長過ぎたようだ」

第八章　「哀れな灰色の影は、かつて男だった」

十一月に入って、ピアストンはロンドンの住居で高熱の病に伏せっており危険な容態だった。

アヴィシー二世の葬式が秋の午後、どしゃ降りの中で執り行われたからである。この時期の雨は、この物語の舞台となっている嘴（くちばし）のような半島に、古代人の飛び道具のように横殴りに容赦なく降り、まともに立っていられないほどになる。喪主として遺体に教会まで付き添ったのはジョスリン・ピアストンだった——故人のつかの間の恋人で、長い目で見ると忠実な友人であった。埋葬までアヴィシー三世と連絡をとる手段はなかったが、娘の目に触れるかもしれないと、故人の死亡広告を地方新聞などに掲載した。

その甲斐あって、故人を悼む一団が教会から出てぐるりと廻って墓地に向かった時、バドマスからの貸し馬車が、「丘の上」から大通りを全速力でこちらに向かってくるのが見えた。馬車は墓地の門の前で止まり、若い男女が降りてきて馬車を待たせたまま門に入った。彼らは小道を滑るように進んで、まさに遺体が墓の脇に置かれようとしたとき、ピアストンと並んだ。

ピアストンは、顔をそちらに向けなかった。アヴィシーとアンリ・レヴェレだと分かっていたからだ——彼はもう彼女の夫になっているだろう。声には出さないけれど、彼女が深く後悔し嘆き悲しんでいるのが伝わってくるようで、あたりの空気は重苦しくなっていた。ピアストンは、自分がここにいることを彼らが予想していなかったと気づいて、彼らから一歩下がった。礼拝が終わっても、感謝されてしかるべき思いやりを発揮し、彼はさらに距離を保っていた。

彼がこのように機転を利かせたので、アヴィシーと若い男は、ジョスリンと言葉を交わすことも目を合わせることもなかった。埋葬が終わると、彼らは来た道を帰っていった。

ピアストンの弱った心と体に、この日のウェセクスの墓地の吹きさらしは相当こたえたようで、彼はロンドンに戻るなり、悪寒と熱に見舞われ、何週間も生死の境をさ迷う羽目となった。やがて峠を越えて、心の平安を取り戻し体も楽になったある日、囁くような会話とカーペットを踏む足音が聞こえてきた。部屋の灯り（あかり）は抑えられていたので、何もハッキリ見えなかったが、二人のうち、そっと動き回ってるのは看護婦で、もうひとりは訪問者だった。後者は女性だということ以外、何も分からなかった。

彼は、「灯りが眩しくありませんこと?」という囁くような声によって目がさめた。

なじみあるその声は、訪問者から発せられたものであった。彼はマーシャの声だと分かった。そして、彼が病に伏す前のすべての出来事が甦ってきた。

「僕の看病の手伝いをしてくれているのかい、マーシャ?」と彼は尋ねた。

「そうよ。あなたが良くなるまでここにいるわ。あなたには、生きてるか死んでるか気に掛けてくれるような女友だちは居なさそうですもの。私はすぐ近くに住んでいるし。峠を越したようで良かったわ。私たちとっても心配していたのよ」

「優しいんだね！……それで――他の人たちはどうしてるか知ってるかい？」

「あの子たちなら、結婚したわ。お見舞いに来て申し訳なさそうにしていたわよ。あなたの隣に座ってたけど、気がつかなかったのね。あの娘は、母親の死が分かって相当打ちのめされたようだわ。そんなに差し迫った病状だとは思っていなかったようなの。二人はまた帰って行ったわ。もうあなたは危険な容態ではないから、そのほうが良いでしょう。じゃまた戻ってきて話すから、大人しくしていてね」

ピアストンは、彼の中に奇妙な変化が起きたのを感じていたが、それはちょっとした会話にも表われていた。彼は、もはや以前とは別人だった。悪性の熱かそれまでに経験したこと、あるいはその両方が彼から何かを奪い去り、そこに別の何かをあてがったのだ。

それから数日経って、さらに頭が活動し始めると、何が起きたか彼にはっきりと分かってきた。彼は、芸術的感覚を失い、美のイメージを記憶から呼び起こしてみても何の感情も湧かなかった。彼の鑑賞力は功利的な問題にのみ発揮され、アヴィシーの性格的美点を思い出すことはあっても、容姿は思い出さなかった。

最初、彼は啞然(あぜん)としたが、やがてこう言った。「何と有難いことだ！」

マーシャは、昔からもっていた絶対主義とでもいうべきやり方で、よく彼のフラットを訪れては、あれこれ用事を尋ねたり、指図したりしていた。毎日午後に彼を見舞っているうちに、彼がもともと持っていた感覚的な面が、健康の回復とともに奇妙にも無くなっているのを発見した。彼女は、アヴィシーが驚くほど綺麗になってきていて、うちの継子が夢中になるのも無理ないわと言った——ついうっかり口が滑ったのだが、彼を刺激したかもしれないと発言を後悔した。しかし、ジョスリンは、ただ「そうだね、あの子は綺麗だと思うよ。それ以上に、賢い子だからいい奥さんになるだろうさ。……マーシャ、君は綺麗だけど、そうじゃなかったら良かったのに」と答えた。

「あら、どうして?」

「理由は分からない。でも綺麗なんて馬鹿らしいことに思える。なぜそれが良いことなのか、僕にはもう分からないのだ」

「そうかしら、私は女だから、綺麗なことは良いことだと思うわ」

「そうなんだね、じゃあ僕には美が何たるか分からなくなったんだろう。僕に何が起きたんだろうか。でも後悔はしてない。ロビンソン・クルーソーは病気で丸一日を失った[032]けど、僕は才能を失った。神様の思し召しだ!」

悲哀のこもった言葉だったので、マーシャはこう言いながらため息をついた。「元気になったら才能も戻ってくるわよ」

ピアストンは首を横にふった。そして、マーシャと再会してから、彼女を真昼の光の下で見たことがなく、彼女はいつも帽子と厚いベールを被っていることに気がついた。それと、声があまり変わっていなかったので、つい昔のままのしっかりした体格、色つやの良い肌、ギリシア・ローマ風の横顔、どちらかというと高い形の良い鼻、きちんと並んだ大きな歯、黒い目の彼女を想像していた。アヴィシー一世をないがしろにし、アヴィシー二世がまだ現れていない時に、彼を夢中にさせた女王然としたマーシャだった。先ほど彼女が美しくなかったら良かったのにと言ったのは、昔のままの彼女を想定してのことだ。四十年経った今、その美しさがどれほど残っているのか知りたくなった。

「どうして君は僕に顔を見せようとしないの、マーシャ?」と、彼は尋ねた。

「あら、さしたる理由はないんだけど。それは、帽子を取って欲しいってことかしら? あなたはそうして欲しいなんておっしゃらなかったし、私は羊毛のベールを被っていないと、冷たい木枯らしが顔に当たって痛くなるんですもの。若い頃みたいに視力が良くないから、厚いヴェールだと、よく見えなくて不便なんですけどね」

強靭(きょうじん)なマーシャでも、視力は落ち、顔も痛くなるのか。これらの当たり前のことが、ジョスリンには教訓のように響いた。

「でも、見たいならお見せするわ」と彼女は機嫌良く続けた。「あなたが今でも私に興味をもって下さるなんて嬉しいもの」

彼女は、その部屋の暗い場所からランプのほうに寄って——日の光はなかったので——帽子やヴェールを脱いだ。多少衰えてはいるが、彼の目には驚くほど見目麗しく見えた。

「ああ——何てことだ!」彼は我慢できないように横を向いた。「君は綺麗で、どう見ても三十五歳くらいにしか見えない。まだ美しいままだ。君からの僕への罰じゃないだろうね、マーシャ」

「あらそんなことないわよ。何年たっても女というものをお分かりにならないのね!」

「どういうこと?」

「こんな簡単に騙されるなんて。考えてもみてよ、ランプの光だしあなたの視力も落ちてるし、それに……ああそうね、もっと正直にお話してあげようかしら！　じゃあ言うわよ……私の夫は私より歳下で、人から若くて初々しい女性と結婚したと思われたいっていう馬鹿げた願望を持っていたの。あの人の虚栄心につきあって、私はそう見えるように努力したわ。よくパリに行っていたものだから、フォーブール・サン・ジェルマン〈パリの高級住宅地〉の古女房がするような化粧の技術を身につけたの。夫の死後もそれを続けたのは、それが悪しき習慣になってたってこともあるけど、私の少ない資産で息子にいい教育を与えるには男性の援助が必要で、その援助を得るための助けになるって知ったからよ。今のこの顔もびっくりするくらい厚化粧よ。でも化粧を落とすこともできるわ。明日の朝、もしお天気がよかったら、私の素顔をお見せしましょう。〈時〉があなたを裏切ってないって分かるわ。忘れないでよね、私はあなたと同い年なんだから、歳相応に見えるはずよ」

約束通り朝早くマーシャはやって来た。天気はよかったので、寝室のドアを閉めて、彼女は窓のところへ行って、さっそく被り物を取り、彼に顔を見せて言った。「さあこれでご満足かしら――あなたは美など無駄だとお考えなのだから。残りの私は――それでも相当な量ですけど――自宅の化粧台に置いてきたわ。もう身につけないつもりよ――決して！」

しかし、彼女は女だった。自らに課したとはいえ、情け容赦のない扱いに曝(さら)されて、彼女の唇は震え、目には涙が浮かんでいた。冷酷な朝の光は――アヴィシーにしかと見られたジョスリンのように――完全なる素顔で、何も施さず、色や影の技術で加工されていない、かつて堂々と咲き誇っていたマーシャの哀れな残骸を、彼に見せた。名実ともにまぎれもない〈老齢〉であり――青白くしわだらけの老女であった。額にはしわが刻まれ、頰は痩け、髪は雪のように白かった。かつて彼がキスをしたこの顔は、不愉快な四十年という人生の半分以上の年月の間に、様々な思案のために削られ、彫られ、むち打たれ、焼かれ、凍らされたのであった。

彼が何も言わなかったので、「ショックを与えたならごめんなさい」と、彼女はかすれ声で、しかしハッキリと言った。「でも、これだけ長い時間があったんだから、衣装に虫食いくらいできますわ」

「ああ——そうだね！……マーシャ、君は何て勇敢な女性だろう。歴史に名を残すほどの偉大な勇気だよ。もう愛することはないけれど、君を心から賞賛するよ！」

「偉大だなんて、よしてちょうだい。まずまず正直になり始めたと言ってちょうだい。それでも充分すぎるほどよ」

「そうだね——もう何も言わないでおこう。ただこれだけは言いたいね。一人の女性が「時計」の針を三十年も戻したなんて驚くべきことだ！」

「お恥ずかしいですわ、ジョスリン。もう二度といたしません！」

充分に回復してからジョスリンは、馬車を使ってマーシャにアトリエまで連れて行ってもらった。アトリエは風通しをよくしていたけれど、シャッターが閉められていたので二人でそれを開けた。彼は懐かしい作品を眺めて回った。いくつかの作品は円熟した完成を見せていたが、ほとんどは、未完成の美の接ぎ穂であり、完成するには何か創造的思考力のようなものが必要だった。

「ダメだ。好きじゃない！」と彼は言って、踵を返してしまった。「僕にはどれもこれも醜い！　親近感や興味を感じられるものが何一つとしてない」

「ジョスリン、悲しいわね」

「いや——そんなことはないよ」彼はドアのほうに行った。「廻って見させてくれ」彼は再び見て廻り、マーシャは黙っていた。「アフロディテ——こんな失敗作で彼女の美を侮辱してしまったなんて！　フレイヤも、ニンフも、ファウナも、イヴも、アヴィシーも、他の数えきれないほどの「恋の霊」たちも、もう二度と見たくない！……預言者曰く『芳香は変わって悪臭となり、美しい顔は変わって焼き印された顔となる』[033]だ」

そして、彼らはアトリエを後にした。別の日の午後、彼らはナショナル・ギャラリーに行き、かつては素晴らしいと感じた絵画をみて、彼の審美眼を確かめてみようということになった。彼女が予想していた通り、彼はそこでも同じであった。ペルジーノ、ティツィアーノ、セバスティアーノ[034]、その他もろもろの古典的名作は、ここにくるまでに通った路上の絵描きの描く絵と変わらないくらい感動させてくれない、と彼は公言した。

「おかしなことだわ！」と彼女は言った。

「僕に悔いはないよ。結局、あの熱によって、ほんの少しの喜びに対して、大きな悲しみをもたらしていた才能はなくなったのだ。さあ行こう」

彼はみるみる回復したので、故郷の風に当たってみるのがよかろうということになった。マーシャは、一緒に行こうと言った。「そうしない理由はないわ」と彼女は言った。「私みたいに友人のない老婆と、同じく友人のない老爺だもの」

「そうだね。ああよかった、僕はついに歳をとることができた。呪いが解けたのだ」

簡単につけ加えると、ピアストンは、この後、アトリエとその中身を二度と見ることはなかった。島に出発する前に、彼は短期間そこにいて、自分が芸術と自然の美への感性を完全に失ったことを確認し、業者に彼のコレクションのすべてを売却するよう指示していたのだ。建物の借家権も売却し、やがて別の彫刻家がそこに住むようになり、ヨセフを知らない人びと[035]から賞賛を得た。翌年、ロイヤル・アカデミー会員引退者名簿に、彼の名が載った。

時が経つにつれて、あの大病の後での老人としては、まずまずの健康を取り戻したが、彼は島に留まり、持ち家をウェルズ通りの頂上にある比較的小さい家だけにして、そこに住まった。マーシャとの間には、今さら捨てるには惜しい友情が芽生えていたので、彼は彼女のために、近所に同じような家を用意してやり、サンドボーンから家具を運びこませた。晴れた午後には、彼は彼女を訪ねて、ビール岬あるいは古城に向かってぶらぶらと散歩したが、ピアストンは坐骨神経痛を患い、マーシャはリウマチを患っていたので、からりと晴れていなければ、途中で引き返すことが多かった。今では洋服のセンスもがらりと変わり、東石切場の女仕立屋が作ったと一目でわかる、三十年前の型で作った地元製の野暮ったい服を着ていた。灰色がかった象牙色の顎髭を伸ばし放題にし、熱病のあとになった禿頭(はげ)にわずかに残った髪の毛もそのままだった。このように、彼は六十二歳だったけれど、七十五歳でも通ったかもしれない。

彼とマーシャが恋人だった頃の二人の冒険は、今となってはずっと昔の出来事だが、その経緯は、不可解なほど迅速に詳しく島の誰もが知るところとなっていた。その話に二人が今になって友好関係にあることが加わってゴシップとなっていて、二人で岸壁に沿って散歩をしている時にそのことが話題に出た。

「皆が僕らの恋愛沙汰に興味を持つなんて驚くね」と彼は言った。「彼らは、『あのお年寄りは結婚すべきだ、遅くてもしないよりましだ』と言っているようだね。いつの世も人びとは――他人の歴史に機械的かつお決まりのやり方で決着をつけたいのだ」

「そうねえ。私にも同じように言ってくるわ、遠回しにだけど」

「さもありなん！　ある朝起きたら、僕らにできるだけ早く結婚するように主張する仲人の代表が待っているんじゃないかな……すでに四十年前に結婚寸前だったけど、君があまりに独立心旺盛だったからね！　戻ってくると思ってたけど戻らなかったから驚いたよ」

「私の独立心は、本土の娘なら咎められたかもしれないけど、島の人間としては非難されるようなものじゃないわ。島の人間から見たら、私が戻ってくる理由はなかったのよ。一緒にいて子供を宿さなかったのだから。父はそういう考えだったから、私はそれに従ったの」

「僕らは島にいなかったのにも拘らず、島に運命を握られていたんだね。いつだって自分ではない物の手の中にいるのだ……君の夫にはこのことを話したの？」

「話してないわ」

「どこからか耳にすることも？」

「私が知る限りなかったと思う」

ある日彼女をたずねてみると、彼女は非常に居心地の悪い状態にいた。強い風が吹いたために、小さな家の煙突は我慢できないくらい煙だらけとなり、その時も風が吹き荒れていた。客間の暖炉の火が燃えず、リウマチを患う女性をそこで身震いさせているわけにもいかないので、彼は自宅での食事に誘った。一緒に歩きながら、今までも考えたことのあることを再び考えた。こんなに頻繁に会っているのだから、二軒の家に別々に住むのではなく一軒にしたほうが便利だし、うまく機能しない煙突から彼女を解放することができる。何より、さらにマーシャと結婚すれば、あの若いカップルの父親ということになり、彼らに定期的に生活費の援助をするというやりにくい仕事も、自然な成り行きとなるだろう。

そこで、幾何学的な形をこの物語に与えたいという近隣の人びとの熱望は、主な登場人物の意思とは無関係に充たされたのであった。彼が彼女にハッキリとその旨を伝えると、マーシャは若いときの傲慢な決断をずっと後悔していたと言ってすんなり彼を受け入れた。

「僕は与えるような愛を持っていないよ、マーシャ」と、彼は言った、「だけど僕が持つことのできる友情は、死ぬまで君のものだ」。

「私にとっては、ほとんど同じよ――まったく同じとは言えないけれど。でもね、他の人たちが言うように、私も死ぬまでにはあなたの妻になるべきだって感じてたの。何でかはそのうちあなたにも分かると思うけど」

二人はこの後すぐに結婚式の日取りを決めたが、その一、二日前に、マーシャのリウマチが突然ひどくなった。この発作は、引越しの時にたまたま風に当たったために起きた一時的なものであるとされ、こんな理由で結婚式を延期するのは望ましくないとして、マーシャは充分に厚着をして、車椅子で教会まで運ばれたのであった。

それから一カ月して、二人で朝食をとっていたときに、アヴィシー三世からきたばかりの手紙を読んでいたマーシャが「あら、何てことでしょう！」と叫んだ。アヴィシーと夫は、ピアストンがサンドボーンに買ってあげた家に住んでいた。

ジョスリンは顔を上げた。

「どうしたのかしら――アヴィシーったらアンリと別れたいんですって！　まったく唐突なんだから！　それについて話すために今日ここに来るんですって」

「別れるって？　何を考えているのだ！」ピアストンは手紙を読んだ。「あり得ないナンセンスだ」と彼は続けた。「自分が何を望んでいるか分かってないんだ。別れるべきじゃない！　彼女にそう言ってくれ、それで話はお終いだ。何でかって――まだ結婚したばかりじゃないか？　十二カ月も経っていない。二十年後に何と言ってるだろうかね！」

マーシャはじっと考え込んでいた。「母親に逆らって死に至らしめてしまったことをときどき思い出しては、後悔の念にさいなまれて短気になるのでしょう！」と彼女は呟いた。「かわいそうに！」

アヴィシーが来た時、まだ昼食になっていなかった。彼女は興奮して涙ぐんでいた。マーシャは奥の部屋に彼女を連れて入り、会話をして一緒に出てきた。

「何でもないわ」とマーシャは言った。「お昼を食べたらすぐ帰るように言うところよ」

「ええ、帰りますわ！」アヴィシーは、すすり泣いた。「だ、だけど、私と同じくらい長く結婚していたら、か、帰れなんておっしゃらないと思うわ！」

「一体どうしたのかね？」とピアストンは尋ねた。

「あの人ったら、もし自分が死んだら、わ、私が、お墓の彼に当てつけるためだけに、金髪で灰色の目の人を探すだろうと言うの。自分は髪も目も濃い色で、私がそれを好きじゃないって思ってるの！　それにこうも言ったわ――でももうこれ以上あの人のことを話して裏切りたくない！　私が望んでいるのは――」

「アヴィシー、君のお母さんも同じことを言っていたよ。そしてもとの夫に戻っていったよ。同じようにしなさい。どうれ、汽車はあるかな――」

「何か先に食べたほうがいいわ、お座りなさい」

この問題は、アンリ自身が心配そうな青い顔をして昼食後に訪れて、一件落着した。ピアストンは、仕事の会合に出掛け、若い二人の問題は、彼ら自身で解決させた。

彼の仕事とは、「恋の霊」と他の理想の消滅に引き続いて、引き受けた事業の一つであった。それは、汚染の危険があるウェルズ通りの古井戸を閉じ、町に水道を引く計画で、それは、良く知られているように、彼が資金を出していた。他にも彼は、エリザベス朝時代の苔のはえた縦仕切りの小屋を買い取った後でそれらを取り壊し、そのじめじめした小屋の代わりに、空洞の壁と換気装置の完備された小屋を建設する計画にも携わっていた。

そして現在では、彼はときどき、「故ピアストン氏」と伸び盛りの若い芸術評論家やジャーナリストに言及されることがある。そして彼の作品は、存命中は実力が充分には理解されなかったが、才能がなくもない彫刻家のものと、遠回しに語られている。

註

001——イギリスのロマン派の詩人P・B・シェリー（Percy Bysshe Shelley 一七九二―一八二二）の作品『イスラムの反乱 *The Revolt of Islam*』（一八一八）からの一節。暴君オスマンの圧政に抵抗する若者が死後、自由と寛容によって救われる物語詩。

002——監獄のこと。

003——これは皮肉で、四人を指す。

004——十七世紀英国の形而上詩人R・クラショー（Richard Crashaw 一六一三―四九）の作品「仮の恋人への願い Wishes to His Supposed Mistress」からの一節。クラショーは清教徒革命時代の国教会派の聖職者であったが、後にカトリックに改宗した。

005——P・B・シェリー『解かれたプロメテウス *Prometheus Unbound*』（一八二〇）からの一節。ギリシア神話のプロメテウス神話に基づき、プロメテウスがジュピターの圧迫に自由と愛を持って抵抗し勝利するのを歌った詩。

006——婚前性交で婚約が成立、通常は子供が産まれて結婚となる。

007——シェイクスピア『ロメオとジュリエット』より。

008——ミルトン『楽園喪失』第十一巻、三三〇―三三一行。

009——J・H・ニューマン（John Henry Newman 一八〇一―九〇）の著書の題名。ニューマンはカトリック寄りの高教会派の神学者。十九世紀中葉にオクスフォード運動を主導し、最終的に国教会からローマ・カトリックに改宗した。

010——天国にいたときアダムは日没を見たことが無かった。「新約聖書」黙示録第二十二章。天国に夜はない。

011——シェイクスピア『ロミオとジュリエット』からの一節。

012——ドイツのジャーナリスト。Ludwig Börne（一七八六―一八三七）。

013——「新約聖書」コリント人への第一の手紙。パウロは霊の重要性を説く。

014——T・ワイアット卿（Sir Thomas Wyatt 一五〇三―四二）のソネット「恋人は仕える The Lover determineth to serve faithfully」より。ワイアットは十六世紀エリザベス朝時代の外交官・詩人。ペトラルカのソネットをイギリスに移入した。

015——シェリー『イスラムの反乱』からの一節。

016——イギリスの政治家J・ブライト（John Bright 一八一一―八九）の演説中の言葉。

017——アハシュエロスのこと。十字架を背負って刑場へ行くイエスの求めに応じず、自宅前での休息を拒絶したため、地上を流浪する。

018――ミルトン『リシダス』より。

019――『リシダス』はミルトンが友人の溺死を、リシダスという古代ギリシア、アテネの顧問官の名前を使って悼んで書いた有名な挽歌。

020――アフロディテのこと。

021――アフロディテのこと。

022――P・B・シェリー『エピサイキディオン *Epipsychidion*』（一八二一）の一節。理想美の化身となった美少女を謳った。

023――「新約聖書」使徒行伝。エフェソスでアルテミス神殿の模型などを造っていた銀細工師。

024――流砂のために船が難破しやすい場所。

025――「ソネット第七十三」より

026――ゲーテの『ファウスト』に出てくる悪魔。ファウストを誘惑し、欲望のために魂を売らせる。

027――その中で水着に着替える車つきの大きな箱で海水浴場に見られた。

028――英国の牧師・詩人のR・S・ホウカー（Robert Stephen Hawker 一八〇三－七五）の作品「サングラアルの探求 The Quest of the Sangraal」の一節。

029――古代ローマの詩人ウェルギリウスの叙事詩『アエネーイス』の主人公。トロイア戦争のトロイア軍の勇士。落ち延びてカルタゴ経由でローマにたどり着く。

030――敗戦により捕虜となる運命にある。

031――「旧約聖書」詩篇、第十六篇。ダビデが神から財産を与えられたことを神に感謝している。

032――デフォー（Daniel Defoe 一六六〇－一七三一）の『ロビンソン・クルーソー *Robinson Crusoe*』の主人公は、孤島で病気になり一日眠っていたと思ったが、実際は二日眠っていたので一日失ったことになる。

033――「旧約聖書」イザヤ書、第三章。最後に主が現れて、すべてを変える様をイザヤが預言する。

034――ペルジーノ（Perugino 一四五〇頃－一五二三）、ティツィアーノ（Tiziano Vecellio 一四八八／九〇－一五七六）、セバスティアーノ（Sebastiano del Piombo 一四八五頃－一五四七）はいずれもルネサンスのイタリアの画家。

035――「旧約聖書」出エジプト記。エジプトに売られ、そこで宰相となったヨセフを頼って、イスラエルから移住した民の子孫が増えて、時代も移ったため、重要な祖先を知らない若者が増えた。

▼――世界史の事項　●――文化史・文学史を中心とする事項　**太字ゴチの作家『タイトル』**――〈ルリユール叢書〉の既刊・続刊予定の書籍です

トマス・ハーディ［1840–1928］年譜

一八四〇年

六月二日、イングランド南部、ドーセット州の州都ドーチェスター近郊の小村ハイアー・ボックハンプトンに、四人きょうだいの長男として生まれる。父は石工。

▼ヴィクトリア女王、アルバート公と結婚［英］▼アヘン戦争（〜四二）［英・中］●ペニー郵便制度を創設［英］●P・B・シェリー『詩の擁護』［英］●エインズワース『ロンドン塔』［英］●R・ブラウニング『ソルデッロ』［英］●「ダイアル」誌創刊（〜四四）［米］●ポー『グロテスクとアラベスクの物語』［米］●ユゴー『光と影』［仏］●メリメ『コロンバ』［仏］●サント＝ブーヴ『ポール＝ロワイヤル』（〜五九）［仏］●エスプロンセダ『サラマンカの学生』［西］●ヘッベル「ユーディット」初演［独］●シトゥール『ヨーロッパ文明に対するスラヴ人の功績』［スロヴァキア］●シェフチェンコ『コブザーリ』［露］●レールモントフ『ムツイリ』、『詩集』、『現代の英雄』［露］

一八五六年〔十六歳〕

ドーチェスター・ブリティッシュ・スクールを修了し、地元の教会建築士ジョン・ヒックスに弟子入りする。隣人の詩人ウィリアム・バーンズの教えを受ける。

▼メキシコ内戦の開始（～六〇）〔メキシコ〕▼アロー号事件〔中〕●W・モリスら「オクスフォード・ケンブリッジ雑誌」創刊〔英〕●E・B・ブラウニング『オーロラ・リー』〔英〕●メルヴィル『ピアザ物語』〔米〕●ケラー『ゼルトヴィーラの人々』（～七四）〔スイス〕●フローベール『ボヴァリー夫人』〔仏〕●ユゴー『静観詩集』〔仏〕●ボードレール訳、ポー『異常な物語集』〔仏〕●ラーベ『雀横丁年代記』〔独〕●ルートヴィヒ『天と地の間』〔独〕●ツルゲーネフ『ルージン』〔露〕●アクサーコフ『家族の記録』〔露〕

一八五九年〔十九歳〕

チャールズ・ダーウィン『種の起原』を拍手をもって迎える。

▼スエズ運河建設着工〔仏〕●C・ダーウィン『種の起原』〔英〕●スマイルズ『自助論』〔英〕●J・S・ミル『自由論』〔英〕●G・エリオット『アダム・ビード』〔英〕●メレディス『リチャード・フェヴェレルの試練』〔英〕●テニスン『国王牧歌』（～八五）〔英〕●W・コリンズ『白衣の女』（～六〇）〔英〕●ディケンズ、週刊文芸雑誌「一年中」を創刊、『二都物語』〔英〕●ユゴー『諸世紀の伝説』〔仏〕●ミストラル『ミレイユ』〔仏〕●フロマンタン『サヘルの一年』〔仏〕●ヴェルガ『山の炭焼き党員たち』（～六〇）〔伊〕●ヴァーグナー《トリスタンとイゾルデ》〔独〕●ヘッベル『母と子』〔独〕●ゴンチャローフ『オブローモフ』〔露〕

●ツルゲーネフ『貴族の巣』〔露〕●ドブロリューボフ『オブローモフ気質とは何か』、『闇の王国』〔露〕

一八六二年〔三十二歳〕

ロンドンに出て、有名な建築家アーサー・ブロムフィールドの助手となる。

▼ビスマルク、プロイセン宰相就任〔独〕●H・スペンサー『第一原理論』〔英〕●C・ロセッティ『ゴブリン・マーケットその他の詩』〔英〕●コリンズ『無名』〔英〕●マネ《草上の昼食》(〜六三)〔仏〕●ユゴー『レ・ミゼラブル』〔仏〕●ルコント・ド・リール『夷狄詩集』〔仏〕●フローベール『サランボー』〔仏〕●ゴンクール兄弟『十八世紀の女性』〔仏〕●ミシュレ『魔女』〔仏〕●カステーロ・ブランコ『破滅の恋』〔ポルトガル〕●ヨーカイ『新地主』〔ハンガリー〕●ツルゲーネフ『父と子』〔露〕●ダーリ『ロシア諺集』〔露〕●トルストイ、「ヤースナヤ・ポリャーナ」誌発刊〔露〕

一八六三年〔三十三歳〕

英国建築家協会の懸賞に論文が当選する。

▼リンカーンの奴隷解放宣言〔米〕▼赤十字国際委員会設立〔スイス〕▼全ドイツ労働者協会結成〔独〕▼一月蜂起〔ポーランド〕●ロンドンの地下鉄工事開始〔英〕●G・エリオット『ロモラ』〔英〕●キングズリー『水の子どもたち』〔英〕●オルコット『病院のスケッチ』〔米〕●フロマンタン『ドミニック』〔仏〕●テーヌ『イギリス文学史』(〜六四)〔仏〕●ボードレール『現代生活の画家』、『ウージェーヌ・ドラクロアの作品と生涯』〔仏〕●リトレ『フランス語辞典』(〜七三)〔仏〕●ルナン『イエス伝』〔仏〕

●ザッヘル＝マゾッホ『密使』［墺］●マチツァ・スロヴェンスカー創設［スロヴァキア］

一八六五年［二十五歳］

散文小品「私はこうして家を建てた *How I Built Myself a House*」が匿名で「チェインバーズ・ジャーナル」に掲載される。将来、詩を書くことを視野に入れて音韻の研究をし、A・C・スウィンバーンの詩に興味をもつ。後年、彼とは親しく交際し、死に際し挽歌を贈ることになる。

▼南北戦争終結、リンカーン暗殺［米］ガスタイン協定［独・墺］●L・キャロル『不思議の国のアリス』［英］●M・アーノルド『批評論集』（第一集）［英］●スウィンバーン『カリドンのアタランタ』［英］●メルヴィル『イズレイル・ポッター』［米］●ヴェルヌ『地球から月へ』［仏］●シュティフター『ヴィティコー』（～六七）［墺］●ワーグナー《トリスタンとイゾルデ》初演［独］

●トルストイ『戦争と平和』（～六九）［露］

一八六七年［二十七歳］

健康を害して帰省する。文筆で身を立てる決心をするが、詩では生活できないのでとりあえず小説を書き始める。

▼オーストリア＝ハンガリー二重帝国成立［欧］▼アメリカ、ロシア帝国からアラスカを購入［米］▼第二次選挙法改正［英］

▼大政奉還、王政復古の大号令［日］●パリ万国博覧会［仏］●ゾラ『テレーズ・ラカン』［仏］●ヴェルレーヌ『女友達』［仏］

●マルクス『資本論』（〜九四）［独］●〈レクラム文庫〉創刊［独］●ノーベル、ダイナマイトを発明［スウェーデン］●イプセン『ペール・ギュント』［ノルウェー］●ツルゲーネフ『けむり』［露］

一八六八年［二十八歳］

社会主義的な長編小説「貧乏人と貴婦人 *The Poor Man and the Lady*」を送ったチャップマン社の編集顧問ジョージ・メレディスに面会し、旗色を鮮明にせず芸術的な意図をもった小説を書くよう指導を受ける。本作は出版に至らず。

▼教会維持税支払い義務の廃止、イギリス労働組合会議結成［英］▼九月革命、イサベル二世亡命［西］▼五箇条の御誓文、明治維新［日］●R・ブラウニング『指輪と本』（〜六九）［英］●コリンズ『月長石』［英］●オルコット『若草物語』［米］●ドーデ『プチ・ショーズ』［仏］●**シャルル・ド・コステル『ウーレンシュピーゲル伝説』**［白］●ヴァーグナー《ニュルンベルクのマイスタージンガー》初演［独］●ドストエフスキー『白痴』（〜六九）［露］

一八七〇年［三十歳］

教会堂修復のためコーンウォルに赴き、牧師夫人の妹で、後に妻となる、エマ・ラヴィニア・ギフォード（Emma Lavinia Gifford）と出会う。前半はメロドラマ小説、後半はセンセイション小説とのちにハーディ自身が反省した長編小説「窮余の策 *Desperate Remedies*」に保証金をつけてティンズレイ社と出版契約を結ぶ。

▼普仏戦争〔仏・独〕▼第三共和政〔仏〕●エマソン『社会と孤独』〔米〕●初等教育法制定〔英〕●D・G・ロセッティ『詩集』〔英〕●ヴェルレーヌ『よき歌』〔仏〕●デ・サンクティス『イタリア文学史』（〜七一）〔伊〕●ペレス・ガルドス『フォルトゥナタとハシンタ』〔西〕●ザッヘル＝マゾッホ『毛皮を着たヴィーナス』〔墺〕●ディルタイ『シュライアマハーの生涯』〔独〕●ストリンドバリ《ローマにて》初演〔スウェーデン〕●キヴィ『七人兄弟』〔フィンランド〕

一八七一年〔三十一歳〕

『窮余の策』を三巻本で匿名出版。

▼パリ・コミューン成立〔仏〕▼ドイツ帝国成立〔独〕▼廃藩置県〔日〕●E・ブルワー＝リットン『来るべき種族』〔英〕●オルコット『小さな紳士たち』〔米〕●ゾラ〈ルーゴン・マッカール〉叢書『ルーゴン家の誕生』（〜九三）〔仏〕●『現代パルナス』（第二次）〔仏〕●ヴェルガ『山雀物語』〔伊〕●ギマラーイ、「ラ・ラナシェンサ」誌発刊〔西〕●ベッケル『抒情詩集』、『伝説集』〔西〕●ペレーダ『人と風景』〔西〕●E・デ・ケイロースとオルティガン、文明批評誌「ファルパス」創刊（〜八二）〔ポルトガル〕●シュリーマン、トロイの遺跡を発見〔独〕●ブランデス『十九世紀文学主潮』（〜九〇）〔デンマーク〕

一八七二年〔三十二歳〕

『緑樹の陰 *Under the Greenwood Tree*』を二巻本として、ティンズレイ社から匿名出版。

▼第二次カルリスタ戦争開始（〜七六）〔西〕●S・バトラー『エレホン』〔英〕●G・エリオット『ミドルマーチ』〔英〕●L・キャ

ロル『鏡の国のアリス』〔英〕●ウィーダ『フランダースの犬』〔英〕●ケラー『七つの伝説』〔スイス〕●バンヴィル『フランス詩小論』〔仏〕●ニーチェ『悲劇の誕生』〔独〕●**シュトルム『荒野の村』**〔独〕●ヨヴァノヴィチ＝ズマイ『末枯れた薔薇の蕾』〔セルビア〕●ヤコブセン『モーウンス』〔デンマーク〕●イプセン『青年同盟』〔ノルウェー〕●レ・ファニュ『鏡の中におぼろに』、『カーミラ』〔愛〕●ゴンチャローフ『百万の呵責』〔露〕●レスコフ『僧院の人々』〔露〕●エルナンデス『エル・ガウチョ、マルティン・フィエロ』〔アルゼンチン〕

一八七三年〔三十三歳〕

出版されなかった「貧乏人と貴婦人」を取り入れた、長編恋愛小説「青い眼 *A Pair of Blue Eyes*」を、「ティンズレイズ・マガジン」に連載の後、三巻本としてティンズレイ社から実名をつけて出版。

▼ドイツ・オーストリア・ロシアの三帝同盟成立〔欧〕●ペイター『ルネサンス』〔英〕●S・バトラー『良港』〔英〕●ドーデ『月曜物語』〔仏〕●**ランボー『地獄の季節』**〔仏〕●**コルビエール『アムール・ジョーヌ』**〔仏〕●A・ハンセン、癩菌を発見〔ノルウェー〕●レスコフ『魅せられた旅人』〔露〕

一八七四年〔三十四歳〕

エマ・ラヴィニア・ギフォードと結婚。『緑樹の陰』の田園の描写を評価した「コーンヒル・マガジン」の編集者レズリー・スティーヴンの知遇を得る。彼の要請により、牧歌風長編小説「狂乱の群れをはなれて *Far From the Madding*

Crowd」を一月号から十二月号まで連載。十一月にスミス・エルダー社から絵入り二巻本として出版する。まだ小説家としての自信は持てず、いずれは高い目標に向かいたいが、今のところは、「連載物の上手い書き手」でよいとスティーヴンへの手紙のなかで述べている。スティーヴンからは、その後強い影響をうけて不可知論に接近する。

▼英のマレー統治始まる。ロンドン女子医学校設立［英］▼王政復古のクーデター［西］●J・トムソン『恐ろしい都市の夜』［英］●ヴェルレーヌ『歌詞のない恋歌』［仏］●フローベール『聖アントワーヌの誘惑』［仏］●ユゴー『九三年』［仏］●マラルメ、「最新流行」誌を編集［仏］●ゾラ『プラッサンスの征服』［仏］●バルベー・ドーヴィイー『悪魔のような女たち』［仏］●ヴェルガ『ネッダ』［伊］●アラルコン『三角帽子』［西］●**シュトルム『従弟クリスティアンの家で』、『三色すみれ』、『人形つかいのポーレ』、『森のかたすみ』**［独］●**ラーベ『ふくろうの聖霊降臨祭』**［独］

一八七五年［三十五歳］

プロットに工夫をこらした長編小説「エセルバータの手 *The Hand of Ethelberta*」を「コーンヒル・マガジン」に七月から翌年五月まで連載し、直ちにスミス・エルダー社より出版。ロンドン中心地域に転居し、著作権協会に入会。その後自宅を建設するまで故郷のドーセットとロンドンに転居を繰り返す。

▼英、スエズ運河株を買収［英］ゴータ綱領採択［独］●ラニアー『シンフォニー』［米］●オルコット『八人のいとこ』［米］●トロロップ『現代の生活』［英］●ビゼー作曲オペラ《カルメン》上演［仏］●ゾラ『ムレ神父の過ち』［仏］●E・デ・ケイロース『アマロ神父の罪』［ポルトガル］●ザッヘル＝マゾッホ『ガリチア物語集』［墺］●**シュトルム『静かな音楽家』**［独］●**ラーベ『ヘク**

スターとコルヴァイ』〔独〕●ドストエフスキー『未成年』〔露〕●トルストイ『アンナ・カレーニナ』（〜七七）〔露〕●レオンチエフ『ビザンティズムとスラヴ諸民族』〔露〕

記』）。

一八七七年〔三十七歳〕

〈自然の欠点を直視し記述すること、今まで認められなかった隠れた美を精神的な目でみいだすこと〉と記している（『伝

▼一月一日、ヴィクトリア女王、インド帝国皇帝を宣言〔英〕▼露土戦争（〜七八）〔露・土〕▼西南戦争〔日〕●エジソン、フォノグラフを発明〔米〕●H・ジェイムズ『アメリカ人』〔米〕●ケラー『チューリヒ短編集』〔スイス〕●シャルル・クロ「蓄音機論」〔仏〕●ロダン《青銅時代》〔仏〕●ゾラ『居酒屋』〔仏〕●フローベール『三つの物語』〔仏〕●カルドゥッチ『擬古詩集』（〜八九）〔伊〕●**イプセン『社会の柱**』〔ノルウェー〕●ツルゲーネフ『処女地』〔露〕●ガルシン『四日間』〔露〕●ソロヴィヨフ『神人に関する講義』（〜八一）〔露〕

一八七八年〔三十八歳〕

長編小説「帰郷 *The Return of the Native*」を、「ベルグレイヴィア」に一月より十二月まで連載。直ちにスミス・エルダー社より三巻本として出版。悲劇的小説として着想しながら、後日物語をつけて牧歌的ハピー・エンドの結末も用意して、読者は好きな結末を選んで良いとした。人間のおかれた悲劇的状況に関心を抱き、〈悲劇は、人間が野心、偏見などの情念を避けようとしないために生じる〉と記している（『伝記』）。また、オーギュスト・コントへの関心は、パ

リに絶望して帰郷するインテリ青年クリムの生き方に反映している。

▼ベルリン条約（モンテネグロ、セルビア、ルーマニア独立）［欧］●S・バトラー『生命と習慣』［英］●H・ジェイムズ『デイジー・ミラー』［米］●オルコット『ライラックの花の下』［米］●ドガ《踊りの花形》［仏］●ゾラ『愛の一ページ』［仏］●H・マロ『家なき子』［仏］●ニーチェ『人間的な、あまりに人間的な』［独］●フォンターネ『嵐の前』［独］●ネルダ『宇宙の詩』、『小地区の物語』［チェコ］●フェノロサ、来日［日］

一八七九年［三十九歳］

ウォルター・ベザント卿（Sir Walter Besant）が作った「男らしい文学」の同好会である「ラブレー・クラブ」に入会（ちなみにヘンリー・ジェイムズは入会を断られて悔しい思いをしたとのこと）。

▼独墺二重同盟成立［欧］▼土地同盟の結成［愛］▼ズールー戦争［英・アフリカ］▼オックスフォード大学で初の女性のカレッジ設立［英］▼ナロードニキの分裂、「人民の意志」党結成［露］●エジソン、白熱灯を発明［米］●メレディス『エゴイスト』［英］●「ジル・ブラス」紙創刊［仏］●ルドン『夢の中で』（画集）［仏］●ヴァレス『子供』［仏］●ファーブル『昆虫記』（〜一九〇七）［仏］●ケラー『緑のハインリヒ』（改稿版、〜八〇）［スイス］●ダヌンツィオ『早春』［伊］●フレーゲ『概念記法』［独］●ビューヒナー歿、『ヴォイツェク』［独］●H・バング『リアリズムとリアリストたち』［デンマーク］●ストリンドバリ『赤い部屋』［スウェーデン］●**イプセン『人形の家』**［ノルウェー］●ドストエフスキー『カラマーゾフの兄弟』（〜八〇）［露］●シュムエル・ハ＝ナギド（シュムエル・イブン・ナグレーラ）の『詩集』写本を発見［露］

一八八〇年〔四十歳〕

牧歌的長編小説「ラッパ隊長 *The Trumpet-Major*」を「グッド・ワーズ」に一月から十二月まで連載。直ちにスミス・エルダー社から三巻本で出版。

▼英、アフガン王国を保護国化〔英・アフガニスタン〕▼第一次ボーア戦争(〜八一)〔南アフリカ〕●E・バーン・ジョーンズ《黄金の階段》〔英〕●ギッシング『暁の労働者たち』〔英〕●ロダン《考える人》〔仏〕●ヴェルレーヌ『叡智』〔仏〕●ゾラ『ナナ』、『実験小説論』〔仏〕●モーパッサン『脂肪の塊』〔仏〕●ケルン大聖堂完成〔独〕●エンゲルス『空想から科学へ』〔独〕●**ヤコブセン『ニルス・リューネ』**〔デンマーク〕●H・バング『希望なき一族』〔デンマーク〕

一八八一年〔四十一歳〕

科学技術信仰と、伝統あるいはキリスト教信仰のジレンマをテーマにした長編小説「微温の人 *A Laodicean*」を「ハーパーズ・マンスリー・マガジン」に連載し、のちハーパー社より一巻本として出版。

▼ナロードニキ、アレクサンドル二世を暗殺。アレクサンドル三世即位〔露〕●D・G・ロセッティ『物語詩とソネット集』〔英〕●H・ジェイムズ『ある婦人の肖像』〔米〕●シュピッテラー『プロメートイスとエピメートイス』〔スイス〕●ヴァレス『学士さま』〔仏〕●フランス『シルヴェストル・ボナールの罪』〔仏〕●フローベール『ブヴァールとペキュシェ』〔仏〕●ゾラ『自然主義作家論』〔仏〕●ロティ『アフリカ騎兵』〔仏〕●ルモニエ『ある男』〔白〕●ヴェルガ『マラヴァリア家の人びと』〔伊〕●エチェ

ガライ『恐ろしき媒』〔西〕●マシャード・デ・アシス『ブラス・クーバスの死後の回想』〔ブラジル〕

一八八二年〔四十二歳〕

天文学を扱った長編小説「搭上の二人 *Two on a Tower*」を「アトランティック・マンスリー」に連載。後にサンプソン・ロー社から三巻本で出版。

▼ドイツ・オーストリア・イタリアの三国同盟成立（〜一九一五）〔欧〕●ハウエルズ『ありふれた訴訟事件』〔米〕●ウォルター・ベザント、作家協会設立〔英〕●アミエル『日記』（〜八四）〔スイス〕●エティエンヌ＝ジュール・マレイ、クロノフォトグラフィを考案〔仏〕●コビュスケン・ヒュト『レンブラントの国』（〜八四）〔蘭〕●ワーグナー《パルジファル》初演〔独〕●ツルゲーネフ『散文詩』〔露〕●中江兆民訳ルソー『民約訳解』〔日〕

一八八五年〔四十五歳〕

ドーチェスター近郊に自ら設計した自宅マックス・ゲイトを建てて移り住むが、毎年、四月から七月まではロンドンに住む。「近代の物語芸術はいまだ揺籃期にある」と記す（『伝記』）。

▼インド国民会議〔インド〕●スティーヴンソン『子供の歌園』〔英〕●H・R・ハガード『ソロモン王の洞窟』〔英〕●ペイター『享楽主義者マリウス』〔英〕●メレディス『岐路にたつダイアナ』〔英〕●R・バートン訳『千一夜物語』（〜八八）〔英〕●ハウエルズ『サイラス・ラパムの向上』〔米〕●エドゥアール・ロッド『死への競争』〔スイス〕●セザンヌ《サント＝ヴィクトワール

山》〔仏〕●**ヴェルヌ『シャーンドル・マーチャーシュ』**〔仏〕●ゾラ『ジェルミナール』〔仏〕●モーパッサン『ベラミ』〔仏〕●マラルメ『リヒャルト・ヴァーグナー、あるフランス詩人の夢想』〔仏〕●ジュンケイロ『永遠なる父の老年』〔ポルトガル〕●ルー・ザロメ『神をめぐる闘い』〔独〕●ニーチェ『ツァラトゥストラはこう語った』〔独〕●リスト《ハンガリー狂詩曲》〔ハンガリー〕●ヘディン、第一回中央アジア探検（〜九七）〔スウェーデン〕●イェーゲル『クリスチアニア＝ボエーメンから』〔ノルウェー〕●コロレンコ『悪い仲間』〔露〕●坪内逍遥『当世書生気質』、『小説神髄』〔日〕

一八八六年〔四十六歳〕

長編悲劇小説「カスターブリッジの町長 *The Mayor of Casterbridge*」を「グラフィック」に一月から五月まで連載。後にスミス・エルダー社より出版。R・L・スティーヴンソンに賞賛される。「森林地の人びと *The Woodlanders*」を「マクミランズ・マガジン」に連載。翌年マクミラン社から三巻本として出版。大英博物館でナポレオン戦争について調査した折、〈蜘蛛の巣に手が触れたときのように、一点が揺さぶられると全体がゆれる、大きな網細工として人類を示したい〉と記す（『伝記』）。

▼ベルヌ条約成立〔欧〕●スティーヴンソン『ジキル博士とハイド氏』〔英〕●バーネット『小公子』〔米〕●オルコット『ジョーの子供たち』〔米〕●H・ジェイムズ『ボストンの人々』、『カサマシマ公爵夫人』〔米〕●ケラー『マルティン・ザランダー』〔スイス〕●ランボー『イリュミナシオン』〔仏〕●ヴェルレーヌ『ルイーズ・ルクレール』、『ある寡夫の回想』〔仏〕●ヴィリエ・ド・リラダン『未来のイヴ』〔仏〕●モレアス「象徴主義宣言」〔仏〕●ゾラ『制作』〔仏〕●ロティ『氷島の漁夫』〔仏〕●デ・アミーチス

『クオーレ』〔伊〕●パルド・バサン『ウリョーアの館』〔西〕●レアル『反キリスト』〔ポルトガル〕●ニーチェ『善悪の彼岸』〔独〕●クラフト＝エビング『性的精神病理』〔独〕●イラーセック『狗頭族』〔チェコ〕●H・バング『静物的存在たち』〔デンマーク〕●トルストイ『イワンのばか』、『イワン・イリイチの死』〔露〕

一八八七年〔四十七歳〕

妻と二人で念願の地イタリアを旅行する。

▼仏領インドシナ連邦成立〔仏〕▼ブーランジェ事件（〜八九）〔仏〕▼独露再保障条約締結〔独・露〕●ドイル『緋色の研究』〔英〕●H・R・ハガード『洞窟の女王』、『二人の女王』〔英〕●オルコット『少女たちに捧げる花冠』〔米〕●C・F・マイアー『ペスカーラの誘惑』〔スイス〕●**モーパッサン**『**モン＝オリオル**』、『オルラ』〔仏〕●ロティ『お菊さん』〔仏〕●ヴェラーレン『夕べ』〔白〕●ペレス＝ガルドス『ドニャ・ペルフェクタ』〔西〕●テンニェス『ゲマインシャフトとゲゼルシャフト』〔独〕●ニーチェ『道徳の系譜』〔独〕●ズーダーマン『憂愁夫人』〔独〕●フォンターネ『セシル』〔独〕●**H・バング**『**化粧漆喰**』〔デンマーク〕●ストリンドバリ《父》初演〔スウェーデン〕●ローソン『共和国の歌』〔豪〕●リサール『ノリ・メ・タンヘレ』〔フィリピン〕●二葉亭四迷『浮雲』（〜九一）〔日〕

一八八八年〔四十八歳〕

短編小説「しなびた腕 *The Withered Arm*」などを含む短編小説集『ウェセクス物語 *Wessex Tales*』をマクミラン社から二巻本で上梓。ニューヨークの「フォーラム」に、「有益な小説の読み方」（The Profitable Reading of Fiction）を寄稿。小説には色々な効用があるとして、気ばらしのため、教訓を得るため、想像力によって照らし出された人生そのものの本質を見るための三段階の読み方を認める。

▼ヴィルヘルム二世即位（～一九一八）〔独〕●ベラミー『顧りみれば』〔米〕●H・ジェイムズ『アスパンの恋文』〔米〕●ヴェルレーヌ『愛』〔仏〕●ドビュッシー《二つのアラベスク》〔仏〕●ロダン《カレーの市民》〔仏〕●デュジャルダン『月桂樹は伐られた』〔仏〕●バレス『蛮族の眼の下』〔仏〕●E・デ・ケイロース『マイア家の人々』〔ポルトガル〕●ニーチェ『この人を見よ』、『反キリスト者』〔独〕●シュトルム『白馬の騎者』〔独〕●フォンターネ『迷い、もつれ』〔独〕●ストリンドバリ『痴人の告白』（仏版）、『令嬢ジュリー』〔スウェーデン〕●**ヌシッチ**『**不審人物**』〔セルビア〕●チェーホフ『曠野』、『ともしび』〔露〕●ダリオ『青……』〔ニカラグア〕

一八九〇年〔五十歳〕

「ニュー・レヴュー」誌が企画したシンポジウムに「英国小説の率直さ」（Candour in English Fiction）を寄稿し、英国小説の置かれた出版事情が、自由な芸術的発展を阻害しているとして、家庭内で家族がそろって読む小説作品の媒体となっていた雑誌を、大人と子供、ハイブラウと一般大衆など、読者の種類と趣味によって分化すべきことを主張した。〈私は五十年ものあいだ神を探してきた。もし神が存在するならば発見していたであろう〉と記す（『伝記』）。

▼フロンティアの消滅〔米〕▼普通選挙法成立〔西〕▼第一回帝国議会開会〔日〕●J・G・フレイザー『金枝篇』（～一九一五）〔英〕●W・モリス、ケルムコット・プレスを設立〔英〕●ウィリアム・ブース『最暗黒の英国とその出路』〔英〕●L・ハーン『ユーマ』、『仏領西インドの二年間』〔英〕●W・ジェイムズ『心理学原理』〔米〕●H・ジェイムズ『悲劇の女神』〔米〕●**ショパン**『**過ち**』〔米〕

●ハウエルズ『新しい運命の浮沈』［米］●ドビュッシー《ベルガマスク組曲》［仏］●ヴェルレーヌ『献辞集』［仏］●ロートレアモン『マルドロールの歌』［仏］●ヴィリエ・ド・リラダン『アクセル』［仏］●クローデル『黄金の頭』［仏］●ゾラ『獣人』［仏］●ブリュンチエール『文学史におけるジャンルの進化』［仏］●ギュイヨー『社会学的見地から見た芸術』［仏］●ズヴェーヴォ『ベルポッジョ街の殺人』［伊］●ヴェラーレン『黒い炬火』［白］●ゲオルゲ『讃歌』［ドイツ］●フォンターネ『シュティーネ』［独］●プルス『人形』［ポーランド］●**イプセン『ヘッダ・ガーブレル』**［ノルウェー］●ハムスン『飢え』［ノルウェー］●森鷗外『舞姫』［日］

一八九一年［五十一歳］

「ニュー・レヴュー」誌が企画したシンポジウムに「小説の科学」(Science of Fiction）を寄稿し、表面的事実はいくら書いても優れた作品にはならない。真実をみぬく目と同情心をもって人生の「静かな悲しい音楽」を聞かせなくてはならないとして、エミール・ゾラが代表するフランス自然主義を批判した。短編小説「グリーブ家のバーバラ *Barbara of the House of Grebe*」を含む短編小説集『貴婦人たちの物語 *A Group of Nobel Dames*』をオズグッド・マキルヴェイン社から出版。完成した長編悲劇小説「ダーバヴィル家のテス *Tess of the d'Urbervilles*」の原稿を、編集者の意見を取り入れて、解体し、風紀の観点から問題を指摘された二場面に手を入れて二出版社に、残りの本体を修正して「グラフィック」に連載後、オズグッド・マキルヴェイン社から三巻本で出版。ロングマン社の編集者アンドリュー・ラングらの激しい批判を受ける。

▼全ドイツ連盟結成〔独〕●ドイル『シャーロック・ホームズの冒険』〔英〕●W・モリス『ユートピアだより』〔英〕●ワイルド『ドリアン・グレイの肖像』〔英〕●ギッシング『三文文士』〔英〕●バーナード・ショー『イプセン主義神髄』〔英〕●ビアス『いのちの半ばに』〔米〕●ハウエルズ『批評と小説』〔米〕●ノリス『イーヴァネル――封建下のフランスにおける伝説』〔米〕●メルヴィル歿、『ビリー・バッド』〔米〕●H・ジェイムズ『アメリカ人』〔米〕●ヴェルレーヌ『幸福』、『詩選集』、『わが病院』、『彼女のための歌』〔仏〕●ユイスマンス『彼方』〔仏〕●シュオッブ『二重の心』〔仏〕●モレアス、〈ロマーヌ派〉樹立宣言〔仏〕●ジッド『アンドレ・ヴァルテールの手記』〔仏〕●パスコリ『ミリーチェ』〔伊〕●クノップフ《私は私自身に扉を閉ざす》〔白〕●ホーフマンスタール『昨日』〔墺〕●ヴェーデキント『春のめざめ』〔独〕●S・ゲオルゲ『巡礼』〔独〕●G・ハウプトマン『さびしき人々』〔独〕●ポントピダン『約束の地』(〜九五)〔デンマーク〕●ラーゲルレーヴ『イエスタ・ベルリング物語』〔スウェーデン〕●トルストイ『クロイツェル・ソナタ』〔露〕●マルティ『素朴な詩』〔キューバ〕●マシャード・デ・アシス『キンカス・ボルバ』〔ブラジル〕●リサール『エル・フィリブステリスモ』〔フィリピン〕

一八九二年〔五十二歳〕

父トマスが他界。中編ロマンス「恋の霊の追跡 *The Pursuit of the Well-Beloved*」を「イラストレイティッド・ロンドン・ニューズ」に連載する。〈最も優れた悲劇は価値ある者が不可避的なものに取り巻かれたとき成立する〉と記す(『伝記』)。

▼メキシコ、カリフォルニア、アリゾナで地震被害〔北米〕▼パナマ運河疑獄事件〔仏〕●ワイルド《サロメ》上演〔英〕●ヴェルレーヌ『私的典礼』〔仏〕●ブールジェ『コスモポリス』〔仏〕●シュオッブ『黄金仮面の王』〔仏〕●メーテルランク『ペレアスと

メリザンド』［白］●ロデンバック『死都ブリュージュ』［白］●ズヴェーヴォ『ある生涯』［伊］●ダヌンツィオ『罪なき者』［伊］●ノブレ『ひとりぼっち』［ポルトガル］●〈ミュンヘン分離派〉結成［独］●S・ゲオルゲ、文芸雑誌「芸術草紙」を発刊（〜一九一九）、『アルガバル』［独］●フォンターネ『イェニー・トライベル夫人』［独］●G・ハウプトマン『同僚クランプトン』［独］●ガルボルグ『平安』［ノルウェー］●アイルランド文芸協会設立、ダブリンに国民文芸協会発足［愛］●チャイコフスキー《くるみ割り人形》［露］●ゴーリキー『マカール・チュドラー』［露］●カサル『雪』［キューバ］●森鷗外訳アンデルセン『即興詩人』［日］

一八九四年［五十四歳］

「幻想を追う女 *An Imaginative Woman*」を含む短編小説集『人生の小さな皮肉 *Life's Little Ironies*』をオズグッド・マキルヴェイン社から出版。長編悲劇小説「日陰者ジュード *Jude the Obscure*」を「ハーパーズ・マンスリー」に連載。

▼二月、グリニッジ天文台爆破未遂事件［英］▼ドレフュス事件［仏］▼日清戦争（〜九五）［中・日］●「イエロー・ブック」誌創刊［英］●キップリング『ジャングル・ブック』［英］●ハーディ『人生の小さな皮肉』［英］●L・ハーン『知られぬ日本の面影』［英］●ドビュッシー《「牧神の午後」への前奏曲》［仏］●ヴェルレーヌ『陰府で』、『エピグラム集』［仏］●**マラルメ『音楽と文芸』**［仏］●**ゾラ『ルルド』**［仏］●P・ルイス『ピリチスの歌』［仏］●ルナール『にんじん』［仏］●フランス『赤い百合』、『エピキュールの園』［仏］●ダヌンツィオ『死の勝利』［伊］●フォンターネ『エフィ・ブリースト』（〜九五）［独］●ミュシャ《ジスモンダ》［チェコ］●イラーセック『チェコ古代伝説』［チェコ］●ペレツ『初祭のための小冊子』（〜九六）［ポーランド］●ジョージ・ムーア『エスター・ウォーターズ』［愛］●バーリモント『北国の空の下で』［露］●ショレム・アレイヘム『牛乳屋テヴィエ』（〜一九一四）

［イディッシュ］●シルバ『夜想曲』［コロンビア］●ターレボフ『アフマドの書』［イラン］

一八九五年［五十五歳］

「ひとりの男が成年男女に語りかける小説」との序文をつけて『日陰者ジュード』をオズグッド・マキルヴェイン社から出版。公序良俗の観点からごうごうたる非難と中傷をあびた。ウェイクフィールドの主教はこの小説を焚書にしたことを明らかにした。この辛い体験と、小説というジャンルが芸術として詩より劣り、発表媒体がそれをますます劣化させているという思いが、長年温めてきた詩への思いに拍車をかける。

▼キューバ独立戦争［キューバ］●ロンドン・スクール・オブ・エコノミクス設立［英］●オスカー・ワイルド事件［英］●ウェルズ『タイム・マシン』［英］●G・マクドナルド『リリス』［英］●コンラッド『オルメイヤーの阿房宮』［英］●L・ハーン『東の国から』［英］●D・バーナム《リライアンス・ビル》［米］●S・クレイン『赤い武功章』、『黒い騎士たち』［米］●トウェイン『まぬけのウィルソン』［米］●モントリオール文学学校結成［カナダ］●リュミエール兄弟による最初の映画上映［仏］●ヴェルレーヌ『告白』［仏］●ヴァレリー『レオナルド・ダ・ヴィンチ方法序説』［仏］●ヴェラーレン『触手ある大都会』［白］●マルコーニ、無線電信を発明［伊］●ペレーダ『山の上』［西］●ブロイアー、フロイト『ヒステリー研究』［墺］●シュニッツラー『死』、《恋愛三昧》初演［墺］●ホフマンスタール『六七二夜の物語』［墺］●レントゲン、X線を発見［独］●パニッツァ『性愛公会議』［独］●ナンセン、北極探検［ノルウェー］●パタソン『スノーウィー川から来た男』［豪］●樋口一葉『たけくらべ』［日］

一八九七年〔五十七歳〕

『**恋の霊** *The Well-Beloved*』をオズグッド・マキルヴェイン社から出版。

▼女性参政権協会全国連盟設立〔英〕▼バーゼルで第一回シオニスト会議開催〔欧〕▼ヴィリニュスで、ブンド（リトアニア・ポーランド・ロシア・ユダヤ人労働者総同盟）結成〔東欧〕●テイト・ギャラリー開館〔英〕●H・エリス『性心理学』（～一九二八）〔英〕●ウェルズ『透明人間』〔英〕●ヘンティ『最初のビルマ戦争』〔英〕●コンラッド『ナーシサス号の黒人』〔英〕●H・ジェイムズ『ポイントンの蒐集品』、『メイジーの知ったこと』〔米〕●マラルメ『骰子一擲』、『ディヴァガシオン』〔仏〕●フランス『現代史』（～一九〇一）〔仏〕●**ジャリ『昼と夜』**〔仏〕●ジッド『地の糧』〔仏〕●ロスタン『シラノ・ド・ベルジュラック』〔仏〕●バレス『根こそぎにされた人々』〔仏〕●ロデンバック『カリヨン奏者』〔白〕●ガニベ『スペインの理念』〔西〕●クリムトら〈ウィーン・ゼツェッシオン（分離派）〉創立〔墺〕●K・クラウス『破壊された文学』〔墺〕●シュニッツラー『死人に口なし』〔墺〕●S・W・レイモント『約束の土地』（～九八）〔ポーランド〕●プルス『ファラオ』〔ポーランド〕●ストリンドバリ『インフェルノ』〔スウェーデン〕●B・ストーカー『ドラキュラ』〔愛〕

一八九八年〔五十八歳〕

一八六五年以来書きためてきた短詩（そのうち何篇かは雑誌に掲載された）を集めて、名詩「中立的色調 Neutral Tones」を含む『ウェセクス詩集 *Wessex Poems*』をハーパー社から出版。当時残存していたロマン主義的、保守的詩調に抵抗し、日常的な題材が斬新な自然観をもって扱われており、方言も利用されている。

▼アメリカ、ハワイ王国を併合〔米〕▼米戦艦メイン号の爆発をきっかけに米西戦争開戦、スペインは敗北〔米・西・キューバ・フィリピン〕●ウェルズ『宇宙戦争』〔英〕●コンラッド『青春』〔英〕●H・クリフォード『黒人種の研究』〔英〕●H・ジェイムズ『ねじの回転』〔米〕●ノリス『レディ・レティ号のモーラン』〔米〕●キュリー夫妻、ラジウムを発見〔仏〕●ゾラ、「オーロール」紙に大統領への公開状「われ弾劾す」発表〔仏〕●ブルクハルト『ギリシア文化史』(～一九〇二)〔スイス〕●ズヴェーヴォ『老年』〔伊〕●文芸誌「ビダ・ヌエバ」創刊(～一九〇〇)〔西〕●ガニベ自殺〔西〕●リルケ『フィレンツェ日記』〔墺〕●T・マン『小男フリーデマン氏』〔独〕●S・ヴィスピャンスキ《ワルシャワの娘》〔ポーランド〕●S・ジェロムスキ『シジフォスの苦役』〔ポーランド〕●カラジャーレ『ムンジョアラの宿』〔ルーマニア〕●H・バング『白い家』〔デンマーク〕●イェンセン『ヘマラン地方の物語』(～一九一〇)〔デンマーク〕●ストリンドバリ『伝説』、『ダマスカスへ』(～一九〇一)〔スウェーデン〕●森鷗外訳フォルケルト『審美新説』〔日〕

一九〇一年〔六十一歳〕

既に各種の雑誌に発表されている詩を何篇かを含む『過去と現在の詩 *Poems of the Past and the Present*』をハーパー社から出版。最も有名なのは、「闇のなかのツグミ The Darkling Thrush」。宗教による人生の意味づけの崩壊からくる寂寞感が基調になっている。

▼ヴィクトリア女王歿、エドワード七世即位〔英〕▼マッキンリー暗殺、セオドア・ローズベルトが大統領に〔米〕▼革命的ナロードニキの代表によってSR結成〔露〕▼オーストラリア連邦成立〔豪〕●キップリング『キム』〔英〕●ウェルズ『予想』、

『月世界最初の人間』〔英〕●L・ハーン『日本雑録』〔英〕●ヘンティ『ガリバルディとともに』〔英〕●ノリス『オクトパス』〔米〕●ラヴェル《水の戯れ》●シュリ・プリュドム、ノーベル文学賞受賞〔仏〕●ジャリ『メッサリーナ』〔仏〕●フィリップ『ビュビュ・ド・モンパルナス』〔仏〕●マルコーニ、大西洋横断無線電信に成功〔伊〕●ダヌンツィオ「フランチェスカ・ダ・リミニ」上演〔伊〕●バローハ『シルベストレ・パラドックスの冒険、でっちあげ、欺瞞』〔西〕●フロイト『日常生活の精神病理学』〔墺〕●T・マン『ブデンブローク家の人々』〔独〕●H・バング『灰色の家』〔デンマーク〕●ストリンドバリ『夢の劇』、『死の舞踏』〔スウェーデン〕●ヘイデンスタム『聖女ビルギッタの巡礼』〔スウェーデン〕●チェーホフ《三人姉妹》初演〔露〕

一九〇四年［六十四歳］

叙事詩を書いて詩人は完成するとの古来の教えに従い、ホメロスの『イーリアス』に倣い、ナポレオンを主人公にしてナポレオン戦争を描いた叙事詩劇『覇王たち *The Dynasts*』を完成し、第一部をマクミラン社から刊行。母ジマイマ逝去。

▼英仏協商〔英・仏〕▼日露戦争(～〇五)〔露・日〕●**コンラッド『ノストローモ』**〔英〕●L・ハーン『怪談』〔英〕●シング『海へ騎り行く人々』〔英〕●チェスタトン『新ナポレオン奇譚』〔英〕●ロンドン『海の狼』〔米〕●H・ジェイムズ『黄金の盃』〔米〕●ミストラル、ノーベル文学賞受賞〔仏〕●J＝A・ノー『青い昨日』〔仏〕●ロマン・ロラン『ジャン＝クリストフ』(～一二)〔仏〕●コレット『動物の七つの対話』〔仏〕●リルケ『神さまの話』〔墺〕●プッチーニ《蝶々夫人》〔伊〕●ダヌンツィオ『エレットラ』、『アルチヨーネ』、『ヨーリオの娘』〔伊〕●エチェガライ、ノーベル文学賞受賞〔西〕●バローハ『探索』、『雑草』、『赤い曙光』

〔西〕●ヒメネス『遠い庭』〔西〕●フォスラー『言語学における実証主義と観念主義』〔独〕●ヘッセ『ペーター・カーメンツィント』〔独〕●S・ヴィスピャンスキ《十一月の夜》〔ポーランド〕●S・ジェロムスキ『灰』〔ポーランド〕●H・バング『ミケール』〔デンマーク〕●チェーホフ『桜の園』〔露〕

一九〇六年〔六十六歳〕

『覇王たち』第二部をマクミラン社から刊行。

▼一月、イギリスの労働代表委員会、労働党と改称。八月、英露協商締結（三国協商が成立）〔英〕▼サンフランシスコ地震〔米〕

●F・M・フォード「イングリッシュ・レヴュー」創刊〔英〕●A・ベネット『老妻物語』〔英〕●チェスタトン『正統とは何か』、『木曜日の男』〔英〕●フォースター『眺めのいい部屋』〔英〕●ロンドン『白い牙』〔米〕●ビアス『冷笑家用語集』（一一年、『悪魔の辞典』に改題）〔米〕●シュピッテラー『イマーゴ』〔スイス〕●ロマン・ロラン『ミケランジェロ』〔仏〕●J・ロマン『更生の町』〔仏〕●クローデル『真昼に分かつ』〔仏〕●カルドゥッチ、ノーベル文学賞受賞〔伊〕●ダヌンツィオ『愛にもまして』〔伊〕●ドールス『語録』〔西〕●ムージル『寄宿者テルレスの惑い』〔墺〕●ヘッセ『車輪の下』〔独〕●モルゲンシュテルン『メランコリー』〔独〕●H・バング『祖国のない人々』〔デンマーク〕●ビョルンソン『マリイ』〔ノルウェー〕●ルゴーネス『不思議な力』〔アルゼンチン〕●ターレボフ『人生の諸問題』〔イラン〕●島崎藤村『破戒』〔日〕●内田魯庵訳トルストイ『復活』〔日〕

一九〇八年［六十八歳］

『覇王たち』第三部をマクミラン社から刊行。

▼ブルガリア独立宣言［ブルガリア］●F・M・フォード「イングリッシュ・レヴュー」創刊［英］●A・ベネット『老妻物語』［英］●チェスタトン『正統とは何か』、『木曜日の男』［英］●フォースター『眺めのいい部屋』［英］●フォードT型車登場［米］●ロンドン『鉄の踵』［米］●モンゴメリー『赤毛のアン』［カナダ］●ドビュッシー《子供の領分》［仏］●ラヴェル《マ・メール・ロワ》（～一〇）［仏］●ソレル『暴力論』［仏］●ガストン・ガリマール、ジッドと文学雑誌「NRF」（新フランス評論）を創刊（翌年、再出発）［仏］●J・ロマン『一体生活』［仏］●ラルボー『富裕な好事家の詩』［仏］●メーテルランク『青い鳥』［白］●プレッツォリーニ、文化・思想誌「ヴォーチェ」を創刊（～一六）［伊］●クローチェ『実践の哲学――経済学と倫理学』［伊］●バリェ＝インクラン『狼の歌』［西］●ヒメネス『孤独の響き』［西］●G・ミロー『流浪の民』［西］●シェーンベルク《弦楽四重奏曲第2番》（ウィーン初演）［墺］●K・クラウス『モラルと犯罪』［墺］●シュニッツラー『自由への道』［墺］●ヴォリンガー『抽象と感情移入』［独］●オイケン、ノーベル文学賞受賞［独］●S・ジェロムスキ『罪物語』［ポーランド］●バルトーク・ベーラ《弦楽四重奏曲第1番》［ハンガリー］●レンジェル・メニヘールト《感謝せる後継者》上演（ヴォジニッツ賞受賞）［ハンガリー］●ヘイデンスタム『スウェーデン人とその指導者たち』（～一〇）［スウェーデン］

一九〇九年〔六十九歳〕

『時の笑い草 *Time's Laughingstock and Other Verses*』をマクミラン社から出版（雑多な種類の詩がよせ集めてある。この「時」は破壊者の象徴である）。

▼モロッコで反乱、バルセロナでモロッコ戦争に反対するゼネスト拡大「悲劇の一週間」、軍による鎮圧〔西〕●F・L・ライト《ロビー邸》〔米〕●スタイン『三人の女』〔米〕●E・パウンド『仮面』〔米〕●ロンドン『マーティン・イーデン』〔米〕●ウィリアム・カーロス・ウィリアムズ『第一詩集』〔米〕●ウェルズ『アン・ヴェロニカの冒険』、『トノ・バンゲイ』〔英〕●G・ブラック《水差しとヴァイオリン》〔仏〕●ジッド『狭き門』〔仏〕●コレット『気ままな生娘』〔仏〕●マリネッティ、パリ「フィガロ」紙に『未来派宣言』〔仏語〕を発表〔伊〕●バローハ『向こう見ずなサラカイン』〔西〕●リルケ『鎮魂歌』〔墺〕●カンディンスキーらミュンヘンにて〈新芸術家同盟〉結成〔独〕●T・マン『大公殿下』〔独〕●**レンジェル・メニヘールト**《颱風》上演〔ハンガリー〕●ラーゲルレーヴ、ノーベル文学賞受賞〔スウェーデン〕●ストリンドバリ『大街道』〔スウェーデン〕●セルゲイ・ディアギレフ、「バレエ・リュス」旗揚げ〔露〕●

一九一〇年〔七十歳〕

メリット勲章（Order of Merit）を授与される。

▼エドワード七世歿、ジョージ五世即位〔英〕▼ポルトガル革命〔ポルトガル〕▼メキシコ革命〔メキシコ〕▼大逆事件〔日〕●ロンド

ンで〈マネと印象派展〉開催（R・フライ企画）［英］●E・M・フォースター『ハワーズ・エンド』［英］●A・ベネット『クレイハンガー』［英］●**ウェルズ**『ポリー氏』、『〈**眠れる者**〉**目覚める**』［英］●バーネット『秘密の花園』［米］●ロンドン『革命、その他の評論』［米］●ペギー『ジャンヌ・ダルクの愛徳の聖史劇』［仏］●ルーセル『アフリカの印象』［仏］●アポリネール『異端教祖株式会社』［仏］●クローデル『五大賛歌』［仏］●ボッチョーニほか『絵画宣言』［伊］●ダヌンツィオ『可なり哉、不可なり哉』［伊］●G・ミロー『墓地の桜桃』［西］●K・クラウス『万里の長城』［墺］●リルケ『マルテの手記』［墺］●H・ワルデン、ベルリンにて文芸・美術雑誌「シュトルム」を創刊（～三二）［独］●ハイゼ、ノーベル文学賞受賞［独］●クラーゲス『性格学の基礎』［独］●モルゲンシュテルン『パルムシュトレーム』［独］●ルカーチ・ジェルジ『魂と形式』［ハンガリー］●ヌーシッチ『世界漫遊記』［セルビア］●フレーブニコフら〈立体未来派〉結成［露］●谷崎潤一郎『刺青』［日］

一九一二年［七十二歳］

妻エマ他界する。ハーディの出身階級を見下すところがあったエマは、彼の時代感覚の鋭さと古典作品への造詣を理解できず、知的な会話について行けず、次第に夫とぎくしゃくした関係になったが、ハーディは、彼女の突然の死に深い喪失感を味わう。

▼タイタニック号沈没［英］▼ウィルソン、大統領選勝利［米］▼中華民国成立［中］●ロンドンで〈第二回ポスト印象派展〉開催（R・フライ企画）［英］●コンラッド『運命』［英］●D・H・ロレンス『侵入者』［英］●ストレイチー『フランス文学道しるべ』［英］●キャザー『アレグザンダーの橋』［米］●W・ジェイムズ『根本的経験論』［米］●ユング『変容の象徴』［スイス］●サンドラー

ル『ニューヨークの復活祭』〔スイス〕●デュシャン《階段を降りる裸体、No・2》〔仏〕●ラヴェル《ダフニスとクロエ》〔仏〕●フランス『神々は渇く』〔仏〕●リヴィエール『エチュード』〔仏〕●クローデル『マリアへのお告げ』〔仏〕●ボッチョーニ『彫刻宣言』〔伊〕●マリネッティ『文学技術宣言』〔伊〕●ダヌンツィオ『ピザネル』、『死の瞑想』〔伊〕●チェッキ『ジョヴァンニ・パスコリの詩』〔伊〕●A・マチャード『カスティーリャの野』〔西〕●アソリン『カスティーリャ』〔西〕●バリェ＝インクラン『勲の声』〔西〕●シュンペーター『経済発展の理論』〔墺〕●シェーンベルク《月に憑かれたピエロ》〔墺〕●シュニッツラー『ベルンハルディ教授』〔墺〕●カンディンスキー、マルクらミュンヘンにて第二回〈青騎士〉展開催（〜一三）、年刊誌『青騎士』発行（一号のみ）〔独〕●G・ハウプトマン、ノーベル文学賞受賞〔独〕●T・マン『ヴェネツィア客死』〔独〕●M・ブロート『アーノルト・ベーア』〔独〕●ラキッチ『新詩集』〔セルビア〕●アレクセイ・N・トルストイ『足の不自由な公爵』〔露〕●ウイドブロ『魂のこだま』〔チリ〕●石川啄木『悲しき玩具』〔日〕

一九一三年〔七十三歳〕

ケンブリッジ大学より名誉博士号を授与される。

▼第二次バルカン戦争（〜八月）〔欧〕▼マデーロ大統領、暗殺される〔メキシコ〕●ショー《ピグマリオン》（ウィーン初演）〔英〕●ロレンス『息子と恋人』〔英〕●ニューヨーク、グランドセントラル駅竣工〔米〕●ロンドン『ジョン・バーリコーン』〔米〕●キャザー『おゝ開拓者よ！』〔米〕●ウォートン『国の慣習』〔米〕●フロスト『第一詩集』〔米〕●サンドラール『シベリア鉄道とフランス少女ジャンヌの散文』（『全世界より』）〔スイス〕●ラミュ『サミュエル・ブレの生涯』〔スイス〕●ストラヴィンスキー《春の祭典》（パリ

初演）〔仏・露〕●G・ブラック《クラリネット》〔仏〕●リヴィエール『冒険小説論』〔仏〕●J・ロマン『仲間』〔仏〕●マルタン・デュ・ガール『ジャン・バロワ』〔仏〕●アラン＝フルニエ『モーヌの大将』〔仏〕●プルースト『失われた時を求めて』（〜二七）〔仏〕●コクトー『ポトマック』（〜一九）〔仏〕●アポリネール『アルコール』、『キュビスムの画家たち』〔仏〕●ラルボー『A・O・バルナブース全集』〔仏〕●ルッソロ『騒音芸術』〔伊〕●パピーニ、ソッフィチと「ラチェルバ」を創刊（〜一五）〔伊〕●アソリン『古典作家と現代作家』〔西〕●バローハ『ある活動家の回想記』（〜三五）〔西〕●バリェ＝インクラン『侯爵夫人ロサリンダ』〔西〕●シュニッツラー『ベアーテ夫人とその息子』〔墺〕●クラーゲス『表現運動と造形力』、『人間と大地』〔独〕●ヤスパース『精神病理学総論』〔独〕●フッサール『イデーン』（第一巻）〔独〕●フォスラー『言語発展に反映したフランス文化』〔独〕●カフカ『観察』、『火夫』、『判決』〔独〕●デーブリーン『タンポポ殺し』〔独〕●トラークル『詩集』〔独〕●シェーアバルト『小惑星物語』〔独〕●ルカーチ・ジェルジ『美的文化』〔ハンガリー〕●ストラヴィンスキー《春の祭典》（パリ初演）〔露〕●シェルシェネーヴィチ、未来派グループ〈詩の中二階〉を創始〔露〕●マンデリシターム『石』〔露〕●マヤコフスキー『ウラジーミル・マヤコフスキー』〔露〕●**ベールイ『ペテルブルグ』**（〜一四）〔露〕●ウイドブロ『夜の歌』、『沈黙の洞窟』〔チリ〕●タゴール、ノーベル文学賞受賞〔印〕

一九一四年［七十四歳］

秘書であったフローレンス・エミリー・ダグデイル（Florence Emily Dugdale）と再婚。詩集『人間状況の風刺 *Satires of Circumstance*』をマクミラン社より出版（この中の、「一九一二〜一三年の詩」二十一篇は亡妻エマを悼む挽歌であり高く評価されている。その他、珠玉の作品が集められている）。

▼サライェヴォ事件、第一次世界大戦勃発（～一八）〔欧〕▼大戦への不参加表明〔西〕●ヴォーティシズム機関誌「ブラスト」創刊〔英〕●ウェルズ『解放された世界』〔英〕●E・R・バローズ『類猿人ターザン』〔米〕●スタイン『やさしいボタン』〔米〕●ノリス『ヴァンドーヴァーと野獣』〔米〕●**ラミュ『詩人の訪れ』**、**『存在理由』**〔スイス〕●ラヴェル《クープランの墓》〔仏〕●J＝A・ノー『かもめを追って』〔仏〕●ジッド『法王庁の抜穴』〔仏〕●ルーセル『ロクス・ソルス』〔仏〕●ブールジェ『真昼の悪魔』〔仏〕●サンテリーア『建築宣言』〔伊〕●オルテガ・イ・ガセー『ドン・キホーテをめぐる省察』〔西〕●ヒメネス『プラテロとわたし』〔西〕●ゴメス・デ・ラ・セルナ『グレゲリーアス』、『あり得ない博士』〔西〕●ベッヒャー『滅亡と勝利』〔独〕●ジョイス『ダブリンの市民』〔愛〕●ウイドブロ『秘密の仏塔』〔チリ〕●ガルベス『模範的な女教師』〔アルゼンチン〕●夏目漱石『こころ』〔日〕

一九一五年〔七十五歳〕

かつては細部にこだわる女々しい作家だと批判したヘンリー・ジェイムズの書評を読んで、詩もユーモアも自発性（spontaneity）もないのによい小説家だと認めて、不思議がっている（『伝記』）。

▼ルシタニア号事件〔欧〕▼三国同盟破棄〔伊〕●セシル・B・デミル『カルメン』〔米〕●グリフィス『国民の創生』〔米〕●キャザー『ヒバリのうた』〔米〕●D・H・ロレンス『虹』（ただちに発禁処分に）〔英〕●コンラッド『勝利』〔英〕●V・ウルフ『船出』〔英〕●モーム『人間の絆』〔英〕●F・フォード『善良な兵士』〔英〕●N・ダグラス『オールド・カラブリア』〔英〕●ロマン・ロラン、ノーベル文学賞受賞〔仏〕●ルヴェルディ『散文詩集』〔仏〕●ヴェルフリン『美術史の基礎概念』〔スイス〕●アソリン『古典の周辺』〔西〕●カフカ『変身』〔独〕●デーブリーン『ヴァン・ルンの三つの跳躍』（クライスト賞、フォンターネ賞受賞）〔独〕●T・マン

『フリードリヒと大同盟』〔独〕●クラーゲス『精神と生命』〔独〕●ヤコブソン、ボガトゥイリョーフら〈モスクワ言語学サークル〉を結成（～二四）〔露〕●グスマン『メキシコの抗争』〔メキシコ〕●グイラルデス『死と血の物語』、『水晶の鈴』〔アルゼンチン〕
●芥川龍之介『羅生門』〔日〕

一九一七年〔七十七歳〕

詩集『映像の見えるとき *Moments of Vision*』をマクミラン社より出版（前作に引き続き亡妻エマへの追憶が大きな部分を占めている）。

▼ドイツに宣戦布告、第一次世界大戦に参戦〔米〕▼労働争議の激化に対し非常事態宣言。全国でゼネストが頻発するが、軍が弾圧〔西〕▼十月革命、ロシア帝国が消滅しソヴィエト政権成立。十一月、レーニン、平和についての布告を発表〔露〕
●V・ウルフ『二つの短編小説』〔英〕●T・S・エリオット『二つの短編小説』〔英〕●ピュリッツァー賞創設〔米〕●E・ウォートン『夏』〔米〕●サンドラール『奥深い今日』〔スイス〕●ラミュ『大いなる春』〔スイス〕●ピカビア、芸術誌「３９１」創刊〔仏〕●ルヴェルディ、文芸誌「ノール＝シュド」創刊（～一九）〔仏〕●アポリネール《ティレジアスの乳房》上演〔仏〕●M・ジャコブ『骰子筒』〔仏〕●ヴァレリー『若きパルク』〔仏〕●**ウナムーノ『アベル・サンチェス』**〔西〕●G・ミロー『シグエンサの書』〔西〕●ヒメネス『新婚詩人の日記』〔西〕●芸術誌「デ・ステイル」創刊（～二八）〔蘭〕●S・ツヴァイク『エレミヤ』〔墺〕●フロイト『精神分析入門』〔墺〕●モーリッツ・ジグモンド『炬火』〔ハンガリー〕●クルレジャ『牧神パン』、『三つの交響曲』〔クロアチア〕●ゲレロプ、ポントピダン、ノーベル文学賞受賞〔デンマーク〕●レーニン『国家と革命』〔露〕●プロコフィエフ《古典

交響曲》［露］●A・レイェス『アナウァック幻想』［メキシコ］●M・アスエラ『ボスたち』［メキシコ］●フリオ・モリーナ・ヌニェス、フアン・アグスティン・アラーヤ編『叙情の密林』［チリ］●キローガ『愛と死と狂気の物語集』［アルゼンチン］●グイラルデス『ラウチョ』［アルゼンチン］●バーラティ『クリシュナの歌』［印］

一九二〇年［八十歳］

オックスフォード大学より名誉文学博士号を授与される。

▼国際連盟発足（米は不参加）［欧］●D・H・ロレンス『恋する女たち』、『迷える乙女』［英］●ウェルズ『世界文化史大系』［英］●O・ハックスリー『レダ』、『リンボ』［英］●E・シットウェル『木製の天馬』［英］●クリスティ『スタイルズ荘の怪事件』［英］●クロフツ『樽』［英］●H・R・ハガード『古代のアラン』［英］●ピッツバーグで民営のKDKA局がラジオ放送開始［米］●フィッツジェラルド『楽園のこちら側』［米］●ウォートン『エイジ・オブ・イノセンス』（ピュリッツァー賞受賞）［米］●ドライサー『ヘイ、ラバダブダブ！』［米］●ドス・パソス『ある男の入門——一九一七年』［米］●S・ルイス『本町通り』［米］●パウンド『ヒュー・セルウィン・モーバリー』［米］●E・オニール《皇帝ジョーンズ》初演［米］●マティス〈オダリスク〉シリーズ［仏］●アラン『芸術論集』［仏］●デュ・ガール『チボー家の人々』（〜四〇）［仏］●ロマン・ロラン『クレランボー』［仏］●コレット『シェリ』［仏］●デュアメル『サラヴァンの生涯と冒険』（〜三二）［仏］●チェッキ『金魚』［伊］●文芸誌「レフレクトル」創刊［西］●バリェ＝インクラン『ボヘミアの光』、『聖き言葉』［西］●R・ヴィーネ『カリガリ博士』［独］●デーブリーン『ヴァレンシュタイン』［独］●S・ツヴァイク『三人の巨匠』［墺］●**アンドリッチ『アリヤ・ジェルゼレズの旅』、『不安』**［セル

ビア］●ハムスン、ノーベル文学賞受賞［ノルウェー］●アレクセイ・N・トルストイ『ニキータの少年時代』（〜二二）、『苦悩の中を行く』（〜四一）［露］●グスマン『ハドソン川の畔で』［メキシコ］

一九二二年［八十二歳］

『新旧抒情詩集 *Late Lyrics and Earlier*』をマクミラン社から出版。エリザベス朝の詩人フィリップ・シドニー卿から始まる、英国詩の存在理由を論じる「詩の弁護」（Apology）に倣い、長文の「序文」をつけ、詩人としての自分の思想的立場を「進化改良説」（evolutionary meliorism）すなわち最悪を直視して改善への道をさぐることであるとした。さらに、ウィリアム・ワーズワースの言葉を引いて、現代人は、情報量の過多からくる「無法な刺激への下劣なる渇望」のために「新たなる〈暗黒時代〉の脅威に直面している」と述べ、批評家たちの個性の風刺、全体を見通す力の欠如、若手批評家の知ったかぶり、細部への過度のこだわり等の傾向を憂い、不可知論者として、科学時代の心の友としての真の詩歌を弁護している。

▼ワシントン会議にて、海軍軍備制限条約、九カ国条約調印▼ジェノヴァ会議▼KKK団の再興［米］▼ムッソリーニ、ローマ進軍。首相就任［伊］▼ドイツとソヴィエト、ラパロ条約調印［独・露］▼アイルランド自由国正式に成立［愛］▼スターリンが書記長に就任、ソヴィエト連邦成立［露］●イギリス放送会社BBC設立［英］●D・H・ロレンス『アロンの杖』、『無意識の幻想』［英］●E・シットウェル『ファサード』［英］●T・S・エリオット『荒地』（米国）［英］●マンスフィールド『園遊会、その他』［英］●キャロル・ジョン・デイリーによる最初のハードボイルド短編、「ブラック・マスク」掲載に［米］●スタイン『地理と戯曲』［米］●キャ

ザー『同志クロード』（ピューリッツァー賞受賞）〔米〕●ドライサー『私自身に関する本』〔米〕●フィッツジェラルド『美しき呪われし者』、『ジャズ・エイジの物語』〔米〕●S・ルイス『バビット』〔米〕●ロマン・ロラン『魅せられたる魂』（〜三三）〔仏〕●マルタン・デュ・ガール『チボー家の人々』（〜四〇）〔仏〕●ヴァレリー『魅惑』〔仏〕●ロマン・ロラン『魅せられたる魂』（〜三三）〔仏〕●モラン『夜ひらく』〔仏〕●J・ロマン『リュシエンヌ』〔仏〕●コレット『クローディーヌの家』〔仏〕●アソリン『ドン・ファン』〔西〕●ザルツブルクにて〈国際作曲家協会〉発足〔墺〕●S・ツヴァイク『アモク』〔墺〕●ヒンデミット、〈音楽のための共同体〉開催（〜二三）〔独〕●ラング『ドクトル・マブゼ』〔独〕●ムルナウ『吸血鬼ノスフェラトゥ』〔独〕●クラーゲス『宇宙創造的エロス』〔独〕●T・マン『ドイツ共和国について』〔独〕●ヘッセ『シッダールタ』〔独〕●カロッサ『幼年時代』〔独〕●ブレヒト《夜打つ太鼓》初演〔独〕●コストラーニ・デジェー『血の詩人』〔ハンガリー〕●レンジェル・メニヘールト『アメリカ日記』〔ハンガリー〕●ジョイス『ユリシーズ』〔愛〕●アレクセイ・N・トルストイ『アエリータ』（〜二三）〔露〕

一九二五年〔八十五歳〕

『人間模様 *Human Shows*』をマクミラン社から出版（あまり注目されないが、老境にある詩人が老いと死を見つめた優れた詩が集められている）。

▼ロカルノ条約調印〔欧〕●ホワイトヘッド『科学と近代世界』〔英〕●**コンラッド『サスペンス』**〔英〕●V・ウルフ『ダロウェイ夫人』〔英〕●O・ハックスリー『くだらぬ本』〔英〕●クロフツ『フレンチ警部最大の事件』〔英〕●R・ノックス『陸橋殺人事件』〔英〕●H・リード『退却』〔英〕●チャップリン『黄金狂時代』〔米〕●S・アンダーソン『黒い笑い』〔米〕●キャザー『教授の家』

［米］●ドライサー『アメリカの悲劇』［米］●ドス・パソス『マンハッタン乗換駅』［米］●フィッツジェラルド『偉大なギャツビー』［米］●ルース『殿方は金髪がお好き』［米］●サンドラール『金』［スイス］●ラミュ『天空の喜び』［スイス］●M・モース『贈与論』［仏］●ジッド『贋金づくり』［仏］●ラルボー『罰せられざる悪徳・読書――英語の領域』［仏］●F・モーリヤック『愛の砂漠』［仏］●**ルヴェルディ『海の泡』、『大自然』**［仏］●モンターレ『烏賊の骨』［伊］●ピカソ《三人の踊り子》［西］●アソリン『ドニャ・イネス』［西］●オルテガ・イ・ガセー『芸術の非人間化』［西］●カフカ『審判』［独］●ツックマイアー『楽しきぶどう山』［独］●クルティウス『新しいヨーロッパにおけるフランス精神』［独］●フォスラー『言語における精神と文化』［独］●フロンスキー『故郷』、『クレムニツァ物語』［スロヴァキア］●エイゼンシュテイン《戦艦ポチョムキン》［露］●アレクセイ・N・トルストイ『五人同盟』［露］●シクロフスキー『散文の理論』［露］●M・アスエラ『償い』［メキシコ］●ボルヘス『異端審問』［アルゼンチン］●梶井基次郎『檸檬』［日］

一九二八年［八十八歳］

一月十一日心臓麻痺により他界。ウェストミンスター寺院での国葬の後、ポエッ・コーナー（poets' corner）に埋葬される。詩集『冬の言葉 *Winter Words*』がマクミラン社から死後出版される（充分仕事をして死を待つ老人の澄みきった心境が謳われている）。

▼第一次五カ年計画を開始［露］▼大統領選に勝ったオブレゴンが暗殺［メキシコ］●V・ウルフ『オーランドー』［英］●O・ハックスリー『対位法』［英］●ウォー『大転落』［英］●R・ノックス『ノックスの十戒』［英］●リース『ポーズ』［英］●CIAM（近代

建築国際会議)開催(～五九)〔欧〕●ガーシュイン《パリのアメリカ人》〔米〕●オニール《奇妙な幕間狂言》初演〔米〕●D・H・ロレンス『チャタレイ夫人の恋人』〔英〕●ヴァン・ダイン『探偵小説二十則』、『グリーン家殺人事件』〔米〕●ナボコフ『キング、クィーンそしてジャック』〔米〕●サンドラール『白人の子供のための黒人のお話』〔スイス〕●ラヴェル《ボレロ》〔仏〕●ブニュエル／ダリ『アンダルシアの犬』〔仏〕●ブルトン『ナジャ』、『シュルレアリスムと絵画』〔仏〕●ルヴェルディ『跳ねるボール』〔仏〕●J・ロマン『肉体の神』〔仏〕●マルロー『征服者』〔仏〕●クローデル『繻子の靴』(～二九)〔仏〕●サン＝テグジュペリ『南方郵便機』〔仏〕●モラン『黒魔術』〔仏〕●バタイユ『眼球譚』〔仏〕●**P＝J・ジューヴ『カトリーヌ・クラシャの冒険』**(～三二)〔仏〕●バシュラール『近似的認識に関する試論』〔仏〕●マンツィーニ『魅せられた時代』〔伊〕●バリェ＝インクラン『御主人、万歳』〔西〕●G・ミロー『歳月と地の隔たり』〔西〕●シュピッツァー『文体研究』〔墺〕●シュニッツラー『テレーゼ』〔墺〕●フッサール『内的時間意識の現象学』〔独〕●ベンヤミン『ドイツ悲劇の根源』〔独〕●S・ゲオルゲ『新しい国』〔独〕●E・ケストナー『エーミルと探偵団』〔独〕●ブレヒト《三文オペラ》初演〔独〕●ウンセット、ノーベル文学賞受賞〔ノルウェー〕●アレクセイ・N・トルストイ『まむし』〔露〕●イェイツ『塔』〔愛〕●ショーロホフ『静かなドン』(～四〇)〔露〕●グスマン『鷲と蛇』〔メキシコ〕●ガルベス『パラグアイ戦争の情景』(～二九)〔アルゼンチン〕

訳者解題

小説家であり詩人でもあったトマス・ハーディ

イギリスのヴィクトリア朝時代に活躍した、小説家であり詩人でもあったトマス・ハーディ（一八四〇－一九二八）は、ロンドンから列車で数時間ほどの自然豊かな土地、ドーセット州の州都ドーチェスターの小さな村で生まれた。ヨーロッパの家は多く石で出来ているが、彼の父親はその家づくりに関わる石工の棟梁であった。四人きょうだいの長男として生まれたハーディは、幼い弟や妹の手本となるよう、手に職をつけ安定した生活を送るように望まれていたのであろう。父の背中を見て、建築関連の仕事に就くように育てられた。義務教育を終えた後は、地元の建築家のもとに年季奉公に入り、その後ロンドンの建築事務所でも働いて、建築に関する論文や製図を残している。

そうした職人気質を持つ一方で、彼は芸術に対して深い愛情を持っていた。読書家の母親の影響で、小さい頃から文学に親しんでいた彼は、建築家見習いのためにロンドンにいた頃は、キングス・カレッジでギリシア語やラテン語を学び、暇を見つけてはナショナル・ギャラリーを訪れて美しい絵画や彫刻を鑑賞したり、オペラの観劇をしたりして、様々な芸術に触れていた。

しかし、ロンドンの大気汚染によって体調を崩した彼は帰郷することとなり、家でできる仕事で収入を得るために小説を書き始める。時あたかも定期刊行物全盛時代で、チャールズ・ディケンズから始まって、W・M・サッカレー、ブロンテ姉妹、ジョージ・エリオットら優れた小説家を輩出した時代であり、多くの読者がこのジャンルを盛りたて支えていた。一八四〇年生まれのハーディは、その時流にのって、約三十年間で十五篇の長編小説を著わして文名をあげた。

しかし、小説家としてのキャリアを積むにしたがって、次節以降で述べるような、当時の批評家や読者の無理解による批判にさらされたため、ハーディは詩人へと転向して、約三十年間で叙事詩劇『覇王たち』、悲劇詩一篇と九百四十八篇の短詩を出版する。一見すると泣く泣く小説界から退場させられたように見えるが、そうではなく、彼は、作家としての経歴の始めからいつかは詩人になることを目指していた。それは、彼が常に本格的な文人たらんとしたためである。

現代では文学というと小説を思い浮かべる人が多いが、英国では、小説のノベル（novel）という呼称は、new story を意味するラテン語が語源となっており、十八世紀に市民社会の成立とともに誕生した新しいジャンルである。産業革命の波に乗って財産を築いた市民階級が、その余暇で楽しむための娯楽として誕生した。

それまでは、文学といえば詩歌を意味し、現代ならば小説で書かれるような、例えばジェフリー・チョーサーの『カンタベリー物語』も、韻律をきちんと踏んだ詩で書かれた。日本でも正月になると宮中で歌会始が行われるが、詩歌を嗜むのが教養ある人の証であり、人の上にたつ人は教養も備えていなければならないとされた。[★01] このような詩歌に対する尊敬は継続し、英国王室がその時代の最高の詩人に「桂冠詩人」(poet laureate) という称号を与える制度が現在にいたるまで存在していることからも窺える。[★02] しかしながら、ハーディの生きた時代、比較的読者が少ない詩で食べていくことは困難で、細々と詩の勉強を続けながらようやく詩人になる夢を叶えた頃、彼は還暦を迎えようとしていた。

作品のインパクトの強さから小説家として認識されがちなハーディであるが、この両ジャンルにまたがる創作活動は、彼の小説の風景描写を優れて詩的にするなどの効果を生み出している。また、

★01――十九世紀になって、科学思想が盛んになってからも、科学論文を詩で書いた人がいる。進化論のチャールズ・ダーウィンの祖父、エラズマス・ダーウィンで、彼は主著『植物の園 *The Botanic Garden*』(一七九一) を詩で書いた。

★02――英国の詩人の先駆者たちは、古代ギリシア・ローマからその文化を取り入れた。大英博物館に行くと、ヴィクトリア朝時代の知識人がどんなに熱中して古代ギリシア・ローマの遺跡を漁ったかが分かるが、この背後には自国の文化の基礎、起源を確認しておきたいという情熱がある。当時はギリシア語・ラテン語ができなければオクスフォード大学にもケンブリッジ大学にも入学できなかった。

詩人になる道が残されていたからこそ、批判に負けずに小説で書きたいことを書き切ることができたのではないだろうか。既存の価値観に染まらずに文学の可能性を追求し、後の作家にも影響を与えたハーディは、まさに時代が作り上げたヴィクトリア朝最後の文人であった。

当時の出版業界とハーディの対立

ハーディの作品といえば、発表当時に酷評されたのち文学史に残る名作として認められた『ダーバヴィル家のテス』を挙げる人が多いだろう。本作『恋の霊』の執筆が、『テス』の連載を終えて単行本化に向けて推敲を重ねていた時期と重なっていることは、本作品を一層興味深いものにしている。これらにまつわる一連の出来事を見ると、当時の出版業界が小説の作者にかける制約のなかで、ハーディがいかに時代を先取りしていたかが分かるからである。

『伝記』によると、一八八九年には完成していた『テス』は、出版まで苦難を強いられた初めての小説だった。ティロットソン、マレイ、マクミランの各社から、「性的に露骨である」とか「欲情をそそる」という理由で、出版を拒まれた。問題があるとされた二カ所、主人公テスが処女を失う場面と、私生児として生まれた赤ん坊に自分で洗礼をほどこす場面は手直しの上、前場面は「ナショナル・オブザーヴァー」に、後場面は「フォートナイトリー・レヴュー」に掲載してもらった。本体も手直しして「グラフィック」[★03]に掲載してもらい、最終的に『恋の霊』と同じ、オズグッド・マキルヴェインという小社に単行本の出版を引き受けてもらった。『恋の霊』の連載版「恋の霊の追跡」は、前作『テス』がなかば活字になってから、出版を断念させられた後、当時、小説作品の仲買いを手がけていたティロットソン社に埋め合わせとして提供された。

このエピソードの背後には、当時の小説の出版事情や読書状況が垣間見える。印刷技術が今ほど発達していなかった当時、豪華三巻本あるいは一巻本という商品は高価すぎるため、本は買うものではなく借りるものと庶民は考えていた。さらに識字率も今より低く、雑誌や本はおもに家庭で数人が輪になって、文字を読める人が読み、それを皆で楽しむものであった。そのため、青少年から高齢者までみんなそろって面白いと思えるだけでなく、「安全」なものでなければならなかった。これを「グランディズム」(grundyism)[★04]と言う。

出版社と読者の間に、ムーディー(Mudie)らの貸本屋が介在して、出版社は危険を避けるために作者にまず雑誌への連載をすすめ、そこで商品となりそうかどうかを判断した。貸本屋が治安・公序良俗を取り締まる法[★05]の後押しを得て、出版社に圧力をかければ、出版社も安全に利益を得たいの

★03——「グラフィック」は、「イラストレイティッド・ロンドン・ニューズ」と同じく一八九〇年頃から流行の兆しが見えていた挿絵を売りにした週刊誌であるが、後者の経営方針に不満を抱いた挿絵画家が創業したものである。

★04——他人の意見を異常に気にする人物である、トマス・モートンの劇『スピードと鋤』(一七九八)のグランディ夫人に由来する。

★05——一八五七年に「猥褻(わいせつ)文書規制法」(Obscene Publications Act)が制定された。

で作者に圧力をかけた。

世間からの酷評に加え、もともとできあがっていた作品をバラバラにして連載した後で元の形に戻して単行本にする作業で疲弊したハーディは（コピー機もパソコンも無いこの時代、こうした編集作業は、相当骨の折れる労苦だったに違いない）、連載版を渡したティロットソン社に、『恋の霊』には、口うるさいタイプの読者を苛立たせる要素は一切入れないとの趣意書を提出している。

過渡期にあった小説の読者たち

前述のように、小説はその誕生当時、貸本屋から借りるものであり、家族や友人間で一緒に読み楽しむものであった。しかし、技術の進歩により本の値段が安くなるにつれ、また図書館なども多く設置されるようになり、識字率が向上していくにつれ、小説は皆で読むものからひとりで読むものへと変化していった。

そして、それまではディケンズのように、社会の有様や様々な登場人物たちの人間関係を描く小説が主流だったのが、だんだんと心の動きや人間の本質の描写というような、より内向きの内容へと変化していった。ハーディはそのような時代の過渡期にいた。

駆け出しの頃は、ハーディも古い状況に甘んじていた。一八八八年にニューヨークの「フォーラム」に、「有益な小説の読み方」（The Profitable Reading of Fiction）というタイトルのエッセイを寄稿したが、小説には色々な効用があるとして、気ばらしのため、教訓を得るため、想像力によって照らし出された人生そのものの本質を見るための三段階の読み方を認めている。つまり既存の小説のありようを認め、青少年から高齢者まで幅広い読者を想定していることが窺える。

しかし、『テス』の執筆をしていた一八九〇年頃になると、一転して、「ニュー・レヴュー」誌が企画したシンポジウムに「英国小説の率直さ」(Candour in English Fiction)を寄稿し、英国小説の置かれた出版事情が、小説の自由な芸術的発展を阻害しているとして、家庭内で家族がそろって読む小説作品の媒体となっていた雑誌を、大人と子供、ハイブラウとロウブラウなど、読者の種類と趣味によって分化すべきであることを主張している。

現代であれば、雑誌が読者層によって分けられているのは普通であるが、その頃は、小説ばかりではなく、ニュース、政治、旅の記録、ファッション、家事など家族全体に向けた雑多なトピックの詰め合わせが、一般的な定期刊行物の内容であった。子供も手に取れるような雑誌に、主人公の女性が雇い主にレイプされ私生児を産み、その過去を告げられぬまま結婚へと至るのは、いかに本人が家族を守るために己が身を犠牲にしたといっても眉をひそめる読者がいるのは間違いない。出版社が二の足を踏んだのは当然といえば当然のことである。

そして、そのような葛藤の後に書かれた『恋の霊』は、趣意書にある通り、問題になりそうなシーンは書かれていない。しかし、だからといってハーディが古いやり方に戻ってしまったと考えるのは早計である。『恋の霊』には社会は描かれず、ピアストンの内的世界が描かれている。この内向きの指向は、ヘンリー・ジェイムズ（一八四三－一九一六）やヴァージニア・ウルフ（一八八二－一九四一）の小説に通じるものがある。この二人の小説家たちが、「視点」や「意識の流れ」などの新しい技法を開発して、二十世紀の小説を変革したことを考えると、ハーディの先見の明が光っていると感じられる。

『恋の霊』と『日陰者ジュード』の関係

『恋の霊』の連載版である「恋の霊の追跡」は、一八九二年十月から十二月まで週刊誌「イラストレイティッド・ロンドン・ニューズ」に連載された★06［図1］。同時期にアメリカの週刊誌「ハーパーズ・バザー」にも連載され、その後に大規模に改作され、一八九七年にイギリスとアメリカで単行本として出版された。

『恋の霊』の執筆が、『テス』の単行本化に向けた推敲だけでなく、『日陰者ジュード』の執筆の時期と重なっていることも見逃せない。『ジュード』と連載版「恋の霊の追跡」は、恋愛と結婚のテーマに共通点が存在していたが、ハーディはテーマの重複を避けるため、このテーマを『ジュード』で充分に扱い、『恋の霊』からは、連載版から一巻本にまとめる際に省いている。

ハーディは、連載版「恋の霊の追跡」終了から単行本を出す際に、五年かけて大幅に改訂をした。

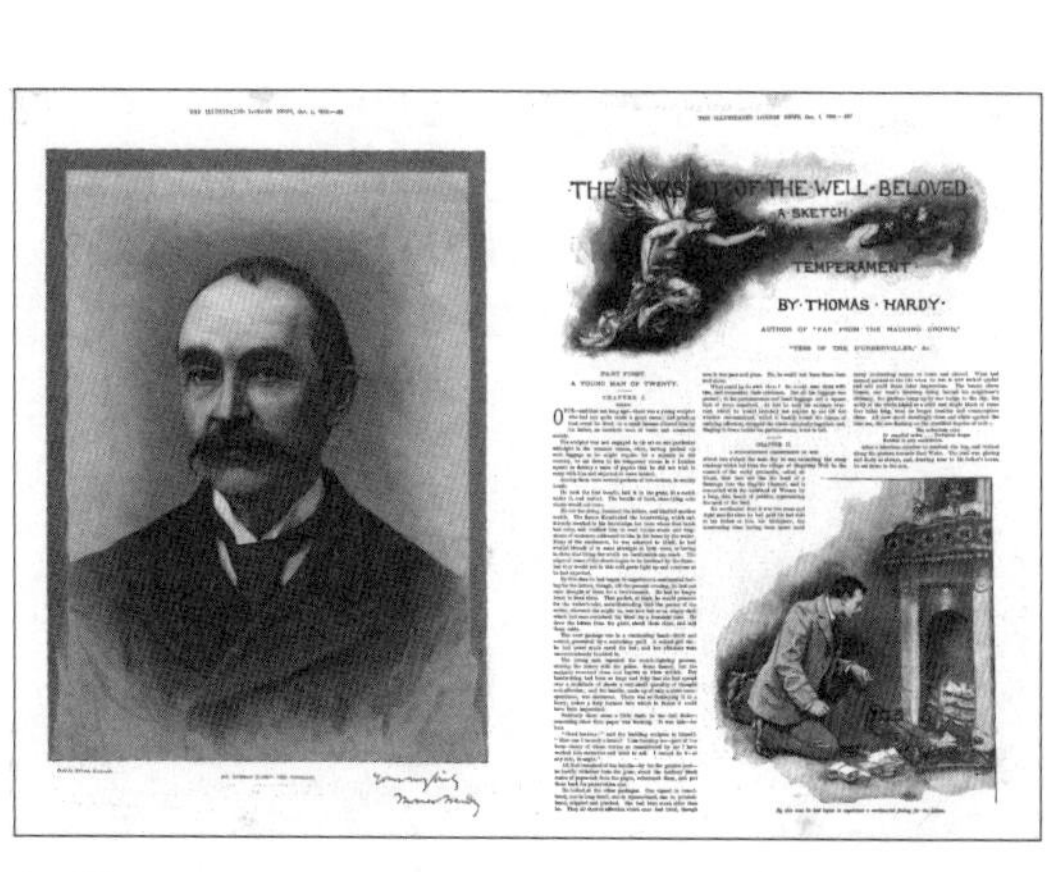
THE PURSUIT OF THE WELL-BELOVED
A SKETCH OF A TEMPERAMENT
BY THOMAS HARDY
AUTHOR OF "FAR FROM THE MADDING CROWD," "TESS OF THE D'URBERVILLES," &c.

［図1］「イラストレイティッド・ロンドン・ニューズ」（The Illustrated London News, Saturday, October 1, 1892.）に連載された「恋の霊の追跡」初回、見開きの2ページ

連載版では冒頭にあった、過去の女性たちからの手紙を捨てようとする場面、主人公ピアストンとマーシャとの出会ってすぐの結婚、彼女が出奔した後のアヴィシー三世との結婚やピアストンが自殺しようとする場面を削除し、新たに「恋の霊」の実態を友人に語る場面や、再現したマーシャとの結婚などの喜劇的結末などが書き加えられている。

　これらの違いの中で最も大きな点は「結末」の変更である。連載版では、母親の願いを叶えるために意に染まぬ結婚をしたアヴィシー三世が、体調を著しく壊した昔の恋人を放っておくことができずに、ピアストンの了解を得て看病

★06――同誌は、ヴィクトリア朝初期から、イギリスを中心とした事件や事故、世界のニュースや文化など幅広い範囲を扱い、イラストを全面に使った初めての週刊誌である。短編小説や連載物なども多数掲載しており、ハーディの他にもジェイムズ、ドイル、コンラッド、スティーブンソンなど数々の有名作家が筆をとっている。

する。二人が自然な本能に基づいて惹かれあっていることを感じたピアストンは、身をひいて二人を結びつけようと決心する。しかしこの時代、一度結婚をした者が離婚をすることは容易ではない。そこでピアストンは最初に結婚したまま行方不明になっていたマーシャを捜し出して、アヴィシー三世との結婚を無効にしようとする。

しかしながら、マーシャが見つからなかったため、ピアストンは自分さえいなくなればアヴィシー三世は未亡人となって再婚ができると考え自殺しようとする。オールの無いボートを使って溺死しようと沖へ出るのだが、結局救出されてしまう。そこに現れたマーシャの看病を受け、老いさらばえた彼女の姿を見て〈自分はロマンチックな人生を送るはずだったのに、こんな終わり方はあまりに滑稽だ〉と自嘲して終わる。

連載版「恋の霊の追跡」には、アヴィシー三世にとってピアストンとの結婚は彼女の意思に反していて、この制度によって妻が拘束されて苦しむのは、制度自体に問題があると彼が認識するところが描かれるが、これは、『ジュード』のテーマと共通している。ハーディは、この主要テーマを『ジュード』で、さらに掘りさげ、議論を含めながら広く社会のなかで描き、この制度の根本にあるキリスト教への懐疑を込めて扱っている。

しかしながら、一巻本の『恋の霊』では、社会制度としての結婚はテーマからほぼそぎ落とされて、女性に惹かれる主人公の性向を、社会的視野や議論を避け、美や芸術作品創作の問題として扱っている。このように連載版を大幅に改訂したのは、一巻本の恋愛と結婚の扱いが『ジュード』と重複するのを避けたかったからという推測が成り立つのである。

ハーディ小説の利他的な主人公たちと「仁愛」(loving-kindness)

『恋の霊』と『ジュード』にはテーマだけでなく、登場人物にも類似がある。まず、ピアストンとフィロットソンを比較してみる。ピアストンがアヴィシー三世との結婚前夜に、病気をおして訪ねてきて山道で倒れそうになっていたアヴィシー三世の恋人アンリを助けて、結果的に二人の駆け落ちを成立させたように、フィロットソンは、シューというヒロインと主人公のジュードが精神的に結ばれていることを見てとり、シューと結婚していたにも拘らず二人の同棲を許している。

同じく、『恋の霊』の主人公であるピアストンとジュードを比較してみると、両者とも石を切り、彫る職業についていて、いわば産業社会の人間ではないという共通点がある一方で、結末において大きな相違点が見られる。ジュードは、大学に入って高位聖職者になるという願望を実現できず、二人の相反する性格の女性のために破滅する。一方、ピアストンは著名な彫刻家として成功し、遺産相続により富裕層に属し上流社会の一員となる。

しかしながらそのような表面的な相違にとらわれず、登場人物の本質に目を向けてみると、アヴィシー二世の生活の支援をしたりして、誰に対しても一貫して思いやりを発揮しているピアストンは、愛するシューにのみ思いやりを発揮しているフィロットソンよりも、ジュードに近いと言える。ジュードは、時に嫌悪を感じる妻アラベラにさえ思いやりをかけるばかりではなく、近隣の農家に雇われて作物をカラスから守る鳥追いの仕事をしていた時に、お腹をすかせたカラスを憐れんで作物をついばませてやったり、飼い豚を殺してお金にしないといけない時に、妻に言われたようにゆっくり殺すのではなく、苦しんでいる豚を見ていられなくなり一思いに絶命させたりするほど、他者の痛みへの共感力があり、その一見気の弱い性質を持つジュードは、「愛するものに喜びを与え、自分にも他人にも害を与えない傾向に沿う以外の信条を持っていない」[★07]人物として描かれている。

この利他的な優しさは、実はジュードばかりではなく、それ以前に書かれた小説の主人公、『狂乱の群れをはなれて』のオウクや『森林地の人びと』のウィンターボーンやテスに共通しており『恋の霊』にも引き継がれているものである。

ピアストンが、三代のアヴィシーを求めるのは、アヴィシー一世を心ならずも裏切ってしまったためその償いをしたいという意思、[★08]彼女の血をひく女性に親切をしたいという気持ちがあるからだと、ハーディは一貫して強調している。以下、四十歳年下で、彼を好いていないアヴィシー三世を手に入れたいと欲するピアストンの心の中の描写である。

過去の悲しい思い出の記憶の土台のなかにある、償いたいという気持ちがこの恋愛のもとになっているのでなければ、彼女に関心を寄せることを、ピアストン自身あまりにも利己的だと考えただろう——今もその気持ちを持っているからこそ、彼女に対して、それまで感じたことのないほど強い優しい気持ち、心遣い、護ってあげたい気持ちが生まれていた。それは少年のような熱烈さで、彼がまださくらんぼのような赤い頬をして少女のように軽い足取りをしていた頃のような愛情だったかもしれない。しかし、感情はすべて若い時のままであったとしても、彼の愛情にはそれ以上の何かがあった。（本書、二〇三頁）

アヴィシー二世を愛するのもその美しさゆえだけではなく彼女の母親のためであり、彼女が既婚と知れば、自腹をきって貧しい彼の夫に仕事を提供してやり、おかげでアヴィシー二世はなんとか余裕のある生活が営めるようになるのである。

ハーディは、利他的な主人公たちが備えている美徳を「仁愛」と名付けて、様々な作品の随所で

★07——Thomas Hardy, *Jude the Obscure*. The New Wessex Edition. London: Macmillan, 1974, p. 278.

★08——一八九四年出版の短編集『人生の小さな皮肉』に収められた短編小説、「良心のために *For Conscience' Sake*」は「恋の霊」の連載とほとんど同時に書かれた。同じように償いがテーマとなっている。過去に子供をつくって捨てた女性への罪の償いとして後に求婚し結婚生活をはじめるが、無関心と憎しみの感情しかもてない夫婦関係となり結局別れる話である。

扱っている。『恋の霊』においては、結婚前夜にアヴィシー三世に駆け落ちされたとき、恥をかかされた彼を気遣うつもりで彼女を悪し様に言う家政婦に対し、ピアストンはアヴィシー三世を責めてはいけないと窘める。

誰も、彼についての真実を知ることはないだろう。彼をするりとかわし、焦らした挙句に、彼から去っていたものは何だったのか、彼をてんてこ舞いさせ、ついに彼を捨てていったあの少女のなかに、失った今だからこそ見えたものは何だったのか、それは肉体ではなかった。彼は、肉体に低く跪いたことなどなかった。彼が情熱を感じた女性は多かったけれど、彼によって破滅させられた女性はいなかった。四十年越しについにめでたく完成すると思われていた宿命の背後に、それ以上の感情——真心のこもった仁愛——があったことを誰も推測しないだろう。

（本書、二四二頁）

このように、「仁愛」という言葉によって、ピアストンが愛する人を我がものにしたいという気持ちではなく、幸せにしたいという優しい気持ちを持っていることが強調されている。仁愛（loving-kindness）は、もともと「旧約聖書」詩篇に頻出する言葉で、カバデル（Myles Coverdale 一四八八－一五六八）の英訳聖書（一五三五）で、ヘブル語の chesed の訳語として作り出され、神の慈しみ及び人間同士の思いやりの意で用いられている。

『テス』や『ジュード』では、「コリントの信徒への手紙一」の第十三章への言及があり、この語の代わりに「慈愛」(Charity）という言葉が用いられている。ギリシア語の「アガペー」がラテン語で「カリタス」と訳され、英語ではloveともcharityとも訳されているが、ハーディは不可知論者であり、愛の対象を全生物に拡げていたので、「仁愛」という言葉に拘ったものと思われる。一九二二年に出版された『新旧抒情詩集』につけられた序文で、彼は、人類の将来の不透明さを見据えながら、「仁愛」さえあれば、「地球上のすべての生物の苦痛は緩和されるであろう」と述べている。

ハーディ小説に描かれる性愛

ピアストンとジュードには、その利他性だけでなく性的欲求の強さが描かれているところにも共通点がある。ジュードの〈本能――愛情――は悪徳と言っていいくらい強いものであった〉と語られている。またピアストンとアヴィシー三世との結婚が決定したとき、前述のように彼の彼女を保護してやりたいという優しい気持ちの奥に、性欲があることをピアストンは認めており、彼の持つ利他性という美徳と性欲が、互いを助長したり葛藤したりしているところに作品の面白さがある。

おぼろげながらも見えてきたことがある。不思議なことに、裕福な求婚者としては、これは善行であり償いなのだという考えは、彼女との結婚が母親によって調整されている間維持されていたのだが、その考えは、彼〔ピアストン〕が自覚している自身の欲望によって駆り立てられてもいたということだ。（本書、二一五頁）

ここに挙げられている欲望は、ジュードの場合は、熱愛するシューからの思想的感化を助長し、彼女と結婚しないで同棲し社会から締め出される原因となったが、ピアストンの場合は、愛する女性と結ばれることを望みながらそれを果たせず、世間の常識的価値観から逸脱していく原因になっている。ジュードは破滅への道をすすみ、ピアストンは彫刻家として大成しているが、それは共に性的欲求の強さが一因となっているのである。

ハーディは、性愛について自身の小説で探究し、作品を重ねるごとにその考察を掘り下げているが、最初は、性欲を代表する人物と利他性を代表する人物は別に存在した。その原型となっているのは、『狂乱の群れを離れて』のトロイという、利己的に異性を性欲のはけ口にする漁色家（ぎょしょくか）で、ヒロインであるバスシバの心をつかんで結婚するが、不倫によって彼女を苦しめる登場人物である。さらに、『帰郷』に出てくる居酒屋の経営者ワイルディーヴ、さらに次の『森林地の人びと』に登場して、愛欲にふけるフィツピアーズとチャーモンド夫人と続く。

しかし『テス』になると変化が見られる。まずテスをレイプしたアレックは、上記に見られる女漁家の典型で、始めからテスを慰み者にするために彼女を雇い入れ、まんまとその目的を達成する。しかし、母親の死後、新興宗教の説教師として活動したり、テスが自分の置かれた状況に気がついてさっさと実家に戻ってしまった後に自分の子を産んでいたことを知り、普通の女性だったらそれを口実に金銭や結婚を求めてくるのにそうしなかったことに驚き、彼女の心根の美しさに気がつき彼女を妻に迎え入れたいと欲したりするような人物として、陰影を付けて描かれている。

そして、主人公テスにおいて、利他性と性欲が互いを助長するのではなく葛藤した状態を描くことで、ハーディの真骨頂が発揮されている。彼女は、私生児を産んだ後にその子を亡くしてしまうという辛い過去を乗り越えて、新しく働き始めた牧場で、牧師の息子で牧場経営を学んでいるエンジェルという真面目な男性と互いに惹かれ合い結婚話が持ち上がる。彼は、テスを過去に男性経験など無い素朴な女の子だと信じており、テスは正直に話したほうがよいと感じるが、そうしたら許してくれるかもしれないが捨てられるかもしれないと葛藤する。テスが牛の乳搾りをする様子がエロティックに描かれ、テスが彼を心身ともに求めていることが暗示され、その愛情は「生きとし生けるものに浸透しており、社会規範のお題目を漠然と励むだけでは抑制できない、よるべない海草をゆする潮のような喜びへの強い欲求（appetite for joy）」[09]と語り手によって説明される。彼女の母親

★09——Thomas Hardy, *Tess of the d'Urbervilles*, The New Wessex Edition, London: Macmillan, 1974, p.192.

は言いたく無いことは黙っているものだと諭すが、テスは、自分の過去を隠蔽して結婚するのは利他的精神に反することは重々承知しているので煩悶し、彼を手に入れたいという欲求の激しさが増すほどに彼女の葛藤も強くなる。

さらに、その葛藤は『ジュード』でも探究されており、主人公のジュードは、「愛するものに喜びを与え、自分にも他人にも害を与えない傾向に沿う以外の信条を持っていない」ことをおのが信条としているが、一方で〈悪徳と言っていいくらい〉性欲の強い人間として描かれており、二人の女性との関係によって破滅する。

イギリス小説における恋愛と結婚

イギリス小説には、十九世紀にジェイン・オースティンが第一歩を踏み出し、ブロンテ姉妹やジョージ・エリオット、ハーディ、ヘンリー・ジェイムズを経て、D・H・ロレンスに至る系譜があり、彼らの共通のテーマは、恋愛と結婚である。

女性の権利が今よりも認められていなかった時代で、女性は財産を相続することもできず、就ける職業も限られており、対面を保ちながら生活をしていくには結婚をするしかなかった。結婚をしない中産階級の女性は、上流階級の子供の面倒を見るガヴァネスとして住み込みで働いたり、家庭を持った兄弟の家に一室をもらったりして、肩身狭く生きていくことを余儀なくされた。出会いの場は狭い交友関係に限られており、このような環境で理想的な人と出会うのは至難の業である。親同士が結婚相手を決めることが普通に行われていたため、駆け落ちも多かったとされる。当時、若い女性の間では駆け落ちを題材にしたメロドラマ風の小説が流行っていた。

しかし、まだ精神的に未熟な若い女性が、自分で選んだ男性と周りの反対を押し切って結婚をしても良い結果に結びつくとは限らない。オースティンは『高慢と偏見』で、分別ある恋愛によって良き結婚をする主人公エリザベスと、分別のない恋愛で道徳的に問題のある男性と駆け落ちする妹のリディアを対照的に描き、駆け落ち婚を不道徳な結婚として否定した。

結婚相手によってその後の自分の人生が決まってしまう当時の女性にとって、どうしたら良い結婚相手を選べるかは大きな問題だった。エリオットの『ミドルマーチ』には、老エセ学者をみぬけず結婚してしまったドロシアがそれに気づき、夫の又従兄弟で財産も定職もないが教養のあるラディスローと再婚する経緯と、市長の娘ロザモンドが社会改革と医学研究をめざす医者の夫の生き方に賛同できずに不和となる経緯が丁寧に描かれている。

以降も、それぞれの小説家は独自の恋愛観・結婚観を作品に昇華してきたが、そのなかで、ハーディの恋愛観は独特なものである。『テス』の主人公のように、結婚前に貞操を守ることができず私生児まで産んでしまった女性は、軽率で性的に乱れた女とか男性を誘惑する悪女と見られるのが普通だったが、ハーディはその女性の倫理的純粋さを描き出そうとしている。そして、『ミドルマーチ』に出てくる女性たちは、結婚制度を尊重する態度は捨てておらず、そのために苦悩する人物として描かれているが、ハーディは『ジュード』で、結婚制度自体に疑問を投げかけている。

そのようなハーディ作品に描かれる性愛から多大な影響を得た小説家、D・H・ロレンス（一八八五－一九三〇）は、「トマス・ハーディ研究」(Study of Thomas Hardy) の中で、その情熱に身をまかせる人物たちに世間に対する気兼ねがあると不満を述べた。ロレンスは、性愛のなかにモラルがあると考えたが、ハーディはそうでは無かった。この違いは、彼らの置かれた文化的文脈の違いによるものである。ヴィクトリア朝時代は、読者、出版社、社会体制がロレンスのような思想を許容しなかったからであり、ハーディが最後のヴィクトリア朝小説家といわれる所以である。

ピアストンの性愛と芸術

ハーディは『恋の霊』の主人公のピアストンに、二人の結婚相手の候補から一人を選ばせることで、自身が今まで作中で描き続けてきた性愛という大きなテーマに、新しく芸術家と美のテーマを織り込むことに成功している。ピアストンは、「恋の霊」を追い、それに形を与えることによって、女性美をテーマにした彫刻家として、二十歳代ですでにかなりの成功をおさめ、アカデミーの会員に推挙された。世間の評判を気にすることがなかったので、彼は「自若（じじゃく）」(aplomb) を手に入れるが、その作品群が最高潮に達するのは三十代の中頃までで、四十代になると、創作力は下降線をたどる。

しかし、父親の多額な遺産を相続したこともあって、上流階級に仲間入りする。

アヴィシー二世との交流は、ちょうどその頃始まった。彼女の母アヴィシー一世は貧困の末に他界し、二世は洗濯女として生活していた。二十歳年下の彼女と出会った彼は、最初に結婚を約束して、その約束を果たさなかったアヴィシー一世に生き写しの彼女に魅了される。身体の線や顔の造作を目で追い、その完璧な横顔に見惚れ、アヴィシー一世と同じ歯並びをしていることまで確認し、話し声にうっとりするのである。

彼女の声の抑揚に彼は惹きつけられた。彼女が突然、声を悪戯っぽい深い囁きに落とすと、彼女の話し言葉の田舎っぽい単調さが消え、魂と心――魂と心と思われるもの――が鳴り響くのだった。その魅力は、音楽の言葉を使うなら音程のなかにあった。彼女は二、三の音節を同じ高さで言ったあとで、微妙に高さを上げ、そして下げて、再びもとの高さに戻して一文を終わらせる。この音が織り成す曲線は、彼が今まで鉛筆で描いたことのあるどんな美しい線と比べても遜色ないくらい美しかった――「この世の欲望」であった彼女の身体の曲線と同じくらい満足のいくものだった。

（本書、一二〇頁）

教育を受ける金銭的余裕がなかった彼女は、読書をしてピアノも習っていた母親と比べ無知で無教養であり、ピアストンは彼女の話の粗野なところに気づいていたのだが、内容には一切気を留めず音声に集中することにより美しさを見出している。

一方で、ピアストンには、自分を想い慕ってくれるパイン・エイヴォンという上流階級の女性がいた。彼女は早くに夫を亡くし、再婚相手を探していた。豊かな教養を持ち芸術にも理解と関心があり、会話をしていても打てば響く楽しさがある。しかも皆が認める美人であり良い親戚にも恵まれていた。ピアストンは彼女に惹かれて自らアプローチをし、一度は結婚相手として釣り合いが取れる相手だと確信するが、アヴィシー二世が現れてからは関心を無くしている。

急に冷たくなったピアストンに、エイヴォン夫人は、彼が既婚であるとの憶測によって一時冷たくあしらった自分の態度が良くなかったのだろうと考え、帰郷していたピアストンの故郷にわざわざ彼を追いかけてきて謝罪をする。そんな姿を見てピアストンは憐れみを感じるが、たまたまそこを通りかかったアヴィシー二世が目に入った途端、上の空になり丁重にエイヴォン夫人を追い返す。そんなピアストンを見た夫人は、彼の気持ちが自分に無いことを悟るのである。

世間一般の価値観からだけでなく理性的に考えても、エイヴォン夫人を振ってアヴィシー二世を選ぶ理由は無い。ピアストンも、それは自身でよく分かっていて、今の自分は狂気に捕らわれていると言っている。

彼の今の愚かさについての彼の見方と、若いときの愛についての見方の間には奇妙な違いがあった。今、彼は自分が狂っていると知りながら狂うことができたから、その狂気が賢明であると無理に信じようとした。かつてなら、愛する人が不完全であると少しでも理性が閃いたなら、恐ろしくて急いでその考えを打ち消したであろう。今では、そのような理性が彼を冷静にさせることはなかった。

（本書、一二六頁）

自分でも理屈に合わないと分かりながらも、アヴィシー二世を選んだのは、ピアストンが「自分が芸術家としての天分を持った人間であることを彼は知っていたので、受動的にその性向に従った」（本書、一二六頁）からだと語られている。

ピアストンの芸術と唯美主義とプラトニズム

ハーディが作品を書いていた時代、世間では唯美主義が流行っていた。★10 それまで、小説は社会を描き、人の生き方や世間についての考察を深めるためのもので、美を追求するものとは考えられていなかった。しかし、唯美主義者たちは、小説を芸術の一種とみなし、美を追求するものと考えた。

★10——『恋の霊』は、ハーディが芸術家を主人公にした最初で最後の作品のため、自伝的な小説と見られることが多いが、それだけの作品と考えるのは安直である。

小説家たちが芸術家としての自覚を持つにつれ、作品中にも芸術家が登場し描かれることになった。例えばヘンリー・ジェイムズには、『ロデリック・ハドソン』など芸術家が活躍する小説が十数篇あり、オスカー・ワイルドの『ドリアン・グレイの肖像』には画家が出てくる。ワイルドの作品は、連載版「恋の霊の追跡」の直前に出版されており、ハーディに何らかの刺激を与えた可能性がある。★11

それまでの小説は、ヴィクトリア朝時代を支配していた功利主義から自由になることが極めて難しかった。その強固な価値観から自由になろうと試みたのが唯美主義者である。ハーディは十九世紀末における様々な小説家たちの美の探求に参加し、功利的な結婚相手の選択を退けて、美と性愛を結び付けることによって、オリジナリティを出していると言えるであろう。

唯美主義は十九世紀末のイギリスで起こったが、美と芸術論の発祥はギリシア・ローマ時代にさかのぼる。『恋の霊』の作中にも、プラトンの思想との関連が示唆され、『恋の霊』の序文でハーディは、「恋の霊」とは〈プラトン派の哲学者にとっては決して新しくない霊妙な夢につけた名である〉と解説している。さらに、ピアストンの告白を通して説明している。

単なる可愛い島の少女〔…〕の背後に、プラトン言うところのイデア——存在のなかで望ましく入手したいすべての典型でしかも精髄であるものが見えるのだ。

（本書、一三五頁）

プラトンは古代ギリシア時代に活躍したソクラテスの弟子で、如何に善く生きるかを考え続けた人物であり、西洋哲学の基礎を作ったといわれる。プラトンの恋愛論は、著作『饗宴』と『パイドロス』のなかで明らかにされている。

『饗宴』は、ディオティマという女性からソクラテスが聞いた話という設定で内容は以下の通りである。エロスという心霊（ダイモン）が、人に美しいものや善きものを希求させ、人に美や善を所有し再生産させることを望ませる。性愛が求める人との性交によって人の再生産が行われるように、美や善も再生産されて不滅になる。つまり、エロスは人びとに価値のある何かを永久不滅にさせる働きがあるのだという。恋人を愛するのは、相手に外見の美ないしは魂の美を見出しているからであり、恋に落ちた相手と結ばれて子をもうけたいと思うのは、エロスがその美の再生産を希求させるからということになる。

さらに、『パイドロス』のなかでソクラテスは、霊魂が美を求めるために人が陥る狂気は偉大なるものを生み出すと述べている。「霊魂」によって人がこの世の美を見て狂気に陥り、地上のこと、例えば損得などに注意を向けなくなることを狂気というが、これは、創造的なものであるという。

★11――『ドリアン・グレイの肖像』とはファンタジーとして創作された物語であるところに、大きな共通点がある。快楽主義の先に造形美の存在を想定しながら、老醜への辛辣さやモラルからの逸脱を警戒しているところにも共通点がありテーマが類似している。

例えば、偉大な詩人は正気のみでは創作できず、人が恋人を礼賛するのは、かつて天球を超えた場所で、彼の「霊魂」が見た「美の実在」すなわちイデアを思い出すからなのだという。

このように、ピアストンが様々な女性の姿を借りて再現される一貫した女性美を追求するところには、『饗宴』への示唆があり、彼がエイヴォン夫人を退けて、田舎の洗濯女にすぎない教養も何もない女性を求める自分に「狂気」を認める場面は『パイドロス』を想起させる。ハーディはプラトンのイデア論になぞらえながら、ピアストンが生涯をかけて追い求めた「恋の霊」の正体を説明しているのである。

『恋の霊』の設定と遺伝のモチーフ

しかしながら、ハーディはその芸術論と対置させるかのように、『恋の霊』に、当時において最新の人間観を示す科学思想である遺伝の概念を取り入れている。『恋の霊』は、主人公がアヴィシー一世から三世にわたって求婚することが話の核心となっており、同世代、子世代、孫世代へ懸想してしまうピアストンの常軌を逸した心情をどのようにリアリティを持って描き出すかに作品の出来がかかっているといってもよい。当時、フランスのエミール・ゾラ（一八四〇－一九〇二）が、ルーゴン・マッカール叢書をもって一世を風靡しており、遺伝によって決定される人物を描いて自然主義文学を打ち立てていた。ハーディは「小説の科学」(Science of Fiction) というエッセイを一八九一年に発表して、同じ科学時代に生きる小説家としての共感を持ちながら、暗に自然主義をコピイズムとして批判していたのだが、当時の人間観に強い衝撃を与えた遺伝という科学的概念を極めて大胆に用いることにより、独創性を発揮したのである。★12

アヴィシー一世と二世と三世の外見は、よく見ると二世は一世をより美しく、三世は二世をより洗練させた様子だが、二世は、ピアストンが夢うつつの中で死者が蘇ったと勘違いするほどにそっくりであり生き写しのようだと書かれている。★13　似ているからこそ、ピアストンは可哀想な扱いをしたアヴィシー一世を何度も思い出し、償いをしなくてはいけないと無意識に思い続けさせられている。

★12――昔から人びとは、血の繋がった親兄弟姉妹の外見が似るのを経験によって知っていただろうが、科学的に「遺伝」が解明されるようになったのは十九世紀半ばに入ってからである。一八六五年にグレゴール・メンデルがえんどう豆を使って、背の高さやしわの有無などの形質がどのように遺伝するのかを証明したのを皮切りに研究熱が高まった。一八五九年に出版されたチャールズ・ダーウィンの『種の起原』は、生物は環境に適応する形態・性質をもった個体が「自然」によって選択され生き残り、その形質は遺伝する。そして人は、すべての生物に共通する祖先から分化して進化したという説を提唱し世界中に論争を巻き起こした。メンデルの遺伝学は、二十世紀にはいって再発見され、ダーウィンの「自然選択」説と合体し、「総合学説」となって、DNAの発見まで引き継がれ、現代主流となっている分子生物学の発展に貢献したのである。

★13――「写し」(copy, dap)、「版」(edition)、「再生」(reproduction)、「複製」(double) といった言葉が頻繁に使われている。英国世紀末の唯美主義を牽引したラファエル前派のD・G・ロセッティの絵画に同一のモデルを使った同一の風貌の女性像が多くある。

親子の容姿が似ていることはよくあることだが、瓜二つにするためにハーディは設定に工夫をこらしている。『恋の霊』の舞台となっているのは、ウェセクス地方の南方に位置するスリンガーズと呼ばれる島で、イギリス海峡に向かって伸びる島の頭のような形をしていて、今は細長い小石の道で本土と繋がっている。かつては本土と離れていたことから、島の中に住んでいる人同士で結婚する人が多く、島で男女を一組見れば、島全体の男女を見たことになるというほどに容姿が似通っているのだという。さらに、アヴィシー一世を従兄弟と結婚をさせ、アヴィシー二世には島の男性の典型的な顔立ちをしたピアストンと同姓の夫を選ばせて、主人公ジョスリン・ピアストンと同一の祖先をもつ、すなわち同じ遺伝子を持つ者と設定している。

ハーディは『伝記』の中で次のように記し、作品の中で、人物の違いではなく共通するものに意識を向けるように強調している。

〔…〕個性の違いは無視すること。このアイデアは『恋の霊』と「遺伝」という短詩のなかに実現されることになった。★14

島に住む人びとに共通する形質は遺伝によって受け継がれている。ハーディの「遺伝」という詩には、プラトンがイデアと呼んだものが遺伝子という概念で語られている。

わたくしは家族の顔である。
肉体は滅びてもわたくしは生き残る。
特徴や痕跡を投影しつつ、
時から時へ、
場所から場所へひとっ飛び。
忘却を越えて。

何年も何年も引き継がれた特徴、
体の線、声、目のなかにある、
人間の寿命を馬鹿にする。
それがわたくし。
人間のなかにある永遠なるもの。
死の声など気にもとめない。

★14——F. E. Hardy, *The Life of Thomas Hardy*, p.217.

ここで、肉体は死とともに滅びるが、遺伝子は引き継がれる限り永遠であると述べられている。生物は遺伝子の乗り物にすぎないと言ったのは一九七六年に『利己的な遺伝子』で一躍有名になったイギリスのウルトラダーウィニストである動物行動学者リチャード・ドーキンスであるが、ハーディはその百年も前に詩にそれを表しているのである。★15

科学的人間観

遺伝という概念の根底にある、人間をあまたの生物の一種とする自然科学思想をハーディはダーウィニズムから取り入れたが、その思想は『恋の霊』を豊かにしている。まず、スリンガーズ島にはピアストンとアヴィシー一世がすれ違う原因となった「彼が倣ってきた風習の下にある結婚についての島特有の考え方」(本書、六二頁)である、婚前性交により子供ができたら結婚するという古い風習があったことに言及している。すなわち、性欲と性交が生殖と直結し、結婚が制度としての意味をもたされていない非文明社会が示唆されている。そのような社会を背景として示唆することによって、人間が生物の一種であることがより自然に描かれる。

ハーディは生物としての人間の恋愛を「生まれた地や家系の奇妙な影響によって活性化された主観的な現象以上のものではなく」(本書、二三頁)、その目的は再生産であるとして、シーツの洗濯に注文をつけるのを口実に、アヴィシー二世に接近しようとしているピアストンについて、「この間中、ピアストンは彼女のことを考えていた――あるいは、科学者なら、シーツについての会話を隠れ蓑にして、「自然の女神」が次世代のための計画を実行していると言うかもしれない」(本書、一一三頁)と付け加えている。★16

また、自然界に生きている以上、どの生物も歳をとり老いていく。『恋の霊』の後半には、ピアストンが老いと向き合わされる場面が数多く描かれている。彼は、六十歳になっても体型を若い頃

★15――ダーウィンの『種の起原』には、ガラパゴス諸島での鳥の観察が載っているが、『恋の霊』の舞台であるスリンガーズ島は、この島に似ているところがある。ガラパゴス諸島は、遠い昔は本土と一緒であったが、長い年月をかけて地形が変動したことによって、本土から離れて島になった。ダーウィンは、本土とガラパゴス諸島に生息するマネシツグミを観察した。それらは似ているにも拘らず別種で、別種間の雄雌は交尾を行わない。このことから、もともとは一種だったマネシツグミが分岐して別種になったのだと考えた(『種の起原』第十三章「地理的分布――続」)。一方、スリンガーズ島は昔島であったのが今は本土と地続きになっているが、状況は似ている。ガラパゴスで観察されたのは鳥であるが、これを仮に人間世界に置き換えて考えると、『恋の霊』に出てくるように、スリンガーズ島の島民は同島の異性にしか性欲を感じないという仮説が成立する。『恋の霊』において、ピアストンが、都会で様々な女性を次々に好きになり浮名を流した後で、エイヴォン夫人のような好条件の人が現れても気持ちが傾かず、自分は島の人間しか長く愛せないのだと自覚した場面を想起させる。

★16――生物としてのピアストンの心の中の描写は、見たり聞いたりして認識して、人間が情念に導かれて心の中につくる世界と、科学が知らせる客観的世界との乖離を示し、人間が造り上げてきたとされてきたモラルへの懐疑も示唆している。

のままに保っており、実年齢よりも若く見えることを自負していた。しかしながら、老いは確実に忍び寄ってきており、アヴィシー三世に日中に姿を見せることができずに日が暮れてから会うようにする。アヴィシー二世の取りなしによって三世と結婚することになると、彼は何度も己の老いを自覚させられる。

まず、鏡を見ながら、額のしわ、白髪、顎の小じわ、皮膚のたるみが生じた過去の辛い時期を思い出して暗い気持ちになり〈生きていれば必ず歳をとる〉と自分に言い聞かせる。そして、ある朝ベッドで考えごとをしていると、遠くに亡霊のような姿が目に入り確認すると、それは自分で思っているより遥かに痛ましく老いた、鏡に映った自分の姿だった。朝食に下りていくと、遅れてアヴィシー三世が入ってきて、明るい朝の光の下で初めて彼の姿を見た彼女はショックを受けて引き返してしまう。

ピアストンは、肉体の老化に精神の老化が追いつかず、周りの仲間が落ち着いた家庭を作って俗世に染まっていくのを、半ば軽蔑し半ば羨ましく思っていた。物語の終盤でピアストンは、アヴィシー二世と三世を一挙に失ったショックと、二世の葬式で悪天候に身を曝(さら)したことが引き金となって発病した熱病によって、芸術家として最も重要な審美眼を失ってしまう。しかし、四十代以後、創作からは徐々に身を引いていたピアストンはこれを救いと感じる。そして、単なる気前のよい功利主義者になって慈善活動に精をだし、芸術活動から身をひく。これは、ハーディらしい皮肉に満ちているが、生物としての最盛期を過ぎたら、繁殖力ばかりではなく創造力も衰えて当然であると

いう、科学的人間観が反映されていると言えよう。★17

このように、ハーディは最新の科学的人間観と西洋思想の大古典プラトニズムと対置させることによって、芸術を肉体美のみならず生殖とも結び付けたプラトニズムを古代から蘇らせ、その空想性と観念性を深く吟味し、現代における意味を考察している。

『恋の霊』の自然描写

前述のように人間をあまたの生物の一種とする思想は、大自然の中に置かれた人間を描くことによって説得力を増している。ハーディは、ウェセクスと名付けたイギリス南部の農村地域に生きる人びとを素材にした多くの小説の中で、彼らが時代の波に乗れずに破滅する様を克明に描いてきたのだが、人間を自然の一部として捉えるのは、前々作『テス』ですでに試みられており、例えば、テスが猫のように描かれている。

テスがふみこんだ庭のはずれは、何年ものあいだ、手入れされていなかった。それで今は、ちょっと触っただけで花粉の霧を放つ水気たっぷりの草や、きついにおいを発散する背の高い

★17――この科学的人間観はD・H・ロレンスに引き継がれ、さらに展開することになった。彼が人物を描くとき、目の色、髪の色、皮膚の色、声などを描くことに力点を置くのは、実はハーディから学んだと思われる。

雑草——その赤や黄や紫の色は、栽培された花の色のように、目もくらむばかりの多色ずりの絵であった——が生い茂って、じめじめと悪臭を放っていた。彼女は猫のようにこっそりと草の中を忍び寄った。スカートにアワフキムシの泡をつけ、足の下にはカタツムリを踏みしだき、両手をアザミの乳汁とナメクジの粘液で汚し、リンゴの木の上では雪のように白いのに肌につくと赤茶けたしみになる白カビ虫を、あらわな両腕からこそげ落としながら。——こうして彼女はクレアのすぐそばまで近づいた。しかし、まだ彼からは気づかれずに。★18

ここは二人が一緒に働いていた牧場で、エンジェルの弾くハープの音にテスが引き寄せられてしまう場面であるが、テスの動物性を示唆することで、エンジェルに自分の過去を話すことができないまま結婚してしまう彼女を弁護する装置ともなっている。

そして、『恋の霊』では、ハーディ作品において初めて、海に浮かぶ島が半島になった地域が舞台になっている。作品にはピアストンの人生が描かれているが、人類が続けてきた生と死の営みを強く感じさせるような自然描写がなされている。まず、アヴィシー二世の出産場面を海のうねりと重ねて描き、陣痛は荒波の比喩で表わされている。

海がうめき声を上げていた——うめき声以上の激しさで——廃墟の下の岩間に、潮の激痛が規則正しい間隔で押し寄せていた。田舎家の室内からも、同じように、規則正しい間隔をおいたうめき声が聞こえた。波のうなる明瞭な音と生命がうなる明瞭な音は、地上で同じく苦悩するひとつの「存在」――ある意味でそうである――が発する二つの声のようだった。

（本書、一六九頁）

実際の出産も月の満ち欠けと関係があるとされ、陣痛は波のように等間隔をあけて繰り返し襲ってくるが、作品の舞台が海であることで、人間が自然の一部であることが強調されている。新たに産み出される命の描写がある一方で、アヴィシー一世とピアストンの逢い引きの場面では、人間が最後は骨という無機物になるという描写がされている。

ピアストンにとって、夜更けにかけての風は他にはない何かを含んでいるようだった。あの不吉な湾からたちのぼり西のほうへと進んでいく風にのって、無数の人間の要素が想像の中で集まって形作られたものがある。その要素は、沈没した戦艦、東インド会社貿易船、平底荷船、二本マストの帆船、アルマダの船舶に乗っていた選ばれし人びとと、一般人、賤民で、彼らの

★18――Thomas Hardy, *Tess of the d'Urbervilles*, The New Wessex Edition. London:Macmillan, 1974, p.134.

利益と希望は、北極と南極のようにかけ離れていたが、この落ち着かない海底に転がってひとつとなっていた。ひとかたまりになった巨大な亡霊が、それを分離する善神を求めて金切り声を上げて、島の上を疾走するのが感じられるようだった。

（本書、二五頁）

このように、同じ海が生を強く感じさせる背景として使われるだけでなく、死を強く感じさせる背景としても使われている。これは、長い宇宙と人類の歴史における、個々の人間の命の短さや儚さを感じさせる効果を生み出している。以下は、ピアストンがマーシャと嵐の中を海岸沿いに歩く場面である。

彼らは、ビューンビューンと鳴り、くるくる廻る暴風雨の中を通って行った。左手の海はぐるぐるとうねり、高く盛り上がり、右手の海もあまりに近くまで迫っているので、彼らは、古代イスラエルの民〔…〕のように、海の底を横切っているようであった。荒れ狂う外湾と彼らを隔てるものはもろい小石の堤防だけだった。波が打ち寄せると地面が揺れ、砂利が互いにぶつかり、しぶきが垂直に上がり、ふたりの頭に降りかかってくるのだった。小石の壁を大量の海水がつたい、小川となって二人の道を横切って内海に合流している。「島」はやはり島だった。

（本書、三八―三九頁）

自然は人間に豊かな恵みを与えてくれることもあれば、容赦なく災害をもたらすこともある。自然にとって人間の意志など知ったことではなく、大自然のなかに置かれた人間はとても小さくか弱い存在となる。

『恋の霊』の自然描写は、『テス』の自然描写を、極限にまで推し進めていると感じられる。海の自然は、人間を包み込んではいないし、石という変化のない無機質で永続性のある世界に人間を置いて、自然のなかでの人間の脆さを強調してみせている。

ロマンス・ファンタジーとしての『恋の霊』

ハーディの活躍した時代には、前述したように、唯美主義作家だけでなく、フランスのエミール・ゾラをはじめとした自然主義作家も活躍していた。彼らと混同されがちなハーディであるが、構成の巧みさは彼らと明らかな対照をなすものである。

『ジュード』における肉感的なアラベラと理知的なシューのような対比は、『恋の霊』でも、世俗的な名声を求める画家ソマーズと求めない彫刻家ピアストンの対比となり、社交界に向く都会的なエイヴォン夫人と地方の素朴なアヴィシーの対比と相まって作品に安定感と奥行きをもたらしている。[★19]ハーディの場合、もちろん写実的ではあるが、いずれの小説でも、幾何学的構成になっている。

さて、一九一二年につけたウェセクス版の総序文のなかでハーディは、自身の十五篇の長編小説を「性格と環境の小説群」、「ロマンスとファンタジー」、「手のこんだ小説群」の三つに分類した。『恋の霊』は、『青い眼』と『ラッパ隊長』とともに二つめのグループに入れられているが、この意味を探ってみよう。[20]

ロマンスというと、イギリス文学史ではゴシック・ロマンスが有名で、本格的小説に描かれる現実的な社会よりも非現実的な物語を好む、主に大勢の女性読者に向けて書かれたとされる。ホラス・ウォルポールの『オトラント城』(一七六四)がその嚆矢(こうし)で、荒唐無稽な、あるいは時間的にも地理的にも遠く離れた場所を設定して、恐ろしい事件が次々起こる物語である。初期のオースティンもゴシック・ロマンスに関心を持って『ノーサンガー・アベイ』を書いた。その系譜の傑作とされるエミリー・ブロンテの『嵐が丘』が書かれたのがヴィクトリア朝時代であるところをみると、ハーディの活躍した時代には、大衆向けサブカルチャーとしてロマンスがすでにジャンルとして確立していたように見える。[21]小説は十八世紀に誕生して以来、社会に住む人間関係を巡って繰り広げられる写実的な物語として展開してきたが、ロマンスはその主流を批判し、パロディ化する傍系のジャンルとして存在した。

そして、ファンタジーは、そのロマンスのサブジャンルと言える。超自然的で空想的な物語の筋はロマンスと共通するが、テーマや設定や素材を神話や民話からとり、魔法が絡むことが多く、科学万能の時代へのカウンターカルチャーとされる。ヴィクトリア朝時代のジョージ・マクドナルド（一八二四－一九〇五）の『ファンタステス』が嚆矢とされ、彼の作品は児童文学に黄金時代をもたらし、二十世紀のトールキンやC・S・ルイスに道を拓いたとされる。
『青い眼』と『ラッパ隊長』同様、『恋の霊』には本格的小説で描かれるような社会が描かれていないが、アヴィシー二世に対するピアストンの性愛と振る舞い、またアヴィシー三世に自分の老化した姿を見られないように細心の気遣いをする彼の描写などは実に写実的に書かれているので、一般的にいって『恋の霊』は、ロマンスともファンタジーと言い切れない作品となっている。

　しかしながら、主人公の性愛が向かう先が、アヴィシーと呼ばれる三代の女性たちであることは、ハーディの他の小説にはまったく見られない非現実的な設定である。彼はこれをダーウィニズムのきわめて現代的な解釈から採り入れたと思われるが、一般の読者向きに、ロマンスあるいはファン

★19――『恋の霊』においても、ロンドンはスリンガーズ島と、富裕層は貧困層と、ギリシア文明はキリスト教文明と、精神は肉体と、理性は情念と、美は醜と、若さは老年と、悲劇は喜劇と対置されている。それらの対置を大きく包んで、最古の哲学であるプラトニズムと最新の自然科学であるダーウィニズムが対置されていると言える。

★20――副題の「ある気質のスケッチ」（本書では「ある気質の描写」と訳した）は、ゾラの『テレーズ・ラカン』の、作者による解説文のなかにある「この小説は人物ではなく気質を書くことを目指した」という言葉に、何らかの影響を受けたものであろう。

★21――当時はウォルター・スコットの歴史小説もこのジャンルに入れられた。

タジーのレッテルを貼って、空想の世界であるという発信をするほうが、受け入れられやすいであろうし、この作品における性愛のテーマと描写の刺激を弱めるためにも有効であったに相違ない。[★22]

このように、「性格と環境の小説群」から除外された『恋の霊』は、ハーディ作品の中では比較的影の薄い存在と見なされることが多かったが、極めて現代的かつ実験的な作品である。最新の思想を大胆に援用しただけでなく、「性格と環境の小説群」を支配していた全知の語り手による重たい議論を避けたことで、現代性が増し作品全体が軽やかなものになっている。その軽やかさは、ハーディが作品の副題に「ある気質のスケッチ」(a sketch of a temperament)とつけていることからも感じ取れる。『恋の霊』は「スケッチ」には違いないが、構成が確かで奥行きの深い、見事な「スケッチ」といえよう。[★23]

翻訳について

トマス・ハーディの *The Well-Beloved — A Sketch of a Temperament* には、すでにいくつかの邦訳がある。それらの名訳があるなか、あえて新訳を上梓するにあたり、今まであまり海外文学に親しんでいなかった人たち、とくに若い人たちがすんなりと物語に入ることができるような自然な解釈と読みやすさを心掛けた。近年、スマートフォンの発達と普及によって人びとと文章の関わりが急激に変わり、普段、分かりやすく親しみやすい短い文章に慣れている人が増えたので、難なく読めて、かつハーディらしい知的な言い回しを味わうことができる訳を目指した。末筆となったが、本書の翻訳の機会を与えてくださり、辛抱強く待っていただいた幻戯書房の中村健太郎氏に深く感謝を捧げるとともに、誤訳のチェック、年譜作成、校正の手伝いと、本書をより良くするために惜しみなく時間をさいてくれた母、清宮倫子に厚く御礼を申し上げる。

テキストは以下の通りである。*The Well-Beloved — A Sketch of a Temperament.* London: Macmillan & Co Ltd,1964.

二〇二二年六月二十五日

南（清宮）協子

★22——一九〇一年出版の『過去と現在の詩』のなかに「恋の霊」(The Well-Beloved) という詩が入っており、小説『恋の霊』とまったく同じモチーフを扱っている。妖精の姿をした花嫁の精を見て、自分が恋しているのは花嫁ではなく精の方であると知る農民をバラド調で謳った詩である。

★23——日本でハーディの影響を受けている小説家の筆頭にあげられているのは、谷崎潤一郎である。彼は、ハーディの『グリーブ家のバーバラ *Barbara of the Houser of Grebe*』を訳し、それを踏まえて『春琴抄』を書いたといわれる。『恋の霊』の老人の若い女性への愛というモチーフは、『瘋癲老人日記』と類似している。しかし、『瘋癲』が、日記形式で老人の視点からの情念の記録に止まっているのに対し、『恋の霊』の構成は堅牢であり、包み込む世界は広大である。

参考文献

［連載版］

▶The Pursuit of The Well-Beloved — A Sketch of a Temperament. *The Illustrated London News,* Oct.1-Dec. 17, 1892.

［邦訳］

▶『恋魂(こいだま)』滝山季乃・橘智子共訳、千城、一九八八年

▶『恋の魂――ある気質の素描』　藤井繁訳、コプレス、二〇一四年

▶「恋の霊」前田淑江訳『トマス・ハーディ全集』、大阪教育図書株式会社、二〇一六年

［その他］

▶Bullen, J. B. “Hardy’s The Well-Beloved, Sex, and Theories of Germ Plasm.” *A Spacious Vision: Essays on Hardy*. Eds. Mallett and Draper. Newmill, Cornwall: The Patten Press, 1994.

▶Fowles, John. “Hardy and the Hag.” *Thomas Hardy after Fifty Years.* Ed. Lance St John Butler. London: Macmillan, 1977.

▶Hardy, Florence Emily. *The Life of Thomas Hardy 1840-1928.* London: Macmillan, 1970.

▶Levine, George. “From Mindless Matter to the Art of the Mind.” *Reading Thomas Hardy* . UK: Cambridge UP, 2017.

▶Miller, J. Hillis. “Introduction” to *The Well-Beloved* (New Wessex Edition of Thomas Hardy). London: Macmillan, 1975.

▶—. *Thomas Hardy, Distance and Desire*. Cambridge[MA]:Harvard UP, 1970.

▶Millgate, Michael. *Thomas Hardy: His Career as a Novelist.* New York: Random House, 1971.

▶Ryan, Michael. “‘One Name of Many Shapes’: The Well-Beloved.” *Critical Approaches to the Fiction of Thomas Hardy*. Ed. Dale Kramer,

London: Macmillan, 1979.
▼Taylor, Richard. H. *The Neglected Hardy: Thomas Hardy's Lesser Novels.* London: Macmillan, 1982.
▼森松健介『テクストたちの交響詩――トマス・ハーディ一四の長編小説』、中央大学出版部、二〇〇六年
▼日本ハーディ協会編『トマス・ハーディ全貌』、音羽書房鶴見書店、二〇〇七年
▼清宮倫子『進化論の文学――ハーディとダーウィン』、南雲堂、二〇〇七年

［著者略歴］

トマス・ハーディ［Thomas Hardy 1840–1928］

イギリス南部ドーセット地方の石工の家に生まれ、二十二歳でロンドンに出て建築事務所で働く。その後作家に転じ、そのキャリアの前半約三十年間で『ダーバヴィル家のテス』をふくむ十五篇の長編小説、短編小説集四篇、後半約三十年間で叙事詩劇『覇王たち』と九百四十八篇の短詩を発表して、ヴィクトリア朝時代最後の大小説家にして詩人となった。神の見えない時代に文学の存在意義を探り、みずみずしい感性によって二十世紀のモダニズムの先駆者となり、D・H・ロレンスやフィリップ・ラーキンなど後世の作家に多大な影響を与えた。

［訳者略歴］

南協子［みなみ・きょうこ］

一九八三年、千葉県生まれ。日本女子大学文学研究科博士課程後期単位取得満期退学。現在、神田外語大学、国士舘大学他非常勤講師。専門はトマス・ハーディ、ヴィクトリア朝児童文学。論文に「*Tess of the d'Urbervilles*の「自然」の扱いに見られる装置」『日本ハーディ協会会報』第三四号、「Hardyの少年小説 *Our Exploits at West Poley*をめぐって——功利主義の観点から」『日本ハーディ協会会報』第四五号など、共著に『よくわかるイギリスの文学』（南雲堂、二〇一一）がある。

〈ルリユール叢書〉
恋の霊 ある気質の描写
二〇二三年三月七日 第一刷発行
著者 トマス・ハーディ
訳者 南 協子
発行者 田尻 勉
発行所 幻戯書房
郵便番号一〇一-〇〇五二
東京都千代田区神田小川町三-十二 岩崎ビル二階
電話 〇三(五二八三)三九三四
FAX 〇三(五二八三)三九三五
URL http://www.genki-shobou.co.jp/
印刷・製本 中央精版印刷

ISBN978-4-86488-268-2 C0397

〈ルリユール叢書〉刊行ラインナップ

［以下、続刊予定］

昼と夜　絶対の愛	アルフレッド・ジャリ［佐原怜＝訳］
ポンペイ最後の日［上・下］	エドワード・ブルワー＝リットン［田中千惠子＝訳］
シャーンドル・マーチャーシュ［上・下］	ジュール・ヴェルヌ［三枝大修＝訳］
モン＝オリオル	ギ・ド・モーパッサン［渡辺響子＝訳］
ニーベルンゲン	フリードリヒ・ヘッベル［磯崎康太郎＝訳］
乾杯、神さま	エレナ・ポニアトウスカ［鋤柄史子＝訳］
シラー戯曲傑作選 メアリー・ステュアート	フリードリヒ・シラー［津﨑正行＝訳］
シラー戯曲傑作選 ドン・カルロス スペインの王子	フリードリヒ・シラー［青木敦子＝訳］
スリー	アン・クイン［西野方子＝訳］
ユダヤの女たち ある長編小説	マックス・ブロート［中村寿＝訳］
撮影技師セラフィーノ・グッビオの手記	ルイジ・ピランデッロ［菊池正和＝訳］
ミヒャエル・コールハース 他二篇	ハインリヒ・フォン・クライスト［西尾宇広＝訳］
不安な墓場	シリル・コナリー［南佳介＝訳］
笑う男［上・下］	ヴィクトル・ユゴー［中野芳彦＝訳］
遠き日々	パオロ・ヴィタ＝フィンツィ［土肥秀行＝訳］
パリの秘密［1〜5］	ウージェーヌ・シュー［東辰之介＝訳］
汚名柱の記	アレッサンドロ・マンゾーニ［霜田洋祐＝訳］
黒い血［上・下］	ルイ・ギユー［三ツ堀広一郎＝訳］
梨の木の下に	テオドーア・フォンターネ［三ッ石祐子＝訳］
殉教者たち［上・下］	シャトーブリアン［高橋久美＝訳］
ドロホビチのブルーノ・シュルツ	ブルーノ・シュルツ［加藤有子＝訳］
ポール＝ロワイヤル史概要	ジャン・ラシーヌ［御園敬介＝訳］

＊順不同、タイトルは仮題、巻数は暫定です。＊この他多数の続刊を予定しています。